# PYRENAÏCA

## (Souvenirs d'un Montagnard)

48B, rue Gate-Grenier
17160 CRESSÉ

ISBN 2.84618.759.3

Malgré le soin apporté à la correction de nos ouvrages, il peut arriver que nous laissions passer coquilles ou fautes — l'informatique, outil merveilleux, a parfois des ruses diaboliques... N'hésitez pas à nous en faire part : cela nous permettra d'améliorer les textes publiés lors de prochaines rééditions.

COMTE HENRY RUSSELL
*Chevalier de la Légion d'Honneur*
*Membre des Sociétés Géographique et Géologique de France,*
*des Clubs Alpins de France et d'Angleterre,*
*de la Société Ramond, etc.*

# PYRENAÏCA

## (Souvenirs d'un Montagnard)

## TOME II

PRNG Éditions

## Troisième Partie

## VARIA

# PHILOSOPHIE DES ASCENSIONS

On a chanté sur tous les tons les merveilleux effets des ascensions sur l'organisme humain, sur la santé, sur la longévité ; et on a eu raison : l'hygiène est une belle chose. Mais leur côté psychologique, leur influence morale, l'empreinte profonde, ineffaçable et salutaire que laissent dans l'âme le culte et la fréquentation des hautes montagnes, tout cela est bien intéressant aussi, et digne d'être étudié avec une gravité philosophique. C'est pourtant un sujet qu'on n'a fait qu'effleurer. C'est un aspect très négligé de « l'Alpinisme ». Aussi, je sollicite l'honneur d'en dire un mot.

Un des effets les plus palpables et les plus infaillibles de la vie des montagnes sur le caractère, pour peu qu'elle se prolonge, c'est de le rendre étrange, bizarre, indépendant, indifférent à l'opinion publique, et capricieux. Et c'est tout naturel. Leur climat seul, ses inconstances et ses violences suffiraient pour cela. Mais en elles-mêmes, elles sont si excentriques ! Elles semblent hors de la loi commune. Ce sont de grandes énigmes, des accidents énormes et mystérieux. N'ont-elles pas l'air de se moquer de tout le monde, de tout braver, d'être insociables, de n'obéir à aucune loi, et de n'avoir besoin de rien ? Ce sont des monstres sublimes des fantômes éternels, des ouragans solidifiés : ce sont des êtres à part, farouches et inviolables, et qui finissent par imposer leur ressemblance à ceux qui les fréquentent, comme cela s'observe quelquefois en ménage. Le premier sentiment qu'elles inspirent, c'est l'effroi : l'amour ne vient qu'après. Le montagnard est tendre : car la nature, son modèle et sa sœur, l'est toujours : la tendresse est sa note dominante. Mais il est presqu'aussi sauvage que tendre : et il lui reste toujours quelque chose d'abrupt, d'inaccessible et de rugueux. Son âme s'entoure de précipices, de solitude, et même de neige : mais alors elle a froid : c'est un avertissement du ciel. Quand on en est arrivé là, on touche à la misanthropie, et même à l'égoïsme : on est en mauvaise voie : on ressemble trop à une montagne, et il vaut mieux redescendre dans la plaine. Il ne faut pas se singulariser jusqu'à glacer son cœur.

Un autre effet de la montagne sur l'homme qui s'en éprend, c'est de le rendre rêveur, mélancolique, et de le dégoûter de bien des choses qui passionnent ici-bas. Comment ne pas se détacher un peu des joies bruyantes, des faux plaisirs, et de la politique, après s'être enivré de liberté sur des savanes de neige, à 3.000 m. au-dessus des ennuis, des tristesses et des chaînes que nous impose la tyrannie du monde ? Vus de si haut et de si loin, les dynasties, les Républiques et les Empires perdent de leur charme et de leur intérêt ; ça ne fait plus d'effet : on n'y pense plus : et on trouve même que les rochers sont plus sages que les hommes ; car aucun d'eux ne cherche à prendre la place de son voisin. Quelle bonne leçon ils nous donnent là !

Oui, les montagnes font réfléchir... Comment ne pas devenir rêveur et romanesque, après avoir vécu avec les nuages, et partagé leur existence nomade, sereine et poétique au milieu de l'espace dans une lumière surnaturelle, comparée à laquelle celle des plaines n'est qu'un pâle crépuscule : en face d'un horizon sans bornes, incandescent et vaporeux, où le ciel et la terre se confondent ; et dans un tel silence, que lorsqu'un caillou tombe, on éprouve une espèce de frisson ? Comment ne pas prendre en pitié les becs de gaz, la lumière électrique et les feux d'artifice, quand on a vu monter et resplendir la lune, par une belle nuit d'été, sur les glaciers austères de la Maladetta ? Le caractère le moins flexible se modifie, devant de tels spectacles. Je le sens bien : je m'en accuse, mais ne m'en excuse pas. Car je plains ceux que la nature et les montagnes laissent insensibles : il leur manque quelque chose : ce sont des instruments fêlés et des cloches qui sonnent mal.

Mais les montagnes ne développent pas seulement le sentiment du Beau : elles ont aussi le don de faire aimer le Bien : elles sont essentiellement moralisantes. Tant il est vrai que le Beau, bien compris, bien senti, mène au Bien, dont il est un reflet : ils sont frères.

N'y a-t-il pas, dans la forme même des hautes montagnes, dans leurs lignes effilées, dans leur pose orgueilleuse, dans leur sérénité, dans leur élan superbe vers l'Infini et l'azur éternel, n'y a-t-il pas dans tout cela une espèce de symbole, et quelque chose de contagieux, d'irrésistible et d'enivrant, qui change presque la nature de notre âme, la détache de la terre, et l'emporte vers le ciel ? On pourrait exprimer en mètres la limite supérieure des mauvaises passions. On est meilleur à 3.000 m. qu'au niveau de la mer ; aucune souillure, aucun mauvais instinct ne montent si près de Dieu.

La transparence de l'air à de grandes altitudes, l'intensité de la lumière, le bleu marin du ciel, la clarté merveilleuse qui fait tout resplendir, et le relief extraordinaire, presque effrayant, que prennent tous les objets, même les plus éloignés, tout cela aussi a une puissante action morale. On ne croit plus être sur la terre : on est ébloui : on ferme les yeux : et même alors, on est encore halluciné par la lumière. On n'a que des pensées heureuses, dorées, riantes, Elyzéennes et lumineuses, et l'idéal du Paradis devient un Océan de neige illuminé par le Soleil. Du haut d'un pic neigeux, on comprend les païens qui adorent le soleil : car on est là face à face avec lui, et son prestige est redoublé. C'est bien le cœur brûlant de l'univers, et le symbole de Dieu dans la nature. C'est une énorme puissance morale que le soleil, surtout lorsqu'il éclaire des glaciers éternels ; et l'atmosphère joue un grand rôle dans le bonheur des montagnards et des sauvages.

Je dis « bonheur » à propos de sauvages, car il n'est pas prouvé qu'ils soient plus malheureux que nous, et si je les accouple aux montagnards, c'est qu'en réalité, il y a plus d'une affinité entr'eux, pourvu toutefois qu'on s'entende bien sur la valeur et sur le sens des mots, et qu'on désigne par l'épithète de « montagnards », non pas les citadins efféminés et pommadés qui grimpent seulement par vanité, par « pose », quittes à tomber malades après chaque course, mais ceux qui font des ascensions par goût, par vocation, par enthousiasme et par passion, et tant qu'ils ont des muscles et des poumons à leur service. Il est vrai qu'ils sont rares, et qu'on profane souvent le nom de « montagnard » ; car sur les 60.000 « Alpinistes » que renferment aujourd'hui les divers clubs dits « Alpins » de l'Europe, on ne trouverait certainement pas, en tout, 6.000 vrais montagnards, soit dix pour cent ; peut-être pas la moitié !... Mais il y en a assez : car il faut sacrifier bien des choses, si on laisse aux montagnes trop de place dans sa vie ; et on n'a qu'une excuse : c'est la fascination, le mesmérisme, le charme inexplicable qu'exerce, sur les natures sensibles, rêveuses et passionnées, la vue de ces montagnes magiques, sublimes et toujours blanches, où commence l'éternel Inconnu, et où la terre fait place à l'Infini.

Cela est vrai partout et à toute heure : mais c'est surtout le soir qu'on se passionne pour les montagnes : car jamais dans la plaine on n'a rien vu d'aussi fastueux et d'aussi solennel que la rougeur mélancolique des neiges et des glaciers au coucher du soleil. C'est un déluge de sang et d'or : c'est d'une grandeur tragique. Comment comprendre la répulsion que les montagnes inspiraient à George Sand ?

## CONCERTS DE PAU

### Caractère Béarnais. Les charmes de la musique

S'il était vrai que la musique a le don de charmer les bêtes fauves, il y en aurait assez à Pau pour changer en agneaux les loups les plus voraces des Pyrénées. Toujours est-il qu'elle adoucit les mœurs. Aussi, je voudrais vivre de mélodie : (ce qui d'ailleurs, par les temps durs qui courent, serait une économie claire... il vaut mieux vivre de « notes » que les payer...) Malheureusement, on ne peut pas passer sa vie à écouter et à voir de belles choses, en se laissant doucement charmer le cœur, les yeux et les oreilles : et il y a tant de distractions à Pau, on y est si peu libre de son temps, qu'on est souvent forcé de renoncer aux merveilleux concerts dirigés par Brunel. Quelle privation ! Quel sacrifice ! Quel désespoir, quand on est mélomane !

La vie qu'on mène à Pau pendant l'hiver est une tempête. Mais c'est la seule qu'on y connaisse : l'air est si calme, qu'un coup de vent aurait l'effet moral d'un tremblement de terre ou d'un bombardement ; on pâlirait, les animaux perdraient la tête, et une panique serait à craindre.

C'est dans ce calme étrange de l'air qu'il faut peut-être trouver l'explication du caractère toujours affable et pacifique du Béarnais, auquel je ne reproche qu'une chose, c'est sa lenteur désespérante dans les affaires. Il est très sympathique, mais apathique. Pardonnons-lui, c'est un défaut atmosphérique... Nous sommes près de l'Espagne... L'homme est l'enfant de son climat. Et que ne pardonnerait-on pas aux enfants toujours gais et courtois du Béarn, où on meurt en souriant, où la misanthropie est inconnue, et où l'hilarité est plus que « générale » : elle est universelle. Elle est même contagieuse : car elle se communique aux étrangers venus des pays sombres où l'homme confond souvent la taciturnité avec la dignité, et croit se compromettre en trahissant ses émotions.

Ils ne cessent de sourire en Béarn, où l'esprit étincelle comme les gaves, où il rayonne comme le soleil, et pétille comme un feu d'artifice.

Mais revenons à la musique... Si l'atmosphère Paloise est recueillie et silencieuse, il n'en est pas de même à la surface du sol ! Le son sort de partout, comme d'une lyre à mille cordes. Du reste, quand on a tant de charmes, quand on est tant flatté, il est tout naturel de se donner des airs... Le bonheur chante toujours, et la lumière semble développer la voix. Il y a d'étranges affinités entre la musique et le soleil, et on dirait que la nature elle-même subit cette loi : car ses accents se modifient selon les latitudes. Ils sont plus suaves et plus émus dans le Midi que dans le Nord ; les torrents bleus et transparents des Pyrénées font un autre bruit que ceux des Alpes : ils sont plus mélodieux ; et les mers lumineuses des tropiques, même quand elles sont soulevées par la tempête, n'ont pas ce rugissement et ces clameurs sinistres des mers toujours en deuil et en colère qui grondent éternellement et sourdement sous les brouillards opaques des pôles. Plus on va vers le Nord, moins la nature est harmonieuse. Elle crie, elle hurle, elle appelle au secours : on sent qu'elle souffre ; en un mot, elle est veuve du soleil. Le son passe par les mêmes dégradations que la couleur et les parfums.

Comme les oiseaux chantent bien dans le Midi ! Ce sont de vrais artistes, et ils ont même sur les ténors l'avantage de toujours chanter juste, et de savoir se taire quand ils sont vieux. Si on ne les applaudit pas, jamais on ne les siffle non plus. Soleil et mélodie sont frère et sœur, et le brouillard fait taire toute la nature en l'étouffant. Elle devient muette.

A part les ouragans (cyclones, typhons, etc.), qui sont des accidents, et ne durent pas, la brise qui souffle sur les mers bleues ressemble à celle du Sahara, car elle en a le timbre, le rythme indéfini et la langueur : c'est le simoun de l'Océan : et qu'elle vienne de la mer ou des sables, la voix des solitudes sans nuages a des accents magiques. Elle est toujours la même : ... une élégie presque amoureuse, où semble gémir l'âme de Chopin, une espèce de berceuse, un chant toujours plaintif, où l'on sent la douleur éternelle de la mer et la fièvre de ses flots, mais rarement leur colère.

Dans la vallée sinueuse qui reluit au soleil, en descendant de Gavarnie et des neiges éternelles, le Gave sommeille : il rêve : il flamboie comme de l'or en fusion. Epris des lieux qui l'ont vu naître, il met le plus longtemps possible à les quitter. Mais lui aussi (même en dormant), murmure et chante : il est bien rare qu'il gronde : en véritable enfant des Pyrénées, il est toujours de bonne humeur.

Dans les mers sombres du Nord, le vent a d'autres accents, parle une autre langue que dans les pays bleus. Menaçant et féroce, il a perdu toute sa tendresse : c'est un fléau qui passe en semant la terreur : il a l'air de maudire les pays qu'il ravage, et entre sa voix brutale et celle qui pleure et chante sous les palmiers émus des côtes d'azur, il y a autant de différence qu'entre celle d'un rossignol et celle d'un lion, qui passe sa vie à dévorer et à rugir.

Je serais peu galant, si à propos de mélodie, je ne disais rien de la voix humaine, et en particulier de celle des Béarnaises, qui sont nées musiciennes, sans peut-être le savoir, et qui chantent en parlant. Agiles comme les oiseaux, elles ont aussi, comme eux, le don de gazouiller naturellement. Ce n'est pas dans le Nord qu'on entendrait jamais parler comme sur les bords toujours souriants de la Bidouze et de l'Adour. Le Béarnais, même en colère, n'a jamais la voix rauque et criarde : il discute en mesure ; il vocalise toujours, et c'est en roucoulant que les bergères des Pyrénées (là où il y en a, ce qui est rare), appellent leurs vaches et leurs brebis. Tant il est vrai que le soleil agit autant sur l'organisme que sur le caractère. La voix perd sa justesse et sa chaleur à mesure qu'on s'éloigne des pays au ciel bleu ; et presque tous les ténors illustres sont venus du Midi.

La belle musique est une des gloires de Pau, son charme le plus incontesté, sa plus grande attraction ; car il est sûr qu'il y a des joies encore plus nobles, plus vives, plus salutaires et plus durables que celles que peuvent donner le golf, la chasse, la danse, et même le *bridge* !

Pour les natures ardentes, pour ceux qui aiment passionnément le Beau, et qui le cherchent partout, mais surtout dans les Arts, il n'y a rien sur la terre de comparable à l'influence de la musique, quand elle est vraiment belle et bien exécutée, quand le génie y a passé, en l'allumant d'une étincelle divine. Si elle charme les oreilles, elle charme encore bien plus le cœur : elle l'attendrit, l'exalte et le console, même au milieu des larmes, et son action morale est sans limites. Si elle entre par les sens, son véritable empire est dans le cœur et l'imagination, où elle est toute puissante. Elle sait même inspirer l'héroïsme aux soldats, et les aide à mourir sans faiblesse.

Aucun autre art ne fait passer dans l'âme des émotions aussi intenses et aussi suaves. Les peintres et les sculpteurs sont trop calmes pour cela. Ils n'ont jamais cette fièvre de l'Infini qui tourmente l'âme des musiciens, et qui la rend sonore et mélodieuse comme les flots de la mer. Un tableau ne change pas ; une statue encore moins ; et quelles que soient leurs séductions et leur splendeur, c'est toujours la même chose. Ils sont cristallisés, et ils inspirent éternellement la même idée, ou la même émotion... Il n'en est pas ainsi d'une symphonie, d'un opéra ou d'une sonate, dont les effets varient à chaque instant, et sont multipliés à l'infini. Phidias et Raphaël ont beau nous émouvoir et nous émerveiller, jamais leur popularité n'égalera celle de Beethoven, de Rossini et de Mozart. Les musiciens sont les plus grands charmeurs du monde.

Sans doute, le peintre et le statuaire arrivent aussi à des effets sublimes. Ce serait un blasphème de le nier. En idéalisant la forme ou la figure humaine, ils donnent à la beauté physique, à la beauté morale, à la jeunesse, à la vertu et aux passions, une expression surnaturelle et ineffable qui nous fait battre le cœur, qui nous arrache des larmes, et nous enlève dans le monde idéal et mystique des poêles. Mais ils s'arrêtent aux portes du ciel : ils n'ont aucun moyen d'aller plus haut ; leurs ailes sont trop terrestres pour cela.

On dit souvent, en parlant de leurs œuvres, « une forme divine », « une figure angélique »... Qu'est-ce que cela veut dire ? A qui, à quoi ressemble un ange ? Je n'en sais rien, car même à Pau, Je n'en ai jamais vu... Ces expressions sont fausses et ne signifient rien. C'est amoindrir et matérialiser les anges et la Divinité, que de leur attribuer des formes, des membres et des couleurs. On ne peut jamais voir le Divin : encore moins le sculpter ou le peindre. Mais on peut le sentir, et parmi toutes les inventions humaines, il n'y a que la musique qui opère ce prodige.

Quand on cherche à se faire une idée du Paradis, on ne le peuple ni de statues, ni de tableaux ; ils n'en seraient pas dignes... On ne sait guère qu'y mettre ; on est embarrassé pour le remplir... Mais on se le figure toujours plein d'harmonie, de harpes et de cantiques.

La musique seule, le plus mystique de tous les arts, touche au Divin : elle nous prouve qu'il existe, car elle nous le dévoile, et nous le fait sentir, comme un aveugle qui sent une fleur qu'il ne voit pas. Elle seule entr'ouvre les portes du ciel, où elle promène notre âme dans un monde mystérieux de visions séraphiques, de sensations éternellement changeantes, et de modulations plus émouvantes, plus suaves et plus sublimes que celles de la nature elle-même : car elles sont tour à tour plus tragiques que la voix des forêts balayées par forage, plus graves que celle de l'Océan pendant la nuit, et plus attendrissantes, plus douces, plus ineffables que le murmure des vagues sur les plages enchantées de l'Orient, à l'heure où les palmiers gémissent au vent du soir, et s'agitent à l'approche de la nuit.

Si les accents et les spectacles de la nature passionnent le cœur et le font tressaillir, il n'en est pas moins vrai que l'homme n'y entre pour rien ; il n'en est pas l'auteur ; il n'est qu'un spectateur ému, comme le public à l'Opéra en présence d'un acteur inspiré. Mais la musique a des magies encore plus grandes que celles de la nature : car si on peut l'appeler « divine », elle est humaine aussi. Sortie du cœur et du cerveau de l'homme, qui peut y mettre toutes ses passions, tout son génie, toutes ses douleurs, en un mot toute son âme, elle tient du ciel et de la terre, et c'est pour cela qu'elle est par excellence l'organe de la prière et de l'amour...

En écoutant certains passages de Beethoven, de Meyerbeer, de Rossini et du divin Mozart, n'est-on pas complètement dérouté, quand on veut exprimer par des mots l'enthousiasme et l'extase qu'ils produisent ? La plume tomberait des mains du plus grand des poètes, s'il essayait de les décrire. Et la raison en est palpable ; c'est qu'il y a là quelque chose de surnaturel ; et au moment où ces génies sublimes, inspirés comme Moïse, ont écrit ces passages immortels, c'étaient plus que des hommes : car un reflet du ciel avait passé sur eux et les avait illuminés, comme ces grands pics inaccessibles et blancs qui apparaissent soudain pendant une nuit d'orages, à la lueur des éclairs, et n'ont plus l'air d'être de ce monde.

Je ne parle pas ici de la « jolie » musique, légère, mousseuse et pétillante comme de la limonade gazeuse ou du vin de Champagne, et qui n'est que le fruit du talent, de l'habileté, du savoir-faire, et bien souvent du plagiarisme. *Entre le génie et le talent, il y a tout un abîme...* Je ne m'occupe que des grands créateurs, des immortels pontifes de l'harmonie, qui ne se démoderont jamais, auxquels on reviendra toujours, et à côté desquels les autres, même les plus populaires, ressemblent à des enfants ou à des marionnettes. Qui a jamais sondé, touché, ou entrevu le fond de l'âme de Beethoven ? Elle était plus profonde que l'Océan... Ces génies là sont insondables.

Malheureusement la chasse, le fameux *golf*, le *bridge*, et bien d'autres jeux encore, enlèvent aux magnifiques concerts de Pau une foule de mélomanes, surtout parmi les hommes.

Ce n'est pas moi qui médirai de l'exercice physique : ce serait pire que de l'hypocrisie, car ce serait la négation et la contradiction de toute ma vie. Mais la sagesse, l'expérience, et l'hygiène nous enseignent qu'il est bon, qu'il est même sain et salutaire, de négliger parfois notre corps, de ne pas trop le maltraiter, de le laisser tranquille, de l'oublier, et de nous « spiritualiser ». On ne s'en porte que mieux. Ce que l'on appelle en Angleterre « Christianisme musculaire » est l'excès d'une bonne chose : car il ne peut se cultiver qu'au détriment, et même à l'exclusion de bien des choses au moins aussi utiles, et certainement plus nobles. Nous ne sommes pas des machines a vapeur, et sans jaillir à la logique et au bon sens, on pourrait retourner le dicton populaire « *Mens sana in corpore sono* », et lui faire dire avec au moins autant de vérité : « *Corpus sanum in mente sana* »... La force et la santé ont un côté psychologique, où l'âme, le cœur et le cerveau jouent un grand rôle, et le repos est aussi sain que l'exercice, pourvu qu'ils se succèdent, et se lassent équilibre... Notre existence serait bien triste et bien stérile, s'il était vrai que la méditation, le culte du Beau, et les travaux de la pensée abrègent la vie. Fort heureusement, il n'en est rien. Les grands penseurs, les hommes d'Etat, les savants et les moines, vivent longtemps, et il n'est pas du tout prouvé que s'ils avaient appris à jouer au golf, et laissé là leurs livres et leurs études, ils eussent vécu un jour de plus... La gymnastique est une chose admirable : mais les Beaux-Arts, et surtout la musique, valent encore mieux pour embellir et prolonger la vie...

## L'HIVER PYRÉNÉEN ET SES SPLENDEURS

Par là j'entends, non pas l'hiver des plaines, mais celui des montagnes, si incompris, si calomnié, et si noirci, malgré son éclatante blancheur. On a sur lui les illusions les plus extraordinaires. On s'imagine qu'il neige presque constamment sur les montagnes depuis la fin d'octobre, qu'il y souffle des tempêtes éternelles, que des villages entiers sont ensevelis, que le soleil ne paraît plus pendant six mois, et que dans ces pays perdus, il règne alors une sorte de nuit polaire !

La vérité, c'est que sur les sommets, vers l'altitude de 3.000 mètres, il fait généralement plus clair, en toute saison, que dans la plaine [(1)]. Le climat des montagnes, en hiver, est analogue à celui des pays du Nord, où la rigueur du froid n'exclut pas le soleil, et s'oppose même à la nébulosité. Règle générale, plus il fait froid, plus il fait clair. Or, dans les Pyrénées, il y a quelques années, les thermomètres de l'observatoire du Pic du Midi de Bigorre, montagne de second ordre (2.877 m) sont descendus à – 37°C, ce qui suppose au moins quarante degrés de froid sur les hautes cimes. Quand on en arrive là, les nuages sont impossibles : ils sont cristallisés, et l'air lui-même a le goût d'un métal. Aussi y a-t-il plus de brouillard sur le flanc des montagnes qu'à leur cime. Il y a plus de soleil au Canada qu'aux Indes ; et

(1) « La limpidité du ciel en hiver est l'une des principales caractéristiques du climat des hautes montagnes. L'hiver y est la saison la plus ensoleillée ». etc. (*Ch.Flahault, Pr à la Faculté des sciences de l'Université de Montpellier.*)

si l'on veut me pardonner une ou deux allusions personnelles, je dirai en passant que les souvenirs les plus brillants, les plus vivaces, et peut-être les plus doux de ma vie, sont ceux de mon voyage en Sibérie en plein hiver, de mes petits chevaux Tartares fuyant comme la tempête à travers des forêts de sapins gigantesques et des steppes infinies, mêlant le carillon de leurs clochettes aux hurlements des loups, et traversant des fleuves énormes au triple galop, comme affolés par la blancheur et par l'éternité des horizons les plus resplendissants et les plus vastes du monde. Arrivé à l'automne de la vie, je les revois comme si c'était hier, les clairs de lune et les étoiles du désert de *Gobi*, où par cinquante degrés de froid, mon chameau me menait à Péking, conduit souvent par une jeune fille Mongole à cheval, en tunique rouge, et chantant à minuit des nocturnes en mineur, que la brise emportait vers le ciel. Quant au soleil, s'il y gelait autant qu'à l'ombre, s'il y régnait un froid polaire, au moins il éclairait de lueurs intenses l'immensité des sables, les faisait rutiler, y formait des mirages, et relevait mon moral abattu, en donnant à mes yeux l'illusion consolante de l'été.

Quel thème inépuisable, et quels souvenirs !

Eh bien ! l'hiver Pyrénéen nous offre les mêmes splendeurs, et le même caractère, un harmonieux mélange de lumière et de froid : et bien souvent, quand nous sommes sous les nuages, nous n'aurions qu'à monter à Gabas, ou même à Argelès, pour retrouver l'azur et le soleil. Que de fois nous subissons l'humiliation de recevoir de l'observatoire du Pic du Midi de Bigorre (2.870 m) des télégrammes ainsi conçus : « Ciel pur ; brouillard à 2.000 m ! » On peut dire qu'en hiver, c'est la règle. Et ce qu'il y a souvent sous ces brouillards, nous ne le savons, hélas ! que trop !

Tous les Alpinistes savent que ce n'est pas au sommet des montagnes qu'il tombe le plus de neige, mais bien dans leur partie moyenne. Si elle s'y accumule en moins grandes masses qu'en haut, si elle y disparaît plus vite, c'est parce que la fusion y est infiniment plus continuelle et plus rapide, sous un climat plus doux, sous un ciel plus clément, où, même à l'ombre, il dégèle très souvent. Mais ce qu'il tombe de neige entre 2.000 et 2.500 m, au Nord des Pyrénées, est quelque chose de fantastique. Quelquefois, des sapins disparaissent engloutis ! C'est partout la même chose : plus on monte, plus on a de soleil. En Suisse, où l'on envoie tant de phtisiques passer l'hiver à près de 3.000 m, la permanence des belles journées sans nuages, à cette hauteur, est devenue légendaire. En Asie, sur les plaines désolées du Thibet, presqu'aussi hautes que le Mont-Blanc, il y a tant de soleil qu'il neige à peine, alors que sur les pentes méridionales des Monts Himalaya, qui regardent l'Inde et les tropiques, la neige et les glaciers forment une mer éternelle et sublime, qui se voit à 500 km, aux heures trop fugitives où le soleil daigne les illuminer.

Ceux qui n'ont pas gravi les hautes montagnes en plein hiver, ne peuvent avoir la moindre idée de l'éblouissement qu'on y éprouve, et de l'intensité quasi-surnaturelle de la lumière sur ces déserts plus blancs que de l'albâtre, et plus brillants que le cœur embrasé de l'Afrique. Un aigle ou un condor y fermerait les yeux, et l'âme elle-même y devient blanche...

Ce n'est pas la même chose en été, où un ciel pur est rare, et ne dure pas longtemps. C'est la saison classique des nuages et des orages. De mes nombreuses ascensions au *Vignemale* (3.298 m), la plus belle et la plus lumineuse a été celle du 11 février 1869. C'est peut-être la seule fois que j'y aie vu un jour entier sans nuages, je ne viens pas pourtant plaider la cause des ascensions d'hiver (bien qu'elles soient à la mode aujourd'hui...) : car quand la neige est molle, ce qui arrive souvent, elles sont dangereuses et fatigantes. On court toujours trois risques sérieux : un ouragan subit, une avalanche, et la congélation des pieds : et bien que mon ami, le Comte R. de Monts, s'en soit fait une spécialité, en gravissant presque tous les grands sommets des Pyrénées pendant l'hiver, sans accident plus grave que la congélation partielle d'un des pieds de son guide Fr. Salles, au Vignemale, c'est grâce à une extrême prudence, ainsi qu'au nombre d'années qu'il y a mises, n'escaladant pendant l'hiver qu'une ou deux cimes par an, et choisissant bien soigneusement son jour. Même ainsi, c'est toujours un grand risque : mais quand on réussit, on est récompensé par un spectacle inoubliable, tel que Nansen lui-même n'en verra pas sur le Pôle Nord, s'il y arrive [(1)].

Ce qu'il ne verra pas non plus, ce sont les beaux sapins des Pyrénées, alignant leurs gracieuses pyramides, ou dessinant des archipels funèbres et noirs dans les blancheurs immenses d'un paysage arctique, sous un ciel aussi bleu que les mers de l'Orient. Ce qu'il n'entendra pas, dans l'effroyable silence du pôle, c'est l'éternel tonnerre de nos cascades, grondant sous des tunnels de glace, ou fumant, au soleil au milieu des frimas, et jetant leur écume sur la neige, comme une pluie de diamants, de rubis et d'étoiles.

Mais nous, qui sommes si près des Pyrénées, n'oublions pas que bien souvent, quand elles se cachent pour nous elles se dressent au-dessus des brouillards, dans l'azur du Midi, dans une sérénité superbe, et sous un ciel Elyzéen. Ce qu'il faudrait pour bien jouir des montagnes en hiver, sans y chercher des tours de force ou des casse-cous, ce serait un traîneau. A Pau, où l'on invente tant de choses, même des légendes, où tous les sports sont en honneur, où tant de Russes ont hiverné, comment personne n'a-t-il jamais songé à s'armer d'un traîneau ?

---

(1) Le ski a modifié tout cela, et popularisé les ascensions d'hiver, devenues relativement faciles, mais seulement dans certaines conditions ; car bien souvent les skis sont inutiles, et il faut les porter, ou les laisser loin du sommet, quand il s'agit d'une cime pyramidale comme le Vignemale, le Pic Long, etc., inaccessibles aux skis.

Ah ! ce mot me rappelle tant de choses !... La Sibérie, la neige et les traîneaux furent mes premières amours... Dois-je m'excuser de les aimer encore, d'en évoquer le souvenir, d'en parler si souvent, et de les regretter ?

C'est quand les Pyrénées sont ensevelies sous les neiges de l'hiver, qu'il faut voir leurs couchers de soleil... quelle clarté ! Quelle splendeur ! Quelle rougeur ! Elles ont l'air de saigner ! En été, c'est plus tendre, mais moins vif : c'est du rosé.

Et le matin, quelle explosion de gloire et de lumière, et quel coup de théâtre, quand leur voile se déchire tout à coup : quand toutes leurs neiges sortent à la fois des nuages, comme les rayons phosphorescents d'une aurore boréale, et prennent une telle incandescence, qu'on ne sait plus si c'est du feu ou de la neige !

Le froid donne un relief extraordinaire à la nature, et surtout aux montagnes.

Il y a quelques années (le 3 décembre), après des froids terribles, je suis monté sans peine jusqu'à 1.800 m, sur les crêtes dévastées et désertes, mais gracieuses et faciles, qui bornent à l'Est la vallée merveilleuse d'Argelès.

Ces montagnes, dont les pentes sont fort douces, et les sommets très arrondis, sont toujours accessibles. Leurs dômes resplendissants et ensevelis dans cette saison sous des neiges infinies, restèrent dorés jusqu'à quatre heures par le soleil, couché depuis deux heures pour Argelès. On aurait pu se croire sur les « Bosses » du Mont-Blanc, si quelques sapins austères et sombres n'avaient percé toutes ces blancheurs, en leur donnant l'aspect de la Norwège. Au loin, là où les ombres du soir avaient déjà tout envahi, les neiges étaient violettes et bleues. Les vallées, pâles et muettes, se creusaient comme des tombes. Les rochers ressemblaient à du fer : les précipices avaient un air féroce... Mais au-dessus de tout ce deuil, les grands sommets éternellement neigeux levaient orgueilleusement la tête dans la pourpre et la gloire, comme une armée mystique de vierges et de Titans.

Sans doute, l'hiver sur les montagnes rappelle un peu la mort, mais moins que dans la plaine. Il y a plus de soleil, la neige y est plus blanche, et les sapins l'entourent d'une verdure éternelle, qui simule le printemps et la vie...

C'est la même chose dans les pays du Nord.

Où a-t-on jamais vu des couchers de soleil plus pompeux, plus écarlates et plus grandioses qu'au milieu de l'hiver, sur les mers tumultueuses et fumantes de l'Irlande ? Qu'y a-t-il de plus pur, de plus tonique et de plus bleu que les belles nuits du Nord ? Celles des tropiques sont plus attendrissantes, plus mélodieuses et plus aromatiques : mais qui ne sait combien elles sont amollissantes, énervantes et perfides, à plus d'un point de vue ? Elles changent la vie en rêve ; elles nous transportent dans le monde enchanté des chimères, du mysticisme et de l'amour, où la douleur est inconnue : elles hypnotisent le cœur et tous les sens : mais leurs ivresses sont bien souvent fatales, et elles font plus de mal que de bien.

L'hiver nous rend virils, actifs et vigoureux. Sans lui, pas de santé durable, pas d'énergie possible. Les pays sans saisons sont malsains. D'ailleurs l'hiver, quoiqu'on en dise, est plein de charme, de poésie et de soleil.

En 1895, le jour de Noël, je me trouvais à Argelès, où la nature, dans les jours supposés ténébreux et moroses de la fin de l'année, était dans toute sa gloire. Il n'y avait pas un nuage, pas un bruit, pas un souffle... Le ciel était tout bleu, et il faisait si doux dans la vallée, que je laissai mes fenêtres ouvertes tant qu'il fit jour. La neige ne descendait qu'à 1.200 mètres : mais au-dessus de ce niveau, on ne voyait plus qu'elle : tout était blanc comme de l'hermine, sauf, ça et là, des îlots sombres de sapins immobiles, qui me rappelaient la gloire et la grandeur mélancoliques des majestueux hivers du Nord, et l'amenaient mes souvenirs et mon cœur au pays romantique du silence, des traîneaux et des rennes. L'hiver ne commençait que là : c'était l'entrée d'un monde polaire en apparence, mais si étincelant, si blanc, si lumineux, qu'on y serait devenu aveugle au moins d'une heure. Sur les coupoles immaculées qui dominaient d'au moins mille mètres ces éblouissantes savanes de neige, dont la blancheur rendait le ciel presque noir, on voyait voltiger une espèce de fumée : c'était la neige qui s'envolait et retombait comme le sable des déserts : elle s'amusait innocemment avec le vent : elle *flirtait* en valsant sur les crêtes, et quelquefois, elle fondait comme un nuage.

En bas, au bord du gave couvert d'écume et d'étincelles, quelques jeunes chênes étaient encore ornés de feuilles vermeilles agonisantes, les dernières larmes qu'ils avaient à verser sur l'année qui mourait. La paix, la poésie et la lumière régnaient partout, comme dans les plus beaux jours de Juillet et d'Août, et la nature, bien que décolorée, inspirait plus d'amour qu'en été. Si elle était en deuil, c'était le deuil charmant des veuves poétisées par la douleur...

Si je cite cette journée, c'est parce qu'elle fut typique de l'hiver des montagnes dans la zone tempérée, où régnent alors, pendant trois ou quatre mois, les merveilleuses clartés du Canada et de la Sibérie si calomniée : car en hiver, elle est, par excellence, le pays du soleil. Si on ne le sent pas, on a du moins le bonheur de le voir, et jamais il ne m'a enivré comme dans l'hiver arctique des steppes Mongoles, et, sur les rives resplendissantes du Tom et de l'Irtysch. Il ne donnait aucune chaleur : il y faisait quarante degrés de froid : mais il brillait avec autant d'éclat que sur les bords du Nil, ou sur les sables de l'Australie.

Les froids extrêmes rendent les nuages impossibles : ils se solidifient, et tombent lentement en fine poussière de neige qui ne cache pas le bleu superbe du ciel, ou en petits cristaux multicolores. On dirait un déluge de diamants, qui se changent en rubis au coucher du soleil : et leur chute est si lente, qu'ils ont l'air de flotter dans l'espace. C'est un spectacle vraiment magique, qui fait aimer le Nord, et qu'on ne voit que là, dans les climats arctiques, ou sur les grands névés des hautes montagnes, même en Europe, quand les premiers rayons du jour éclatent sur les glaciers en feu, après une nuit glaciale. Toute la vapeur devient alors une pluie d'étoiles aux mille couleurs.

En Sibérie, les animaux eux-mêmes semblaient jouir de l'aurore, de la sérénité du ciel et de l'intensité de la lumière : et les chevaux de mon traîneau, toujours lancés au triple galop, crinière au vent, les narines frémissantes, l'œil en feu, dévoraient l'air et la lumière en même temps que l'espace, avec une sorte d'ivresse, éclaboussant de neige les cèdres et les sapins au bruit sonore de leurs clochettes, pendant que le cocher pétrifié par le froid, mais heureux, ne cessait de chanter, nuit et jour, et debout sur son siège, ayant l'air d'un sauvage, apostrophait ses cinq ou six petites bêtes échevelées, des noms les plus touchants et les plus tendres : « *Allez, volez, mes chères colombes !!!!* » etc. A tous les âges, le seul souvenir de ces plaines éternelles, aussi blanches que les Alpes, et aussi vastes que l'Océan, suffit pour allumer et rajeunir le cœur !

Du reste, en tout pays, c'est par les belles journées d'hiver que la lumière atteint son maximum d'intensité : ce n'est pas en été. C'est grâce à elle, et à la transparence extraordinaire de l'atmosphère par les grands froids, que du haut des falaises de Biarritz, en Novembre et surtout en Janvier, on aperçoit au fond de l'horizon, et à l'œil nu, le cône illuminé du Pic du Midi de Bigorre, dont la convexité du globe ne laisse paraître que le sommet, à la distance énorme de 90 milles (140 km). Il est rare en été que la vue porte si loin, quelque beau temps qu'il fasse,

Dans la région Pyrénéenne voisine de l'Atlantique, la saison vraiment morne, lugubre et désolante, n'est pas du tout l'hiver, mais le printemps, qui n'est souvent qu'un long déluge. Un froid moyen exclut la pluie : un très grand froid exclut même la vapeur, et il résulte d'une multitude d'observations faites depuis quelques années à l'observatoire du Pic du Midi de Bigorre, à 2.870 m. d'altitude, dans un climat qui ressemble à celui de Moscou, qu'il y a là-haut, en moyenne, quatre fois plus de soleil qu'à Bagnères-de-Bigorre ! Avis à ceux qui cherchent le beau temps dans la plaine !...

Le froid a non seulement des charmes à lui, mais il est sain, car il conserve et fortifie. Pour des gens bien portants (et je ne parle que d'eux, pas des malades), la température la plus ionique et la plus vivifiante semble être celle du point de congélation de l'eau, c'est-à-dire de zéro centigrade. Mais que dire des poissons, que l'on a congelés par des froids artificiels de 100°, puis dégelés, et que l'on croyait morts : mais pas du tout : le regard vif et animé, ils sautillaient de joie ! Ils avaient rajeuni : ils ne s'étaient jamais si bien portés, et ils avaient une mine superbe ! Ils avaient l'air de dire : « merci, recommencez ! » L'écueil de la santé, c'est l'époque critique de transition entre deux saisons : c'est le passage de l'une à l'autre : et il en est de même dans l'atmosphère : les moussons de la Chine et des Indes éclatent toujours au choc de deux saisons : c'est le moment le plus troublé et le plus orageux de l'année, l'époque classique des tourbillons, des cataclysmes et de toutes les fureurs atmosphériques. C'est une analogie curieuse... Entre deux saisons, la nature souffre autant que l'homme : elle a des convulsions.

Oui, l'hiver est très sain : et c'est nous-mêmes qui le rendons dangereux, en surchauffant nos chambres et nos salons. Comment ne pas maudire l'hiver, comment braver impunément le froid, quand on sort de pareilles solfatares ! Il vaudrait mieux passer toute sa vie en plein air, et faire comme les sauvages : on grelotterait, mais on ne s'enrhumerait jamais. Ce sont les transitions qui sont fatales, pas le froid en lui-même. Enfin, au point de vue psychologique, que de choses agréables on pourrait dire des longues soirées d'hiver, et de leur influence morale ! N'est-ce pas l'époque charmante et naturelle du recueillement, de la culture des lettres et des Beaux-Arts, des jouissances de l'esprit et du cœur ? Et la saison des longues et douces causeries au coin du feu n'est-elle pas plus sociable que l'été, qui tend à disperser tout le monde ? L'hiver réchauffe le cœur.

## LE VENT

L'amour de l'inconnu, la passion du mystère, faisant partie de la nature humaine, je demande la permission d'entretenir les Palois d'un phénomène météorologique dont ils ont souvent lu d'éloquentes descriptions, mais qu'ils ne connaissent guère par expérience, et dont ils n'ont qu'une idée vague : je veux parler du vent...

Cette immobilité de l'atmosphère, particulière à Pau, et si chère aux Palois, est-elle bien saine ? Est-ce un bien ? Est-ce un mal ? Ceci est discutable et discuté. C'est une bénédiction pour des poumons malades ou délabrés. Là dessus, tout le monde est d'accord. Pour des gens bien portants, pour les enfants voraces du Nord, qui aiment à dévorer le vent et à manger de la tempête, c'est tout autre chose...

La stagnation de l'air a-t-elle au moins le privilège d'être toujours agréable et de flatter les sens ? Ceci dépend de la chaleur du sang et du tempérament. Il est bien sûr que par de très grands froids, tout le monde aime le calme. S'il ne fait pas monter le thermomètre, il diminue la sensation du froid, et c'est beaucoup. Mais ceux qui aiment tous les accents de la nature, même quand ils sont féroces, soupirent toujours après le vent. Si les savants l'appellent prosaïquement « de l'air en mouvement », nous disons, nous, que c'est autre chose et mieux que cela : c'est la musique de l'air : et nous plaignons ceux qui n'aiment pas cette musique-là : ce sont des natures froides.

De même que la musique humaine, le vent a une action morale très prononcée. Dans les montagnes, il remplace le clairon des batailles, et ranime les courages abattus. Il invite à la lutte : il électrise et rajeunit. On aime à se sentir plus fort que lui. Que d'ascensions auraient été manquées sans lui ! La surexcitation est souvent nécessaire, et l'énergie dépend du baromètre. Le vent rend belliqueux.

Aussi, lorsqu'on plein jour, à Pau, je suis tenté de m'assoupir, quand mes paupières s'appesantissent, je descends vers le Gave pour arpenter pendant une heure le pont de Jurançon, où souffle en toute saison une petite brise de l'Ouest. On croit même y sentir des effluves maritimes, bien que la mer soit à cent kilomètres. Rien de plus hygiénique. Je recommande ce lieu aux anémiques. Quelle provision d'air pur et de santé on peut y faire en moins d'une heure ! C'est tout un autre climat que celui de la Ville. On croit marcher sur le pont d'un navire, ou au bout d'une jetée. On a faim tout de suite : signe de santé... Et si on ferme les yeux, le Gave lui-même contribue à donner l'illusion de la mer : car la brise le tourmente et l'agite, le rend sonore et modifie sa voix, qu'elle fait passer par tous les tons. Ils ne se taisent jamais, et dans une langue émue et mystérieuse, comme celle des amoureux, ils ont l'air de se dire quelque chose. Car il y a de tout dans les accents du vent : il y a des larmes, de la tendresse et de la joie, et c'est un des meilleurs amis de l'homme, qu'il inspire, encourage, et console. On a besoin de lui : un long silence attriste et cause même une espèce de malaise. Combien de fois sur les montagnes, dans un de mes nids d'aigle sur le Vignemale, par les belles nuits bien rares où l'air est absolument calme, je suis sorti pour le plaisir de faire du bruit, en jetant des rochers dans des abîmes, où je déchaînais des orages artificiels, avec accompagnement d'éclairs, quand les blocs se heurtaient dans leur chute ! Ce n'était pas un enfantillage : c'était un besoin.

En tout pays, la musique des forêts, de la mer et du vent a le don de ravir les oreilles et le cœur : mais c'est surtout sous les tropiques, dans les pays dorés des murmures éternels, que l'homme est entouré des symphonies les plus sublimes de la nature. Nulle part au monde le vent n'a des accents plus mélodieux, plus émouvants, plus passionnés, que sur les sables incandescents et désolés des grands déserts de l'Equateur ou dans ses prodigieuses forêts. Il est tout imprégné de leur tristesse et gémit nuit et jour. On croit entendre passer l'âme ardente et mystique de Chopin, dans les orages de l'Inde ou de l'Afrique.

Les musiciens qui n'ont copié personne sont rares, s'il y en a jamais eu (j'en excepte le premier). Mais la nature varie ses créations à l'infini, et l'atmosphère a des milliers de voix.

Comme ils diffèrent du sirocco, les vents tragiques et formidables qui viennent des mers du Nord, creusent des vallées dans l'Océan, couvrent les plaines de ténèbres, de terreur et de ruines, et font trembler le granit des montagnes !

La brise a tous les sons, toutes les modulations imaginables, suivant les lieux où elle promène son vol. Quand c'est dans une forêt, il en sort un concert ineffable et confus, que Wagner a traduit en musique dans *Siegfried*. Sur le sable des déserts, comme sur la neige et les glaciers des hautes montagnes, il y a du désespoir, de la fureur et des menaces, dans la voix des tempêtes. Dans les typhons des mers de Chine, le vent rugit comme une bête fauve. Dans les mers calmes, il change de ton. Comme il émeut, comme il passionne et fait rêver, lorsqu'assis sur le pont d'un navire, par une nuit solennelle des tropiques, on l'entend soupirer dans les voiles, siffler dans les poulies, et chanter ou pleurer tour à tour, alors que balancés par une houle éternelle, les mâts oscillent comme un pendule d'une étoile à une autre, en dessinant indolemment sur la coupole tiède et pourprée du ciel des figures capricieuses, des arabesques étranges, et des courbes inconnues !

Mais si le vent est le plus bel orchestre de la nature, il est utile aussi. Quel rôle pratique il joue partout ! Il chasse les nuages, nettoie le ciel, purifie l'air et disperse les microbes. Il tempère les chaleurs tropicales et les rend supportables. Peut-être sert-il aussi de guide aux oiseaux migrateurs qui traversent l'Océan : c'est sans doute leur boussole. Et ne serait-ce pas lui qui a couvert le monde de fleurs en les disséminant partout, même sur les terres polaires !

Le vent n'a qu'un défaut sérieux ; c'est d'être l'emblème de l'inconstance : il est frivole et capricieux : mais en cela il ressemble tant aux hommes (je ne dis pas aux femmes...), qu'il faut bien l'excuser. Il n'est pas responsable : il ne fait qu'obéir. Nous sommes bien plus coupables que lui !

Le vent que j'aime le mieux, c'est celui du Midi, autrement dit le Sirocco, qui nous arrive souvent en plein hiver, avec de longues lamentations, des rafales somnifères et plaintives, encore chargées du feu des vents ardents du Sahara. Oui, j'aime ce vent rêveur et douloureux qui a l'air de pleurer le désert.

Il fait chanter les arbres sur tous les tons, en sorte que les forêts deviennent des chœurs ou des orchestres, où domine l'élégie : il y a de la tristesse dans les colères du Sirocco : il a le charme de la désolation, et c'est à lui que nous devons souvent le privilège d'avoir trop chaud en plein hiver ; ne nous en plaignons pas. Comme il dévore la neige sur les montagnes ! Sans lui, presque personne ne pourrait faire de courses sérieuses avant le mois de mai : et grâce à lui plus encore qu'au soleil, on peut souvent monter sans peine à 2.000 mètres avant la fin de février. Car il allume toute la nature, il a toujours la fièvre, et quand il souffle, il donne aux Pyrénées l'aspect caniculaire des Andes, en faisant resplendir sur leurs neiges éternelles, la majesté, la gloire et les ardeurs de la lumière équatoriale.

## UNE ASCENSION CHARMANTE ET INÉDITE

Je vais décrire la plus curieuse ascension que l'on puisse accomplir en hiver, dans les Basses-Pyrénées. Elle n'exige pas qu'on appartienne à aucun Club Alpin : elle n'est ni longue, ni dangereuse et, chose étrange, chose à noter... elle ne coûte rien ! Ceci est rare !... Il n'est pas nécessaire de découcher. Cartes, guides, boussole, boîtes de conserve, souliers ferrés, tout cela est inutile aussi. C'est d'une simplicité extrême, et bon pour tous les âges.

Ce qu'il y a de vraiment singulier, c'est qu'en montant, on a beau regarder, on ne voit ni sentier, ni rochers, ni cascades, ni sapins ; pas même des champs de neige au plus fort de l'hiver, et pas une fleur au mois d'août ! Cette ascension se recommande par son originalité : elle ne ressemble à aucune autre. On ne voit rien ; on reste dans les ténèbres jusqu'au point culminant. On tourne toujours : on revient sur soi-même..., et sans la pente, rendue palpable par un essoufflement très prononcé, on pourrait croire qu'on tourne sur place ou sur un cercle horizontal, comme un cheval de cirque.

On monte pourtant, c'est une spirale, et pas un cercle.

Du reste, aucun des lamentables effets de la raréfaction de l'air, tels que nausées, syncopes, saignements de nez, etc. C'est une montée bien singulière. Car non seulement on ne voit rien, mais pendant fort longtemps, on n'entend rien non plus. Ce n'est qu'à mi-hauteur qu'on est soudain charmé, ravi, halluciné par une musique céleste aux sons encore lointains, vagues et mélancoliques. Puis ils augmentent, ils enflent, et deviennent séraphiques. Ce sont de suaves échos du ciel ; on a un avant-goût du Paradis. Enfin, plus haut encore, on finit par entendre un autre genre de musique encore plus indéfinissable, moins veloutée, moins tendre et moins touchante ; plus métallique et agitée ; elle est même belliqueuse, car c'est du bronze qui parle, et le sol tremble : il a de véritables trépidations !... On voudrait s'échapper : mais par où ? Il fait nuit, et quelle nuit ! Comme sous terre. C'est terrifiant... Où sommes-nous donc ? Et quelle est cette montagne tour à tour mélodieuse et tonnante ? Elle n'est pas sur les cartes. Joanne lui-même l'a oubliée. Si nous n'étions pas sûr d'être dans les Pyrénées, nous pourrions croire que c'est la mystérieuse et redoutable « Montagne aux Cloches » du Sinaï, où les Arabes entendent pendant la nuit, des carillons funèbres, surnaturels et souterrains...

Mais non, ce n'est pas cela : voici des orifices par où entre la lumière : voici des échappées de vue : et au loin, au soleil, apparaissent tout-à-coup et ensemble l'horizon lumineux du Béarn, ses plaines et ses vallons d'émeraude, et les géants de neige qui bornent l'heureuse vallée où chante le gave mousseux tombé du haut des précipices glacés de Gavarnie, mais aussi bleu, aussi limpide que s'il venait du ciel. Enfin, tout près de nous, paraissent le Parc et le Château de Pau ; et sous nos pieds, au fond d'un précipice plus vertical que ceux de la nature, voici des toits, des rues, des magasins, des arbres et des jardins, où, assises sur des bancs, seules ou non seules, de jeunes Anglaises lisent ou font des romans. Encore une fois, où sommes-nous donc ?

Une énorme flèche de pierre, déserte et creuse, s'allonge solennellement et s'amincit au-dessus de nos têtes, en montant vers le ciel. Voici des cloches et une forêt de cordes pendantes, mais pas un habitant, ni homme, ni bête... Le doute n'est plus permis : nous sommes dans une église, dans un clocher... C'est le beffroi de SAINT-MARTIN !

Malheureusement, on ne peut pas arriver à son point culminant, car il est vide : il n'a pas d'escalier, et il n'y a plus d'échafaudage. Il faut donc s'arrêter aux deux tiers du chemin, sur le quadrilatère d'où s'élance la grande flèche, une des plus sveltes et des plus nobles que l'on puisse voir : elle a la grâce et la souplesse d'une Béarnaise.

Mais sans aller plus haut, on est ébloui par la splendeur et l'étendue de l'horizon. Dans les montagnes, une ascension de cinquante mètres ne change rien à la vue. Aussi, on est émerveillé de voir si loin, sans s'être donné de peine. Au Sud, comme les coteaux du premier plan s'abaissent sensiblement, les Pyrénées, relativement très éloignées, paraissent deux fois plus hautes que la Place Royale, parce que leur base est démasquée. Quant à la plaine, elle prend les dimensions d'une mer.

C'est là qu'il faudrait mener, en choisissant une belle journée, les étrangers qui, encore indécis, ont des velléités de se fixer à Pau. Ils achèteraient et bâtiraient immédiatement !

Mais il y aurait quelque chose de mieux à faire, quelque chose de plus noble et de plus méritoire : une œuvre de bienfaisance, qui consisterait à imposer une petite taxe d'un franc, au bénéfice des pauvres, à ceux qui graviraient la flèche de Saint-Martin. On pourrait faire une réduction pour les familles nombreuses. Un franc pour cinquante mètres ! Les ascensions des vraies montagnes coûtent plus cher que cela !...

## TRIBULATIONS D'UN VOYAGEUR SUR LES LIGNES DU MIDI

### Premier article (1896)

J'avais une belle santé, une nature pacifique... Mais les voilà toutes les deux sérieusement altérées, depuis que ma passion de plus en plus vivace, pour les splendeurs des Pyrénées, m'oblige à circuler continuellement pendant l'été sur les lignes du Midi ; et je m'étonne que l'on ne condamne pas les grands coupables à ce genre de torture, qui inspirerait plus de terreur que la Nouvelle-Calédonie... Il est vrai qu'ils risqueraient de finir par la folie furieuse ou le suicide, et leur châtiment perdrait ainsi en durée ce qu'il gagnerait en intensité.

Qu'on me permette de raconter ma lamentable histoire ; elle est bien faite pour attendrir le cœur le plus inaccessible à la pitié.

Commençons à Bayonne... C'était le 1er juin, il y a quelques années. Nous étions quatre fumeurs allant à Pau, et en premières. Comme pendant la moitié de l'année il n'y a pas le moindre coin réservé aux fumeurs sur cette ligne (où, même en plein été, il n'y en a qu'un), ce fut en vain que nous cherchâmes à nous caser dans les premières. On nous chassait comme des pestiférés.

Je demandai alors au chef de gare s'il consentait à mettre la plaque « fumeurs » sur un des trois compartiments du seul wagon qui contint des premières ; il refusa péremptoirement. « Pourquoi ? lui dis-je. — Parce que ce train ne fait pas 200 km ; il n'en fait que 199 ». Bien qu'indignés, nous partîmes tous d'un grand éclat de rire, car la philosophie vaut mieux que la colère, et pour pouvoir fumer, nous nous mîmes en secondes jusqu'à Puyoô, avec des billets de premières. Une autre fois, à Bayonne, on escamota au dernier moment la plaque « fumeurs » pour faire place à un excédant de voyageurs. J'avais allumé un cigare, mais je dus l'éteindre, par pitié pour une dame qui commençait à se trouver mal.

Le temps viendra où les fumeurs seront réduits à voyager en troisième classe sur la ligne de Bayonne à Toulouse, et peut-être même à demander comme une faveur une place sur la locomotive ou dans le fourgon des bagages.

Continuons : Nous voici à Puyoô. Là, j'eus une joie inattendue, à la vue d'une beauté adorable, d'une dame charmante, qui passe sa vie à consoler toutes les victimes, soit du sort, soit des hommes. Je lui tendis la main avec toute l'effusion des malheureux ; mais elle poussa un cri d'horreur en retirant la sienne. Elle devint pâle et recula épouvantée, comme si j'avais le choléra... Hélas ! rien d'étonnant ! ma main était plus noire que celle d'un charbonnier, et mon amie m'avait pris pour un nègre. J'avais malheureusement ouvert moi-même la portière du wagon et comme toujours en pareil cas, sur les trains du Midi, la suie accumulée depuis l'invention des chemins de fer m'avait tellement noirci les doigts, qu'il me fallut des drogues pour les blanchir !

Heureusement qu'à Orthez il survint un orage qui lava tout le train. Mais cet orage aussi me joua un mauvais tour. Une vraie fatalité semblait peser sur moi ; je marchais de désastres en désastres ! A peine la pluie eut-elle commencé à tomber, qu'elle pénétra dans mon wagon, non en gouttes, mais en douches, et nous fûmes inondés, surtout un gros monsieur déjà très enrhumé, qui, endormi en face de moi, mais réveillé par les petites cascades qui l'arrosaient, se jeta éperdu dans mes bras, et vint s'asseoir sur mes genoux comme un énorme bébé, avec son parapluie ouvert. Les dames poussaient des cris, et bientôt les coussins se changèrent en éponges : ce qui leur fit du bien, car ils avaient grand besoin d'eau ; ils n'avaient jamais eu si bonne mine !

C'est ce jour-là que mon caractère commença à s'aigrir... Il nous est défendu de maudire, mais nous ne sommes pas tous des saints, et je lançai un anathème terrible, lorsque, pour comble de malheur, en arrivant à Pau, il me fallut attendre quarante minutes pour avoir mon bagage ! Il n'y avait que deux infortunés employés pour décharger un train long comme un transatlantique ! A ce métier de galériens, l'un d'eux, au printemps de sa vie, avait déjà perdu tous ses cheveux ; l'autre les avait debout, et tous les deux étaient poussifs, livides et décharnés. Les malheureux, toujours en nage, étaient bien plus à plaindre que le public, ce qui n'est pas peu dire ! Même en Espagne on est bien mieux servi : il y a plus d'employés. Revenant, il y a deux mois, de Saint-Jean-de-Luz à Pau, je dus peser ma malle moi-même, bien que je fusse à mon poste un bon quart d'heure avant le départ du train. L'unique employé chargé de toute la besogne me déclara qu'il lui était impossible de me servir, et il avait raison.

Voilà déjà, semblerait-il, bien assez d'infortunes accumulées dans un ou deux petits voyages de quelques heures ! Elles ne faisaient pourtant que commencer. Ma coupe n'était qu'à moitié pleine !

Heureusement qu'entre Bayonne et Toulouse le voyageur-martyr n'a qu'à lever les yeux pour voir étinceler à droite, dans le ciel adorable du Midi, le monde neigeux et virginal des blancheurs éternelles, où l'immense chaîne des Pyrénées profile tumultueusement à l'horizon ses pyramides farouches et solitaires, ses flèches gracieuses et ses coupoles d'ivoire ou de saphir, flanquées de minarets de neige que le soleil du soir change en rubis, et la lune en argent. Monde bienheureux où il n'y a ni chemins de fer, ni parlements, ni trace humaine, monde idéal et flamboyant, aussi blanc que l'hermine, aussi ardent que les savanes de l'Arabie, et aussi pur que le soleil. Les Pyrénées ! voilà les grandes consolatrices des voyageurs exaspérés que l'on traîne tous les jours au supplice sur les lignes du Midi !

Mais les beautés de la nature ne suffisent pas toujours pour me calmer, et pour m'apprendre le pardon des injures. Aussi, mon caractère, de plus en plus aigri, devient insupportable ; j'ai des névroses, et souvent même j'évoque avec regrets, l'époque naïve et pacifique des diligences.

J'ai dernièrement aperçu à la gare de Pau des wagons neufs de seconde classe, dont la bonne mine m'avait séduit. D'un peu loin, c'est charmant : coussins bien rembourrés et propres, bois neuf et bien luisant ; coquetterie générale. En vérité je commençais à croire que la Compagnie du Midi s'était réformée, qu'elle faisait pénitence, et qu'elle était enfin entrée dans une bonne voie... lorsque... oh ! horreur ! en pénétrant dans ces wagons perfides, je découvris que les compartiments étaient de vrais boyaux. Ils étaient si scandaleusement étroits, qu'il serait radicalement impossible à deux voyageurs de s'y asseoir en vis-à-vis, sans s'écraser ou se « télescoper » ; on ne peut s'y caser qu'en zig-zag ; ceci est pire que de la parcimonie, c'est inhumain ! C'est une insulte aux gens qui ont des jambes, qui ont le droit de leur trouver une place en voyageant, et sur tous ces wagons, dont la bonne mine est une hypocrisie, on devrait mettre cette inscription, en lettres énormes : « Réservé aux amputés et aux culs-de-jatte ».

Un jour, pour m'étourdir au contact des heureux, je m'en allai à Bagnères-de-Bigorre, dont les eaux sont calmantes. C'est une des plus jolies villes de France, où, en septembre, on danse et on s'amuse beaucoup. Il faut y faire de la toilette... j'avais donc cent kilos de bagages, un habit neuf, de belles épingles, des gants superbes, etc. J'étais fier comme un paon, et j'eus soin de descendre à l'hôtel de Paris, un des plus élégants du Midi. Déjà j'étudiais l'art d'éblouir, et je prenais des poses, lorsque je fis l'effroyable découverte que mon bagage, enregistré à Pau, était perdu ! Je n'avais plus qu'une canne et un journal ! Adieu mes rêves de bal et de conquêtes ! Malheur aux gens mal habillés qui cherchent à plaire ! car aujourd'hui, sans l'apparence, on n'est plus rien ! C'est la maîtresse du monde. La « pose » est plus utile que le mérite ou le talent... J'avais les sensations d'un naufragé ! d'un condamné à mort !

J'attendis plusieurs jours, la Compagnie lança des télégrammes aux quatre points cardinaux, mais ma malle ne vint pas... Et dans le même hôtel, *nous étions trois*, dont le bagage s'était perdu ou dévoyé ! Maigrissant à vue je fus atteint d'hypocondrie, de spleen, et mes amis me crurent malad m'entourait de sympathie, mais j'aurais mieux aimé ma malle. Enfin le sixième jour, elle revint de Toulouse, où elle dormait en paix depuis cinq jours !

Que de misères ! Quel mépris du public et quelles économies coupables de matériel et d'employés, sur une ligne si prospère, où les intéressés touchent toujours de si gros dividendes ! Oh ! despotisme intolérable des monopoles ! Et que d'ennuis, de vexations, de mesquineries, j'ai passés sous silence ! Je n'ai rien dit des retards continuels et chroniques de certains trains, souvent même des « express », ni de la vétusté du matériel sur les lignes secondaires. Je n'ai rien dit de la lenteur exaspérante des soi-disants express entre Pau et Bayonne, même en été, pendant la grande saison des Pyrénées. Je n'ai rien dit de leurs arrêts à chaque station, en juillet et août, alors que d'après les « Indicateurs » officiels de la Compagnie, ils ne devraient pas s'arrêter du tout entre Pau et Puyoô. Enfin, je n'ai rien dit de certains lieux indescriptibles, qui, dans certaines stations, ne sont que des cloaques immondes. Ce ne sont là que de petites misères. Glissons dessus, pour ne parler que des calamités qui rendent furieux, et même féroce, comme je le fus pendant un mois, il y a deux ans. On me crut atteint de la rage. Il fut question de l'Institut Pasteur...

Revenu à Argelès, je repartis pour Pau, au mois d'août, par le train de 3 h. 1/2, après m'être assuré que le dit train allait à Pau, s'y arrêtait, *et après m'être muni d'un billet pour Pau*. Arrivé à Lourdes, je vois un employé qui nous demande s'il y a des voyageurs pour Pau. « Oui, répondis-je.

— Alors il faut descendre. — Ce train ne va donc pas à Pau ?

— Si, il y va, et même il s'y arrête ; mais comme c'est le train de Paris, il faut en sortir ici, et attendre quarante minutes le passage de l'express de Toulouse à Bayonne ». Je fus tenté de résister ; mais un affreux orage ayant encore inondé mon compartiment, où il pleuvait, à verse, je fus trop heureux d'en sortir, bien résolu toutefois à me venger bientôt... Aussi, quinze jours après, faisant le même trajet, je mis la ruse en jeu. Encore sommé à Lourdes de sortir de mon train, j'obéis sans mot dire. Je descendis du train par bâbord, j'en fis le tour, j'y rentrai par tribord, et sans être vu, je m'enfermai à clef dans un endroit mystique et inviolable, que je vous laisse à deviner... (Il y a des lieux qu'on ne nomme pas...). Puis, quand le train fut bien parti, je sortis triomphalement de ma guérite, et répondant par un pied de nez aux inutiles imprécations des employés, je m'écriai de toutes mes forces, en étant mon chapeau ; *Veni, vidi, vici ! ! !* Arrêtez-moi, si vous l'osez ! » J'eus même la gloire d'être applaudi par mes voisins !

Hélas ! Je fus puni de ma victoire, comme bien d'autres conquérants : car, arrivé à Pau, je dus attendre quarante minutes pour avoir mon bagage, resté en gare de Lourdes, malgré son enregistrement pour Pau !

C'est ainsi qu'on voyage sur les lignes du Midi !

Pau, 20 Novembre 1896.
*(France du Sud-Ouest).*

## TRIBULATIONS D'UN VOYAGEUR ET D'UNE LOCOMOTIVE SUR LES LIGNES DU MIDI
### Second Article (1897)

Plus que l'année dernière (si c'est possible...), plus que jamais, l'anarchie a régné cet été sur les lignes du Midi, où la marche des trains a été, non pas accidentellement, mais toujours et partout, une véritable « débandade », comme celle d'une armée en déroute et sans chefs : et un pareil désordre, si prodigieux et permanent, est peut-être sans exemple dans les annales des chemins de fer, même en Espagne. Dans l'espace de trois mois, j'ai fait, sur les dites lignes, une cinquantaine de trajets, petits ou grands. Or, je déclare ici solennellement que sur ces cinquante voyages, il n'y en a eu que deux ou trois où je sois arrivé ou parti, *même approximativement*, à l'heure réglementaire ! Et comme il n'y a aucune raison de croire que j'aie été victime d'une fatalité spéciale, il est permis de conclure que cet été le nombre des trains exacts a été d'environ 5 %. Au moins neuf fois sur dix, on aurait dit qu'ils étaient dirigés par le vent, et qu'ils n'obéissaient qu'à lui, comme des navires à voiles, qui s'arrêtent lorsqu'il tombe.

Comment les chefs de gare n'ont pas perdu la tête, comment il n'y a pas eu d'effroyables collisions, est une sorte de miracle. Mais comme il y a une Providence spéciale pour les enfants, les fous et les pécheurs, la Compagnie en a sans doute bénéficié...

Et je ne parle pas de petits retards, toujours très excusables, de quelques minutes : ils ont généralement été de vingt, vingt-cinq et trente minutes, même dans de courts trajets, et près des têtes de ligne : souvent de trois-quarts d'heure, parfois d'une heure, et une fois même d'une heure et demie (express de Bordeaux à Hendaye, 28 septembre. La veille, le même express avait eu une demi-heure de retard. Mais le 28 septembre, les conséquences furent déplorables pour les Espagnols qui allaient à Madrid, car en arrivant à Irun avec une heure et demie de retard, ils n'y trouvèrent plus l'express de Madrid, qui, las d'attendre, était parti ! Ils n'arrivèrent chez eux que le lendemain soir au lieu du lendemain matin, perdant ainsi douze heures !

Heureusement que les Espagnols ont bon caractère et ne se plaignent de rien, se résignant à tout. Ils ne s'indignent que lorsqu'on attaque leur religion ou leur patrie.

Si cet état de choses, non seulement scandaleux, mais dangereux, en ce qu'il rend les collisions si difficiles à éviter, doit continuer l'année prochaine, si les trains ne rentrent pas dans la bonne voie, la probité la plus élémentaire obligera la Compagnie à faire de deux choses l'une : ou bien elle devra en conscience supprimer complètement ses horaires, ou les faire précéder de l'avis suivant :

« N.-B. – Les heures indiquées ci-dessous ne signifient rien : ce sont seulement les heures où aucun train ne partira ou n'arrivera sur les lignes du Midi. Il est aussi bien entendu que dans les intervalles entre les dites heures, la marche des trains sera facultative ; elle dépendra de la santé des directeurs ou de leur bon plaisir, ainsi que de l'état de l'atmosphère ; elle changera tous les jours, et personne n'en sera responsable ».

Si le public (qui avale et digère tant de choses !) accepte ces conditions, la Compagnie, après avoir ainsi sauvé sa dignité et son honneur, pourra aussi réaliser d'énormes économies (ajoutées à tant d'autres) en supprimant ses chefs de gare, ses inspecteurs, et même ses directeurs ; les choses n'en marcheraient pas plus mal que d'habitude.

Mais je sais bien ce qu'on va me répondre.... *La chute du pont de l'Adour*, et le transbordement forcé des voyageurs par Tarbes. Ah ! quelle reconnaissance la Compagnie lui doit, à ce malheureux pont, puisqu'il n'a tué personne ! C'est lui qui a été le bouc émissaire de tous ses méfaits et des retards énormes et perpétuels dont nous avons été victimes sur toutes ses lignes, même et surtout sur celles qui n'ont jamais passé sur le pont de l'Adour ni à 100 kilomètres de là. Quel rapport peut-il y avoir entre un retard à Tarbes et le désordre des trains de Bordeaux à Hendaye, de Pau à Lourdes, et de Bayonne à Pau ? En vérité, mettre en avant une telle excuse, est un outrage au sens commun ! Autant vaudrait rendre une femme responsable des rhumatismes et des migraines de son mari !

Citons des faits. Mais comme un numéro tout entier de *La France* ne me suffirait pas pour raconter mes infortunes de cette année, prenons-en quelques unes au hasard.

Au mois d'août, appelé par télégraphe à Argelès, par un ami gravement malade, je me précipitai dans la gare de Pau à midi 15, pour être sûr de ne pas y manquer l'express de Bayonne à Toulouse, qui correspond, à Lourdes, avec Pierrefitte. Hâte inutile. Il avait trois quarts d'heure de retard, et quand nous arrivâmes à Lourdes, il fallut y attendre *deux grandes heures* pour continuer vers Argelès, le train correspondant étant parti ! Le soir, à mon retour à Pau, une autre heure de retard, et quelques jours après, même retard en partant pour Laruns ! Un mois après, départ de Tarbes pour Bagnères-de-

Bigorre, avec cinquante minutes de retard, par un train prétentieux qui ne devait, d'après l'*Indicateur*, faire aucune halte, une sorte d'éclair... La machine était jeune et ardente, mais le mécanicien ne l'était plus : on aurait dit qu'il écrivait des vers ou qu'il rêvait, car il nous arrêta quatre fois, dont deux au beau milieu des champs. Il aimait la nature et les bêtes, et aurait fait un bon berger. Résultat net : près d'une heure de retard en entrant à Bagnères, bien que le pont de Tarbes fût alors rétabli.

Et que de temps maintes et maintes fois perdu, par la nécessité d'ajouter des wagons à des trains incapables de contenir les foules qui munies de billets, se présentaient pour y monter ! Economies coupables d'une Compagnie aussi prospère qu'avare, et à laquelle l'Etat, dont le contrôle n'est qu'une fiction, laisse faire tout ce qu'elle veut !

Mais ses machines sont souvent plus à plaindre que nous, et elles le disent à leur façon. J'en fus le triste témoin le 15 août, à la jolie petite station de Guétary, où la voie monte au sud par une pente assez forte. L'express du Nord étant plus long que d'habitude, et malgré cela, attelé d'une seule locomotive, il devint impossible de la faire repartir sur un plan incliné. Elle était anémique : elle allait bien en plaine, mais ne pouvait monter, et plus on la persécutait, moins elle obéissait. En cela elle imitait les hommes... Elle appelait au secours, en exhalant des gémissements épouvantables, dont j'étais écœuré. Elle souffrait, elle toussait, elle trépignait, éternuait de gros nuages de vapeur, en jetant feu et flammes, mais... elle ne bougeait pas ! Elle me faisait vraiment pitié, car malgré sa nature de fer, tout était à craindre. Je me rappelais avec effroi ce dont un de mes amis avait un jour été témoin non loin de là : après une heure d'efforts inouïs et héroïques, mais inutiles, pour relancer la malheureuse locomotive, on l'avait sacrifiée et dételée : on l'avait isolée, pour la laisser mourir en paix parmi les fleurs ; et une fois seule, elle avait éclaté ! juste assez tard pour ne pulvériser personne... Bien qu'elle eût trente-cinq ans, elle était morte d'une explosion, et non pas de vieillesse.

Aussi cette fois, je prie mes précautions. Comme cette manière insolite et barbare de s'éteindre pouvait avoir de graves inconvénients pour les voisins, et qu'elle semblait probable, je descendis du train, en compagnie de la plupart des voyageurs, qui allèrent se promener sur la voie, en fumant des cigares. Il y en eut même qui eurent le mauvais goût de rire, la cruauté de se moquer de cette machine infortunée, peut-être plus âgée qu'eux : j'étais furieux : car s'il faut, comme l'a dit le poète,

*Ne jamais insulter une femme qui tombe*

ne doit-on pas aussi avoir pitié d'une pauvre locomotive sans prétentions, qui n'a jamais cherché à plaire, et qui ne tombe que de vieillesse, après une longue et honorable carrière ? Respectons la vieillesse, et surtout lorsqu'elle est maltraitée.

Enfin, un employé intelligent eut une idée superbe, celle de faire reculer le train de 500 mètres, jusqu'à l'horizontale, et puis de le lancer à toute vitesse contre la colline à vaincre, comme un cheval de course qui va franchir une banquette irlandaise. Cela fit merveille. Une fois l'élan donné, notre brave machine fringante et pleine de feu, roulant comme dans ses plus beaux jours, escalada l'obstacle au vol, et fila comme une folle vers l'Espagne, mais sans pouvoir y arriver à temps. Elle avait trop souffert et trop lutté. Ce fut peut-être son dernier jour : on l'avait achevée !

Arrêtons-nous aussi. N'étant qu'un simple touriste, un amoureux des Pyrénées, toujours traité de la manière la plus aimable, la plus courtoise, par tous les chefs de gare et leurs subordonnés, je ne me plains que de mon temps perdu ; mais les médecins, les hommes d'affaires et tous les gens pressés, dont le temps vaut de l'or, sont autrement à plaindre que moi. En Amérique, en Angleterre, un tel scandale ne durerait pas un mois : la Compagnie serait ruinée par mille procès, qu'elle serait sûre de perdre. Malheureusement, en France, on se borne à gémir. Déjà, pour un célibataire qui voyage seul avec sa malle, ce désarroi de tous les jours, de toutes les heures, pendant des mois entiers, est une calamité morale et matérielle : elle fait entrer du venin dans son âme, et donne à sa physionomie une expression farouche, car il n'y a rien de pire pour l'âme et pour le corps, qu'une colère perpétuelle. Mais que serait-ce pour une famille ? Qu'arriverait-il à des parents, parcourant le Midi pour leur plaisir ou pour calmer leurs nerfs, avec une cargaison d'enfants, d'institutrices, de petits chiens, de perroquets et de belles-mères ? Il y aurait de quoi les frapper tous d'aliénation mentale, surtout les perroquets et les belles-mères, qui s'irritent facilement...

Je ne puis mieux finir que comme l'année dernière, en répétant : « *C'est ainsi qu'on voyage sur les lignes du Midi* ».

Pau, 11 octobre 1897.
*(France du Sud-Ouest).*

P.-S. – Je suis heureux de constater les grands progrès accomplis depuis cinq ou six ans sur la ligne de Bayonne à Toulouse. Les trains sont beaucoup plus exacts et plus rapides, et les pertes de bagages sont aujourd'hui très rares. Mes nerfs se sont calmés... Reconnaissance et félicitations ! Fermons les yeux sur le passé !...

Pau : 30 Décembre 1907.
H. R.

# *SANATORIA* ET PYRÉNÉES

Comme elle est saine et séduisante, cette zone moyenne et tempérée des Pyrénées, où la nature, dans toute sa gloire, nous transmet non seulement sa pureté, mais sa vitalité, sa force et sa jeunesse ! L'âme et le corps y font des cures miraculeuses ! Hâtons-nous donc d'aborder une question capitale, celle des *sanatoria*, des stations sanitaires de montagnes, où l'on fait des « cures d'air », et non pas des « *cures d'eaux* » , et je resterai sur le terrain météorologique. C'est plus prudent.

Je ne veux pas médire des Eaux : il y a peu de vertus si solides et si bien établies que la leur : mais je ne pense pas cependant qu'aucun médecin consciencieux puisse nier le fait qu'il faut les boire dans leur patrie, à de certains niveaux, dans l'air aromatique et pur de la montagne et des sapins, pour qu'elles conservent la plénitude de leur vertu. L'exil les modifie. Si l'eau guérit, c'est avec l'aide de l'air ambiant.

Les flâneurs maladifs et blasés des « villes d'Eaux » se doutent bien peu de l'influence et des vertus de l'air, dans ces villages modernes qu'on a perchés à de grandes altitudes, presque partout où il y a des montagnes, soit dans le but d'y attirer pendant l'été ceux qui redoutent les chaleurs énervantes de la plaine, et qui soupirent après un peu d'air frais, soit dans l'espoir d'y guérir des phtisiques en hiver, en essayant sur eux l'effet du froid, quand il est sec, continuel, et assez uniforme.

Mon sujet a donc là un côté médical : mais celui-là sera sacré pour moi : je suis incompétent. Je me risquerai seulement à émettre humblement l'opinion que le froid en lui-même, n'est pas, comme on le croit souvent, dangereux pour nos poumons, même quand ils sont un peu endommagés. J'ai eu le rare bonheur de traverser volontairement la Sibérie, d'un bout à l'autre, en plein hiver : j'y ai subi des froids de *cinquante* centigrades : et c'est pourtant le seul pays du monde où je ne me sois jamais enrhumé. Je n'y ai jamais vu de phtisiques, et je ne me souviens même pas d'y avoir jamais entendu éternuer ou tousser personne. On s'enrhume plus sous les tropiques que sous le cercle polaire : ce qui s'explique très bien : car quand on est toujours gelé, on ne peut pas se refroidir.

Mais laissant cette question aux médecins, je me propose seulement de mettre deux choses en évidence : 1° l'utilité, le charme des *sanatoria* haut placés, et 2° la grande facilité avec laquelle on pourrait en fonder dans nos belles Pyrénées, où la nature s'y prête merveilleusement : bien plus que dans les Alpes, car ici, elle a fait la moitié du travail.

Puisque nous sommes sur un terrain élevé, jetons un grand coup d'œil d'ensemble sur notre planète, et cherchons-y dans les pays de plaine, les latitudes où l'homme se porte le mieux, et où il vit le plus longtemps. Ce n'est ni près de l'équateur, ni près des pôles. Les races les plus robustes et les plus énergiques se trouvent en général dans les climats situés à mi-chemin entre ces extrêmes, soit plus ou moins, vers le 45° degré de latitude, dans les pays qu'on ne saurait appeler ni très chauds ni très froids, et à climats *modérément* variables. Ce qu'on a dit du Vrai, *in medio veritas*, s'applique aussi à la santé. Physiquement, l'homme n'aime pas les extrêmes, et encore moins leur alternance subite et continuelle. Il en souffre, il en meurt. Ce qui lui réussit le mieux, c'est l'équilibre, et en fait de climat, la constance : il se méfie des climats capricieux.

Or, voici où je veux en venir. Pour ne parler que de l'Europe, et spécialement de la région pyrénéenne, il est incontestable que nos plaines, en été, deviennent assez souvent de vraies fournaises. Tout le pays baigné par la Garonne en France, et par l'Ebre en Espagne, est calciné, grillé comme l'Arabie, pendant plusieurs mois de l'année. On y respire du feu : on va jusqu'à y regretter l'hiver. Comment sortir de ces chaleurs malsaines, sans faire de longs et dispendieux voyages ? Le moyen est bien simple : la réponse saute aux yeux : personne n'est mieux placé pour cela que nous ! car *à côté du mal, nous avons le remède* : il n'y a qu'à fuir dans ces montagnes providentielles dont la nature a si généreusement orné et encadré nos horizons, autant pour nous guérir que pour nous plaire. Comme on y trouve tous les climats du monde, chacun peut y choisir le sien en quelques heures. Mais cela ne suffit pas ; car pour pouvoir utiliser un site alpestre, et profiter de son climat, *il faut aussi pouvoir y séjourner*, y passer plusieurs mois sans descendre, et y trouver une civilisation au moins rudimentaire. Les saxifrages, les lacs et les sapins ne suffisent pas à l'alimentation... Les Pyrénées sont pleines de solitudes boisées, paisibles et virginales, où dans un merveilleux climat, même sans être un ascète, on prolongerait sa vie de trente pour cent, s'il y avait de quoi l'entretenir, mais où, jusqu'à présent, l'homme n'a rien fait. Aussi, quand il y monte, il les salue, il les admire, et bien souvent il les regrette et y revient... mais toujours il s'en va, car il a faim ; son estomac fait taire son cœur, et l'enthousiasme ne survit pas à la famine... il faut manger partout...

Veuillez, lecteur pyrénéen, quitter par la pensée les plaines riantes et fortunées de la Garonne et de l'Adour, et monter avec moi dans ces sanctuaires mystiques de la nature, où le ciel est si pur et si bleu, qu'on s'y croit transporté par une fée dans le cœur d'un saphir infini.

Hélas ! que trouvons-nous dans nos chères Pyrénées, à 2.000 mètres au-dessus du niveau de la mer ? Toutes les splendeurs et toutes les séductions de la nature : un monde étincelant de fleurs, de lacs, de torrents, de sapins et de neige : un climat idéal : beaucoup plus de soleil qu'il n'y en a dans les plaines : un ciel infiniment plus bleu : des nuits, des clairs de lune comme on n'en voit jamais dans les vallées : en un mot, tout ce qu'on peut rêver de plus grandiose et de plus poétique. Mais à part cela, que trouvons-nous pour y faciliter de longs séjours ? Rien : absolument rien : et comme le dit avec raison M. Paul Mieille dans sa charmante plaquette, « *De Tarbes à Venise en bécane* »... à propos des hôtels d'*Argentière* : « En Savoie, l'activité, l'initiative, l'union : de l'entreprise et des capitaux ! Dans nos Pyrénées : — ? De l'espoir !... ». C'est peu, bien peu !... et les Alpes en profitent..., au détriment des Pyrénées, où la civilisation dépasse rarement le niveau de 1.000 mètres. Elle se concentre et se renferme dans les villes d'eaux, ce qui, à plus d'un point de vue, est un très grand malheur, car elle n'y paraît pas toujours sous ses couleurs les plus brillantes et les plus pures... Enfin, passons par là-dessus. Je ne conteste pas les agréments et les charmes de la vie paresseuse et stérile que l'on mène à Luchon, à Cauterets, aux Eaux-Bonnes, etc. Je le fais d'autant moins, que plus d'une fois je m'y suis laissé prendre. Ce sont de vraies sirènes, que ces villes d'eaux. On finit par y croire que le bonheur consiste à jouir, et elles énervent ou ruinent bien des jeunes gens, qui, transportés plus haut, loin des théâtres, des casinos et de toutes les folies, dans un air moins soporifique et plus vertueux, deviendraient plus virils, se passionneraient pour l'exercice et les montagnes, et ne perdraient ni leur fortune, ni même leur temps, qui vaut bien quelque chose, bien qu'aux « eaux », on ne songe qu'à le tuer.

Les hautes montagnes sont le refuge des sages, comme elles l'étaient jadis des moines : et ce que je voudrais, ce que j'appelle de tous mes vœux, c'est la prompte création, d'un bout à l'autre des Pyrénées, de stations estivales, on l'on pourrait passer au moins quatre mois vers 1.800 ou 2.000 mètres, dans des hôtels, non pas fastueux, mais confortables, accessibles à cheval, et surtout pas trop chers. Comment réaliser ce rêve sans se ruiner, c'est un problème que je ne prétends pas résoudre : mais nous avons des preuves qu'il n'est pas insoluble, car l'expérience a réussi en Suisse, et sur une vaste échelle. Voyez les frères Seiler, les honorables et célèbres maîtres d'hôtel de *Zermatt*, qu'ils ont pour ainsi dire créé. Demandez leur comment ils s'y sont pris pour faire fortune en construisant des hôtels aériens, dont un, celui de *Riffelberg*, est à 2.569 m. au-dessus du niveau de la mer, et regorge tout l'été de touristes ! On y vit aussi bien qu'à Genève ! Si je ne cite que les frères Seiler, c'est parce qu'ils sont connus partout : mais ils ont eu bien des imitateurs.

Et remarquez que dans les Pyrénées, il est bien plus facile que dans les Alpes de frayer des passages et des routes ; les forêts sont moins vastes et moins denses, les distances sont moins grandes, les neiges et les glaciers ne descendent pas si bas qu'en Suisse, et le climat y est moins rigoureux et moins variable. Au même niveau, il fait beaucoup plus chaud. Il en résulte qu'une station estivale haut perchée serait utilisable bien plus longtemps que dans les Alpes, et que sa fondation serait moins difficile.

Je ne parle pas des stations *hivernales* : c'est là un vaste et grave sujet dont nous entretiendront peut-être des médecins qui s'en sont spécialement occupés. Espérons-le. Pour cela aussi je fais des vœux ardents. Car les médecins sont des oracles, on les écoute, et la vie ou la mort d'une station, (comme celles de leurs malades), est souvent entre leurs mains.

Il serait bon d'avoir leur opinion sur les *sanatoria* d'hiver, dont on a dit tant de merveilles, et tant de mal aussi... On ne sait plus qu'en croire... Peut-on combattre et guérir la phtisie dans un climat glacial, mais sec et uniforme ? Et la cure par le froid est-elle une chose sérieuse, et acquise à la science ? A d'autres de nous l'apprendre. Mais s'il en est ainsi, les Pyrénées devraient en profiter : car les stations dont je prêche la nécessité pour les gens bien portants deviendraient permanentes : elles feraient double emploi, et il serait alors prouvé, comme je l'ai toujours cru, que le secret de la santé, comme celui du bonheur, se trouve plutôt dans les montagnes que dans la plaine. Examinons maintenant les deux versants des Pyrénées, afin d'y signaler les sites élevés où la nature a le plus fait, pour rendre facile et agréable un séjour prolongé.

En vérité, il n'y a que l'embarras du choix, et même en ne faisant appel qu'à ma mémoire, combien pourrais-je citer d'endroits pour ainsi dire prédestinés, cachés au fond des hautes vallées pyrénéennes, ou mieux encore sur des plateaux élevés, où l'on pourrait mener une vie charmante pendant l'été, à l'abri des chaleurs et du froid, loin du tumulte des villes, de leurs dangers, de leur poussière et de leurs miasmes, bien qu'à portée de leurs ressources, et dans les plus beaux sites imaginables, couverts de jolies fleurs comme on n'en avait vues jusqu'à présent que dans le paradis terrestre ! Je ne citerai que les lieux facilement accessibles, soit à cheval, soit en voiture. Commençons par la France.

Voici d'abord le magnifique plateau de *Bious-Artigues*, situé non loin de Pau, à l'altitude de 1.500 m., parc naturel aux mille parfums, où la voix agitée des torrents se mêle sous les sapins à celle de tous les vents du ciel. C'est là que le *Pic du Midi d'Ossau*, sortant d'une mer de fleurs et de forêts, perce les nues de sa fourche formidable, visible à cinquante lieues, et immortalisée par le comte de Bouillé. Ce plateau admirable, accessible aux chariots, n'est qu'à seize kilomètres de Laruns, relié à Pau par un chemin de fer de quarante kilomètres. Grâce à son altitude modeste, il serait habitable toute l'année : et de tous les côtés, il y a de charmantes courses à faire, surtout pour les chasseurs et les pêcheurs de truites. En hiver, on pourrait facilement y monter en traîneau, et encore mieux, en *skis*.

Ailleurs, près de Cauterets, à 1.700 et quelques mètres, et dans un site éminemment alpestre, voici le fameux *lac de Gaube*, entouré de sapins, de pins rouges, de rochers fantastiques, et dominé au sud par les parois neigeuses, resplendissantes et gigantesques du *Grand-Vignemale*, (3.298 m), au pied duquel brille le glacier de Gaube, déchiré de crevasses et en ruines. Là, dans un horizon d'hiver, on ne voit que du blanc et du noir ; mais tout autour du lac, la nature est souriante au possible : la jeunesse à côté de la mort.

Il y a une hôtellerie au lac de Gaube, mais voilà tout ! Et cependant, quelle admirable station d'été on pourrait créer là ! Comme l'air qu'on y respire est élastique et pur ! Jamais il ne fait chaud à l'ombre, au lac de Gaube, et il pleut beaucoup moins qu'à Cauterets : il y a infiniment plus de soleil. Les chevaux y arrivent facilement. Ce lac est plein d'excellentes truites : et il y a une saison entre l'automne et l'hiver (vers la fin de novembre), alors qu'il est déjà gelé, mais pas encore couvert de neige, où on pourrait y patiner. Avis aux patineurs de Pau ! On voit alors très bien le fond dans vingt mètres d'eau, comme si la glace en augmentait la transparence. C'est un curieux spectacle : ... au printemps, la débâcle fait un bruit formidable : comme le canon ou le tonnerre...

Au pied du cirque célèbre de *Gavarnie* et de ses prodigieux escarpements, où des armées entières pourraient s'entrechoquer sans qu'on s'en aperçut d'en bas... ; au nord de ces murailles sublimes de neige, de glace, et de marbre azuré, s'allonge une petite plaine horizontale, fleurie et veloutée, mouchetée de sapins, et où le gave naissant de Pau, à peine tombé du haut de son berceau de glaces, serpente mollement, et s'endort au soleil. Il a l'air de prendre goût à la vie pastorale. Cette petite plaine s'appelle *prade de Saint-Jean*, et c'est le lit d'un ancien lac, que l'on recomblerait à peu de frais. Il en a même été question. L'ensemble a l'air d'un parc anglais, transporté près des pôles. Cette oasis de verdure n'est qu'à deux kilomètres de *Gavarnie*, accessible en voiture par une des plus belles routes des Pyrénées. Sur la plaine de la Prade, il y aurait place pour un village, et sa hauteur n'ayant rien d'alarmant (1.400 m), l'hiver même y serait supportable. En été, le climat est vraiment admirable. Il est très rare, à Gavarnie, qu'il fasse plus de 25°C ; les nuits sont tièdes, presque fraîches, et comme au lac de Gaube, il y a plus de soleil que dans la plaine. Eh bien ! le croirait-on ? Jamais encore personne n'a eu l'idée d'y faire construire la moindre villa, le plus modeste chalet, ne fût-ce que pour le louer pendant l'été !

Si je ne cite que trois localités sur le versant français des Pyrénées, à l'appui de ma thèse, c'est par égard pour mes lecteurs. Car si je les promenais dans les parties centrales et orientales de cette belle et longue chaîne, où tant d'endroits élevés, salubres et pittoresques sont accessibles à cheval, parfois même en voiture, comme *Montlouis* (1.600 m., je n'en finirais plus, et mon article prendrait les proportions d'un dictionnaire.

Je franchis donc d'un seul bond la frontière. Nous voici en Espagne. Quel changement radical et subit ! C'est comme si on passait en cinq minutes de l'Europe en Afrique ! Et c'est ici assurément que je m'éterniserais, si je n'enchaînais pas mon enthousiasme ! Quelle majesté, quelle variété d'aspects et de climats, dans ces vallées alpestres et solitaires de l'Aragon, que l'on pourrait sinon décrire, du moins symboliser par ces trois mots : « sapins, neige et soleil » : et qui remontent des plaines torrides de l'Ebre jusqu'aux glaces éternelles ! Si on suivait toute la vallée de l'*Essera*, qui part des Monts-Maudits, on y ferait quatre-vingt kilomètres ! Sans doute, la civilisation y est moins avancée qu'en France : elle est absolument rudimentaire : les routes, à l'exception de trois ou quatre, sont exécrables : aucun chemin de fer n'approche même des montagnes : les bons hôtels sont rares... Mais en revanche, quelle riche, féconde et magnifique pâture ! Et quels climats ! que de soleil ! quels torrents ! quelles forêts ! quelle lumière ! Il y a infiniment plus de soleil qu'en France.

Pour populariser ces belles régions, et les utiliser au point de vue climatérique, il suffirait d'y faire des routes : les bons hôtels et les *sanatoria* viendraient après.

Déjà, dans les vallées voisines de la Maladetta, du Mont-Perdu et du Posets, les trois monarques de l'Aragon et de la chaîne entière, je constate des progrès très sensibles, depuis les temps, hélas ! bien reculés, où je fis mes débuts sur le versant méridional des Pyrénées, avec mon ami Packe, qui m'y avait même précédé. Je me souviens d'avoir une fois couché huit ou neuf nuits de suite sous des rochers ou des sapins, comme un sauvage (1865). En vérité, malgré ses charmes incontestables, cette vie était bien dure, et ses ivresses se payaient cher !

Nous sommes bien loin de ces temps-là ! que de progrès ont été accomplis depuis lors ! que de déserts sont devenus habitables, et que de découvertes ont été faites ! Mais malgré tout, mon enthousiasme pour certains lieux privilégiés ne s'est ni déplacé, ni refroidi : et je persiste à croire que les plus beaux recoins des Pyrénées aragonaises ou catalanes, leurs sites les plus splendides et les plus sains, ceux qu'il serait le plus facile et le plus naturel d'utiliser pendant les grandes chaleurs, sont encore ceux que j'admirais déjà passionnément il y a une quarantaine d'années. Et ils se sont un peu civilisés...

Citons d'abord le vert et ravissant plateau de l'*Hospice de Viella*, en Catalogne, à l'est des Mont-Maudits, et à 1.700 m. au-dessus du niveau de la mer. Exposée au midi, mais presque cernée de tous les autres côtés par des pics formidables où la glace et la neige laissent à peine émerger quelques noires pyramides, cette pelouse tiède, crépusculaire, et de la plus intense verdure, a un charme tout particulier. Elle a l'air d'un sanctuaire entouré des symboles de la mort. A l'ouest, s'étend un petit bois funèbre et sombre, où j'ai une fois mesuré des sapins de deux mètres de diamètre. On se croirait en Suisse, près de Zermatt.

Pourquoi parler d'un lieu aussi connu que le fameux *Plan des Etangs*, que laissent à gauche tous les touristes qui vont coucher à la Rencluse, en montant au Néthou ? C'est qu'en réalité, presque personne n'y va ; on se contente de l'admirer de loin. Et pourtant, quelle merveille ! quelle oasis ! quel paradis pour un vrai montagnard ! Et quel *sanatorium* ! On est à 2.000 mètres, au pied du roi des Pyrénées (Néthou, 3.404 m), au cœur même de la chaîne, à quatre heures de Vénasque, et à cinq de Luchon (à cheval).

Située à l'origine de la vallée immense de l'Essera, au pied des Monts-Maudits et des glaciers qui forment la source occidentale de la Garonne, cette charmante plaine offre d'étonnants contrastes. Toute verte et pastorale qu'elle soit, elle est sur les confins de l'éternelle stérilité elle touche à la désolation. C'est un mélange du Canada, de l'Arabie et du Spitzberg ; et malgré son soleil éblouissant, ses torrents bleus et ses forêts mystiques de vieux sapins, où dorment de petits lacs, elle prend souvent des airs terribles. Car c'est là que semblent naître les plus violents orages des Pyrénées : c'est sur ces monts vraiment « maudits » et Sibériens que soufflent avec le plus de rage ces ouragans qui font fumer la neige et les glaciers comme ceux du Kamschatka, et les couvrent de vapeurs menaçantes, où grondent les voix les plus funèbres de la nature. Les torrents blancs d'écume, sont saisis de vertige, et mugissent comme des lions : les forêts courbent la tête, et les rochers pâlissent, comme s'ils pouvaient sentir et s'effrayer...

Mais ce sont là des accidents qu'on ne regrette jamais : on finit même par les aimer, tant ils sont émouvants et sublimes. Et d'ailleurs ces orages n'éclatent guère que le soir ou la nuit. Les journées sont splendides : le ciel est bleu comme au Pérou, et l'air est si léger, si pur et si ionique, que tous les jours on se sent rajeunir d'une année ! Qu'arriverait-il au bout d'un mois ? Ce lieu salubre, sauvage et romantique, presque entouré de pics de 3.000 à 3.400 m., dont la base est couverte de sapins séculaires, de magnifiques rhododendrons, et de pelouses chaudes et dorées, sillonnées de cascades, serait pour moi l'idéal d'une station sanitaire. N'oublions pas qu'à trois quarts d'heure plus bas, à l'*Hospital* espagnol de Vénasque, il y a depuis bien des années un assez bon petit hôtel très propre, et admirablement situé, dont on pourrait tirer parti (1.700 m).

Que de nuits merveilleuses j'ai passées sur le *Plan des Etangs*, sous les étoiles, au bord de l'eau, et sans aucun abri, ne connaissant, comme disent les Maures, d'autres maîtres que Dieu et le désert ! Où pourrait-on dormir d'un sommeil plus tranquille, plus vertueux et plus doux ? Jamais assurément dans le brouillard, le tourbillon et le délire des capitales, où le repos est inconnu. Sur les montagnes, l'homme s'endort comme un ange, car ses yeux ne voient plus que le ciel, et il se sent plus près de lui que de la terre, qui n'est pas sa patrie.

C'est par *Panticosa* (les Bains, pas le village) que je vais terminer cette étude. Là, un sanatorium existe depuis longtemps : on y arrive d'Huesca en diligence : il y a de bons et vastes hôtels, des sources célèbres, un casino, des escalades superbes à faire, un soleil admirable, et un lac toujours bleu. L'entourage est austère, mais grandiose. Tout semble donc pour le mieux. Mais non, même là, il y a beaucoup à faire. C'est trop petit : c'est un hameau, où on pourrait à peine loger cinq cents personnes. Qu'on entoure le joli petit lac de chalets, qu'on en sème une vingtaine sur les flancs des montagnes, et vous verrez bientôt *Panticosa*, l'endroit civilisé le plus élevé des Pyrénées (1.700 m), devenir aussi célèbre et populaire que Luchon ou Cauterets. Ce n'est pas moi qui me plaindrai qu'il y ait encore des Pyrénées : mais j'espère voir le jour où elles cesseront de jouer le rôle vulgaire de forteresses, ou de barrière morale et politique entre deux nations non seulement contiguës et amies, mais cousines.

## DÉSERTS PYRÉNÉENS

Il doit paraître paradoxal d'accoupler ces deux mots, qui font l'effet d'une dissonance, et semblent s'exclure. Les Pyrénées dans leur ensemble, et vues de loin, ne sont-elles pas un harmonieux mélange de forêts azurées, de verdure et de neige ? Elles sont bleues, vertes et blanches, ne laissant voir à l'habitant des plaines que leurs plus beaux atours. Elles cachent le reste : ce sont de grandes coquettes ! On ne voit guère, à moins d'en approcher beaucoup, la zone aride, austère et majestueuse qui sépare les sapins des glaciers, et le public en général en ignore l'existence. Elle est pourtant bien vaste, bien caractéristique, et bien intéressante. Pendant l'été, c'est la plus saine des Pyrénées : c'est le pays où l'on respire le mieux, où l'on rencontre le moins d'obstacles à la circulation, et c'est certainement là que s'élèveront un jour, non pas des casinos, des cercles et des théâtres, mais les *sanatoria* de l'avenir, que depuis tant d'années j'appelle de tous mes vœux, comme tous ceux qui préfèrent les « cures d'air » aux « cures d'eaux ». Il faut choisir : car il n'y a pas d'eaux minérales dans nos pays à 2.000 m., et il y a peu d'air pur dans les villes d'eaux : elles sont beaucoup trop basses et trop peuplées. N'est-il pas vrai que leur population pendant l'été, alors qu'elles sont au grand complet, est aussi dense que celle d'une capitale ? Ce sont des fourmilières humaines, où il est impossible de marcher librement, en ligne droite, tant il reste peu de place. Il en résulte que tout le monde y respire l'air de son voisin. Autant vaudrait manger dans son assiette ! C'est une des formes les plus malsaines du communisme. Toute ville est une prison. Pour respirer à pleins poumons, il faut beaucoup de place ; il faut du vent : il faut presque le désert ! Car même dans une forêt, l'air est souvent vicié par les exhalaisons des plantes. Nos poumons, comme notre âme, ont besoin d'Infini, et le désert leur fait du bien. Heureusement, nous l'avons à nos portes : il y a des Saharas en France, et ils pourraient devenir des Paradis.

Si le désert que j'affectionne le plus, et dont je viens ici chanter les charmes et les vertus, n'est pas absolument particulier aux Pyrénées, il y est, pour diverses causes, infiniment plus développé qu'en Suisse. Cela tient sans doute à des raisons atmosphériques et climatologiques que je n'analyserai pas ici : je ne m'occupe que des effets, et pas des causes : c'est souvent plus prudent... Aucun glacier Pyrénéen ne descend à 2.200 mètres : les deux qui en approchent le plus, celui de *Gaube*, et le petit glacier très tumultueux du *Gabiétou*, sont encore éloignés de plusieurs kilomètres de la zone forestière : ils meurent dans le désert, comme ceux des Andes, bien qu'à la fin d'Août, les troupeaux aillent brouter à leur base. Les autres glaciers des Pyrénées, surtout en Aragon, ne descendent guère au-dessous de 2.600 mètres, et la désolation qui les entoure rappelle les steppes de la Patagonie. Pas un arbre n'en approche.

Comme tout cela ressemble peu à la Suisse ! Là, dans les Alpes, où les glaciers descendent dans les vallées et sont bordés de fleurs, où les sapins et les mélèzes touchent aux neiges éternelles, la zone intermédiaire dont je m'occupe est nulle ou très étroite. En allongeant le bras, on peut souvent faire un bouquet sans sortir d'un glacier ! Mais dans les Pyrénées, rien de semblable ; cela n'arrive jamais, absolument nulle part. Entre les derniers rhododendrons et les grandes neiges, il y a toujours de vastes espaces : des espèces de savanes les séparent, et c'est dans cette région curieuse, salubre et poétique que je voudrais voir émigrer ceux qui ne vont aux « Eaux » que pour y tuer le temps !

Mais mon lecteur doit s'étonner. Quel paradoxe, doit-il se dire ! Quel charme, quel intérêt peut-on trouver à la stérilité ? A quoi sert-elle ? Mieux vaudrait la maudire !

A cela, je répondrai beaucoup de choses : d'abord que je l'admire, et que n'ayant jamais été « utilitaire », je fais toujours passer le Beau avant l'Utile. Il joue un rôle énorme dans l'âme et dans la vie, et nous donne des jouissances infinies. L'utilité d'une symphonie, d'un beau tableau ou d'une statue, est loin d'être évidente : elle est même contestable. Et cependant, les grands chefs-d'œuvre ne sont-ils pas une source intarissable des plus pures, des plus douces émotions, et de joies ineffables ? Sans compter que le Beau mène au Bien. On l'aime mieux que le Vrai, qui ne parle ni aux sens, ni au cœur.

Je répondrai ensuite à ceux qui s'étonneraient de mes prédilections pour les chaos sauvages et la stérilité, que tout est beau dans la nature, *même le désert*. Par certains temps, c'est une des plus belles choses, un des plus grands spectacles du monde ; et les montagnes couvertes de fleurs ou de forêts, comme celles de Sumatra et de Java, sont loin d'avoir la majesté des sommets dépouillés et neigeux de l'Europe. Il est rare qu'on y monte, et même à 3.000 m., ou ne voit rien : on est encore entouré d'arbres, qui masquent autant la vue que les murs d'un cachot.

C'est dans la zone moyenne des Pyrénées, vers 2.000 m., là où il n'y a plus d'arbres, mais pas encore de neiges, qu'on a les plus belles vues panoramiques, et qu'on se porte le mieux.

Jamais peut-être je n'ai été plus fasciné par les déserts Pyrénéens, jamais je n'en ai plus subi le charme, qu'à ma dernière visite au port de Vénasque, en Septembre 1893, quelques jours avant la mémorable expédition où mon vaillant ami, M. Antoine Benoist, aujourd'hui Recteur de l'Université de Montpellier, réussit à conduire au Néthou une trentaine de touristes et de guides, par un temps lamentable, et à travers les plus perfides crevasses. Dans de telles circonstances, cette course fut moralement et physiquement un tour de force.

A la fin d'un été tropical, les glaciers étaient non seulement à nu partout, mais disloqués et déchirés d'abîmes sans fond. Ils étaient d'un gris sale et bleuâtre, qui les faisait confondre avec la terre environnante. Ils avaient l'air malade, et une fusion de plusieurs mois en avait tant rongé la base, qu'ils ne commençaient guère qu'à 3.000 m., laissant ainsi à découvert, en les agrandissant énormément, les mornes immensités de la *Salenques* et de *Moulières*, où tant de fois, seul avec Dieu, le soleil et la neige, j'ai respiré avec amour toutes les brises de la terre et du ciel ! J'avais là devant moi un vaste et vrai désert, où par un temps très orageux, couraient les ombres de nuages violets, cuivrés et menaçants. Derrière Vénasque, le *Cotieilla* dressait au loin ses arêtes jaunes, sablonneuses et fumantes, aussi arides que les collines ardentes et fauves du Sahara. Plus près de moi, au Sud-Est et au Sud, se déroulait un monde funèbre, glacial et bouleversé de calcaire, de granit, de forêts foudroyées, et de sables morainiques, où même à 3.000 m., il n'y avait plus de neige, et qui me rappelait le désert effroyable et néfaste de *Gobi*... Et au-dessus de toutes ces nudités, de toutes ces solitudes, les pointes neigeuses de la *Maladetta*, enflammées par le soir, perçaient le ciel de l'Aragon comme des lames d'or, tandis que ses glaciers, dévorés par l'orage, le Sirocco et le soleil, apparaissaient vaguement à travers une espèce de fumée, qui n'était pas encore un nuage, mais qui mettait leurs neiges en deuil.

D'autres trouveront cela horrible. Ils aimeraient mieux un diorama ou le bois de Boulogne, et se seraient enfuis devant un tel spectacle. C'est une affaire de goût et de tempérament. Mais moi, j'étais émerveillé, pour ne pas dire ensorcelé ! J'aime le sauvage dans la nature. Comme la terre serait laide, si c'était l'homme qui l'avait faite ! Où l'a-t-il embellie ?

Les grands Saints d'autrefois chérissaient le désert ; et ce n'est pas pour le plaisir de regarder du sable, ni par misanthropie, qu'ils s'y ensevelissaient à la fleur de leur âge, avec un crucifix et le soleil. C'est qu'ils y priaient mieux, et s'y sentaient plus près du ciel. C'est là qu'ils devenaient des saints. D'ailleurs, ils ne s'en portaient pas plus mal, car Saint Antoine mourut à 105 ans ! La vie mondaine est une fièvre continuelle.

Et Dieu lui-même a aimé le désert. N'y a-t-il pas vécu ? N'en a-t-il pas couvert le monde ? L'Océan n'est-il pas un désert ? Mais sans parler de lui, et en ne tenant compte que de la terre proprement dite, que resterait-il de cultivé et de civilisé sur notre planète, si on en enlevait l'immensité presque infinie de sables qui s'étendent du Maroc au Thibet, sur une longueur de 20.000 km ? Les quatre cinquièmes du monde sont couverts d'eau, de sable, et de neiges éternelles. Ne nous en plaignons pas ; c'est peut-être ce qu'il a de plus beau ! Mais revenons aux Pyrénées.

Où sont leurs vraies merveilles, leurs gloires les plus incontestables, et leurs régions les plus splendides ? Où vont, je ne dis pas les paresseux blasés, indifférents et parfumés qui fréquentent les villes d'Eaux, mais les poètes, les peintres, et tous les amoureux de la nature ? Où est leur Paradis terrestre ? C'est sur les pentes méridionales et calcinées du cirque de Gavarnie, où des milliers d'hectares de marbre bleuâtre et blanc brillent au soleil pendant des semaines entières, alors qu'en bas, il pleut à verse dans les forêts, les villes et les vallées. C'est au bord de ces lacs solitaires, immobiles et sans nom, dont mon ami Emile Belloc a deviné les charmes et soudé les abîmes, et qui au Sud des Monts-Maudits, bien loin des hommes, au pays des chaos éternels, sommeillent dans la lumière entre les sapins et les glaciers. C'est sur le *Cotiella*, aux pentes nues, décharnées et cendrées, aux épaules flamboyantes, où il n'y a rien que des cailloux, du sable et du soleil : car malgré sa hauteur (2.910 m), il n'y reste plus du tout de neige à la fin de l'été. Il n'a qu'une source, bien qu'il couvre sept communes ! Quand on y monte, il faut y emporter de l'eau ! En fait d'aridité, je ne connais que la *Collarada*, près de Canfranc, qui lui ressemble : elle est encore plus nue que lui !

La majesté des steppes immenses et lumineuses de la *Cerdagne* (Pyrénées-Orientales), pleines de lacs bleus que font étinceler le vent et le soleil, et où les arbres ont l'air d'îlots mélancoliques perdus dans l'Océan, laisse à tous ceux qui les ont vues, des impressions ineffaçables. C'est virginal, sauvage et magnifique. C'est le triomphe de la stérilité !

En vérité, il n'y a de laid dans la nature que ce que l'homme a profané, défiguré et défloré. Même aux confins les plus décolorés du monde, au sein des glaces polaires, où l'aquilon rugit toujours et fait pleurer la mer, la neige et les sapins inconsolables, même au milieu des rochers noirs et consternés qui sortent comme des tombeaux du fond des brumes et des blancheurs arctiques, même dans ces lieux sinistres, qui symbolisent la mort, et où on ne voit qu'elle partout, la nature a un charme ineffable, une poésie suprême, et une mélancolie magique qui attendrissent le cœur, l'exaltent et le fascinent autant que les palmiers, les soirées écarlates, et les mers harmonieuses des tropiques. L'âme y garde ses couleurs primitives, et c'est peut-être autour du cercle polaire que vivent les races les plus honnêtes du monde : dans tous les cas, ce sont les plus naïves, les plus sentimentales, et les plus affectueuses. La ruse est née sous les tropiques. C'est un microbe inconnu dans le Nord.

Mais comme je n'ai aucune idée de faire de la psychologie, ce qui m'entraînerait dans les nuages, et plus haut, je reviens au côté romantique, hygiénique et pratique de ce que j'appellerai les « *Steppes Pyrénéennes* », dont la hauteur mesurée verticalement, est en moyenne d'environ 600 mètres. Mais quand les pentes sont douces, comme autour du *Carlitte* (Pyrénées-Orientales), elle s'étendent presque à perte de vue. Elles commencent à la limite supérieure (très variable), des rhododendrons et des genévriers, c'est-à-dire, plus ou moins, vers l'altitude de 2.000 m. Ce sont des Mongolies en miniature. L'hiver y est glacial ; mais en été, quel temps superbe !

Les vrais déserts, les grands, ceux qui ressemblent à des empires, ont peut-être moins de charme que les autres. Ils fascinent comme la mer, et leur immensité frappe l'imagination ; mais leurs climats terribles y rendent la vie bien dure. Comme ils m'ont fait souffrir ! Ayant mangé du rhum gelé dans celui de Gobi, et m'étant presque « éthérisé », dix mois après, dans ceux de l'Australie, par 49° à l'ombre, j'en ai gardé des souvenirs assez lugubres. Aussi je ne suis pas suspect, lorsque je viens plaider leur cause, après avoir été tenté de les maudire ! Mais entre l'amour et les malédictions, il n'y a qu'un pas... Que ne pardonne-t-on pas à la beauté ?

Et soit au Nord, soit au Midi, comme les déserts passionnent les âmes aventureuses et romanesques éprises du Beau ! Dans ceux du Nord, qui rappellent ceux des montagnes de l'Europe, la neige alterne avec le sable, et leur donne l'air étrange et presque vivant d'une immense peau de léopard. Sous les tropiques, leurs dunes échevelées, mouvantes et jaunes, simulent des lions énormes prêts à bondir, crinière au vent. Leurs nuages, toujours en feu, ne ressemblent pas aux nôtres, et notre soleil d'Europe leur servirait de lune ! Leurs soirées graves et solennelles, empreintes d'une sorte de religion et de sainteté, font tomber les chrétiens à genoux, comme s'ils voyaient monter l'encens qui fume autour des Séraphins, et va mourir en flots de pourpre et d'or aux pieds de l'Eternel. Et à la fin d'un jour torride, quand le soleil a disparu sous l'horizon poudreux et désolé du Sahara, quand tout s'est endormi sur les champs infinis de la soif, des larmes de sang descendent du ciel, où des nuages prodigieux, écarlates et fébriles, plus hauts que des montagnes et pleins d'éclairs, sortent de la nuit qui monte et les entoure, mais sans jamais éteindre leurs sommets rouges comme du cinabre. On songe alors aux grands saints du désert, et on comprend non seulement leur bonheur, mais leur génie et leurs vertus, car les splendeurs de la nature inspirent et sanctifient les solitaires, à part toute influence surnaturelle.

S'il y dans ces solitudes fauves, énormes et menaçantes, quelque chose de fatal et de morne, si elles font peur, et semblent incompatibles avec la Providence et la bonté divine, qui pourrait nier pourtant qu'elles sont aussi sublimes que l'Océan, qu'elles élèvent l'âme jusqu'à l'extase, et qu'on finit par les aimer ? Leur délire même les rend superbes : on en évoque souvent le souvenir avec amour, et on regrette les élégies du vent fiévreux qui passait sur les sables, en les faisant gémir comme l'écume tourmentée de la mer. Il y a des flammes dans cette musique. Je me résume et je conclus :

Il existe dans nos chères Pyrénées, entre 2.000 et 2.500 m. d'altitude, en moyenne, une région merveilleuse, peu connue du public, qui même quand il y monte, y passe sans s'arrêter. C'est le pays par excellence de la santé, de la lumière, et de la liberté, où il ne fait, pendant l'été, ni chaud ni froid, et où on jouit d'une vue splendide. Si on voulait l'utiliser, y guérir des malades, y rendre la vie aux anémiques, la joie aux malheureux, et une seconde jeunesse à tout le monde, en y élevant quelques hôtels modestes et pas trop chers, ou des chalets disséminés un peu partout, on y ferait fortune, et mieux encore, une œuvre essentiellement philanthropique. Qui sait ? On y ferait peut-être des conversions, et d'illustres pénitents !..., car, dans les hautes montagnes, où les passions s'apaisent, faute d'aliments, où tout est pur comme l'or ou le cristal, l'homme qui regarde autour de lui devient jaloux de l'innocence de la nature : il envie la splendeur et l'éclat des étoiles, des torrents et des fleurs, et finit par se dire que ce qu'il a de mieux à faire, c'est de suivre leur exemple.

Ah ! j'aime nos vallées vertes et pastorales, leurs gaves mousseux, et la blancheur neigeuse de leurs villages : j'aime les grands bois de hêtres, de chênes et de mélèzes, attristés par le soir ou jaunis par l'automne, qui leur donne l'air d'une forêt d'or, d'émeraude et de rubis : j'aime le tonnerre des cataractes qui fument sous les sapins, et font pleuvoir des perles et des diamants sur la mousse et les fleurs. Mais tout cela n'est qu'un spectacle. Pour bien jouir de la vie, dans toute la plénitude de sa santé et de sa liberté, il faut monter plus haut : il faut atteindre les grands plateaux, balayés par des brises éternelles, de la région moyenne des Pyrénées, d'où l'on domine généralement les nuages, et vivre en philosophe pendant des mois entiers, loin des miasmes et du bruit de la plaine, loin des journaux et de la politique, dans ces déserts dorés et lumineux où en levant la tête au coucher du soleil, le voyageur qui a couru le monde croit subitement revoir les neiges sanglantes des Andes ou de l'Himalaya, drapées dans leur virginité sublime, avec une majesté surnaturelle et des airs d'un autre monde, comme si la terre était indigne de leur servir de piédestal !

## LES PYRÉNÉES OCCIDENTALES

Au point de vue pittoresque, le seul qui frappe la grande majorité des hommes, les Pyrénées sont partagées en trois zones si distinctes et si nettement caractérisées, qu'elles semblent être des fragments de plusieurs continents. Au centre, où elles arrivent à 3.400 m. d'altitude, il y a la Sibérie ; à l'Est, l'Afrique ; à l'Ouest, l'Europe avec tous ses climats, sa flore, et sa verdure intense, où on devine le voisinage humide de l'Océan. La chaîne est si panoramique, si droite, et elle occupe relativement si peu de place, qu'à une certaine distance, de la plaine de Toulouse, par exemple, on la voit tout entière, et on saisit d'un seul coup d'œil un merveilleux ensemble de sommets chauves et décharnés, de neiges et de glaciers à perte de vue, et de forêts bleuâtres et vaporeuses, où dorment les nuages. Aussi la variété est-elle un des grands charmes des Pyrénées. Tout y fleurit, depuis le laurier rose et le palmier jusqu'à la renoncule glaciale. Elles ont tous les climats imaginables : et si comme on l'a dit souvent, l'homme est la traduction de son climat, à bien plus forte raison est-ce vrai de l'aspect général d'un pays, et même de son relief.

Examinons les Pyrénées, de l'Est à l'Ouest.

Les Pyrénées Méditerranéennes, les premières à saluer chaque matin un soleil éblouissant, représentent le Midi et l'Orient. Malgré les lacs et les lambeaux épars de neige dont elles sont constellées, malgré les fleurs gracieuses et rares modestement cachées dans l'ombre de leurs vallées ou dans la solitude et le silence de forêts rabougries, qui ne sont plus que des oasis, ces belles montagnes brûlées rappellent l'Afrique. Elles sont arides et calcinées comme le sable d'un désert, ou la cendre des volcans. La lumière est intense, le ciel reste bleu pendant des semaines entières, et il n'y a pas un seul glacier, même au-dessus de 3.000 m., à l'Est des Monts-Maudits. Il n'y a que des névés.

Passons aux Pyrénées Centrales. C'est l'autre extrême : c'est un autre monde, et on dirait qu'on a franchi en quelques heures quarante degrés de latitude, en allant vers le Nord. Même dans la plaine, au mois d'août, on est pris d'une espèce de frisson, lorsqu'on levant la tête, on aperçoit à l'horizon du Sud les mornes blancheurs d'un hiver éternel, et la patrie sublime des neiges et des glaciers, d'où sortent des rochers noirs, féroces et désolés. C'est une espèce de Laponie, où l'on peut faire en toute saison dix ou douze kilomètres sur la neige, en côtoyant des lacs lugubres, couverts de glaces flottantes.

D'immenses forêts où domine le sapin, symbole austère et sombre des régions boréales, descendent dans les vallées, dessinent des arabesques autour des lacs, couvrent les montagnes moyennes d'un majestueux manteau de velours vert ou azuré, couronnent souvent les pointes les plus hardies, et meurent enfin dans les arides savanes qui précèdent les glaciers. Quand il fait beau, quand le soleil fait flamboyer les mille hectares de neige des Monts-Maudits, sous le ciel bleu ou empourpré de l'Aragon ou de l'Andorre, on est forcé de convenir que c'est bien là la plus splendide région des Pyrénées, celle qui ressemble le plus aux Alpes, celle en un mot qui charme et qui fascine plus qu'aucune autre la race spéciale des solitaires et des rêveurs. C'est le *Pamir* des Pyrénées, car tout s'abaisse autour de ses colosses de neige et de granit, et ils dominent la chaîne entière.

Mais si les Pyrénées Centrales l'emportent en majesté et en effets neigeux sur leurs voisines, si leur grand âge et leur hauteur leur donnent plus de prestige, elles laissent beaucoup à désirer au point de vue atmosphérique : leur ciel a des caprices terribles et désolants, et si leurs belles journées sont merveilleuses, elles sont bien rares pendant les mois d'été... C'est la patrie par excellence de la grêle, des éclairs et des nuages : c'est le grand arsenal des orages, c'est là, plus que partout ailleurs, que naissent et se concentrent ces effroyables tourmentes de neige qui font rugir et trembler les montagnes, les démolissent, et ravagent les vallées, en les couvrant de ruines et de terreur, comme si la mort avait passé dessus. Malgré l'admiration et l'enthousiasme qu'inspirent toujours la sauvagerie sublime et la blancheur des monts glacés qui se hérissent autour des sources de la Garonne, le mauvais temps y rend souvent la vie extrêmement dure ; bien qu'en Espagne, il y ait plus de soleil qu'en France. Il brille souvent sans nuages pendant sept ou huit jours de suite sur les glaciers des *Monts-Maudits*, alors que le brouillard et les orages sont continuels en France, sur ceux de *Clarabide*, du *Lys*, et d'*Oo*.

Aussi les ascensions manquées autour de Bagnères-de-Luchon par cause de mauvais temps sont innombrables. C'est comme en Suisse, ou pire encore.

Les Pyrénées Centrales n'en sont pas moins la terre promise, le Paradis terrestre des montagnards ardents, aventureux et romanesques, épris des ascensions vertigineuses et des névés sans fin.

Ils y reviennent toujours avec passion : et quant à moi, les innombrables journées que j'ai passées sur les plus grands glaciers des Pyrénées, par tous les temps et souvent seul, sont parmi les plus belles, les plus douces et les plus émouvantes de ma vie. Je voudrais les revivre ! Mon ami Packe, qui m'y a précédé, préfère ces solitudes neigeuses à celles des Alpes.

Mais il est clair que pour aimer des lieux aussi stériles, pour explorer avec plaisir leurs chaos désolés de granit et de glace, en se privant de tant de choses, pour vivre par goût dans des neiges éternelles, il faut une vocation spéciale ; il faut être à moitié Patagon ; il faut aimer la vie sauvage, passion dangereuse et heureusement peu répandue, surtout en France. Aussi les Pyrénées Centrales sont-elles abandonnées pendant les trois quarts de l'année. On va là comme on va au cap Nord pour y voir le soleil de minuit. C'est un spectacle, et pas un domicile.

La seule partie des Pyrénées qui plaise à tout le monde, et dans toutes les saisons, c'est celle qui, descendant à l'Ouest du méridien de Lourdes et du Vignemale (3.298 m), s'abaisse très graduellement à l'Ouest-Nord-Ouest vers l'Atlantique, en face duquel se dresse solitairement la cime modeste, mais gracieuse et célèbre, de la Rhune (900 m), battue et dénudée du haut en bas, par tous les vents du ciel. C'est le dernier enfant des Pyrénées Occidentales, qui s'abîment à ses pieds dans les flots.

Pourquoi sont-elles si populaires ? Pourquoi tant d'étrangers sont-ils fixés dans le Sud-Ouest ? Cela tient a bien des causes. Il y a d'abord dans cette région privilégiée une énorme variété de climats, d'habitants, de couleurs, de montagnes et d'aspects.

Il y a de vastes forêts, encore presque vierges, et des rivières pour tous les goûts, depuis les plus soporifiques, qui coulent à peine, comme la Bidouze et la Joyeuse, jusqu'aux torrents les plus fougueux, qui tombent en cataractes fumantes au milieu des sapins et des fleurs. Il y a des pics célèbres, dépassant 3.000 m., et d'une blancheur superbe. Il y a le voisinage de Pau et de Biarritz, et leur mille séductions. Il y a le charme des habitants, les mœurs aimables et douces, l'esprit, la grâce et la beauté de la race Béarnaise, les mâles vertus des Basques, et le mystère qui couvre encore leur origine antique, lointaine et nébuleuse. Il y a tous les souvenirs guerriers, tragiques et romanesques, dont est remplie la longue et mémorable histoire de cette partie de la Gascogne, où se sont succédés tant de peuples, tant d'illustres conquérants, Charlemagne, Henri IV et Napoléon : où se sont déchaînées tant de haines et de guerres, et où se sont livrés, même dans les temps modernes, des combats héroïques, vraies batailles de géants dont le sol du Béarn semble encore ébranlé.

Il y a encore autre chose, qui parle à l'imagination, sans être pour cela imaginaire. Jusque dans la pente très accentuée, mais douce et uniforme, de ces charmantes contrées vers l'Ouest, vers le soleil couchant, vers les immensités désertes et solennelles de l'Océan qui mène au Nouveau-Monde et qui touche aux deux pôles, il y a une poésie qui, bien que difficile à définir, n'en est pas moins réelle. C'est sur les cimes neigeuses des Pyrénées Occidentales que le soleil jette ses derniers rayons quand il sombre dans la mer, et c'est de là qu'il part pour l'Amérique. Ce sont elles qui reçoivent tous les soirs ses adieux à l'Europe : et, quand la chaîne entière des Pyrénées a disparu dans l'ombre austère et silencieuse du crépuscule, le *Grand-Vignemale* est encore incendié : il se couvre d'une rougeur désolée, bien plus intense le soir que le matin : toute son hermine se change en pourpre et c'est sur lui que meurt enfin le jour, alors que toute la France est déjà dans la nuit.

Si l'Orient symbolise le matin, la jeunesse et la joie, il y a un charme encore plus grand dans le mystère et la tristesse de l'Occident, quand on y voit dormir une mer sans bornes et lumineuse, quand c'est sur l'Océan que descend pompeusement le soleil, en rougissant les neiges lointaines d'une grande chaîne de montagnes, à la fin d'un beau jour. Le soir est l'heure des larmes : les brises de l'Océan gémissent toujours, et la musique des flots n'est qu'une longue élégie : et cependant, n'est-ce pas vers l'Ouest, vers les mers écarlates du couchant, que sont presque toujours tournés les yeux des peintres, des amoureux et des poètes, comme si la joie était moins naturelle à l'homme, moins douce et moins aimable que la mélancolie ?

La majesté de l'Océan, sa voix tantôt tragique et tantôt mélodieuse, sa toute puissance et son écume, l'air toujours pur qui s'en exhale, et la salubrité de ses rivages, voilà encore des causes qui font venir et bien souvent rester, tant d'étrangers dans les Basses-Pyrénées, où l'influence de l'Océan se fait sentir, au point de vue atmosphérique et sanitaire, très loin des côtes, et même à Pau, dont le climat a quelque chose de « maritime ». Bien que le vent y soit très rare (ce qui veut seulement dire qu'il ne souffle guère dans la ville même), on sent bien cependant que l'air est en mouvement, et que neuf fois sur dix, il vient de l'Ouest, c'est-à-dire de la mer, comme on peut s'en convaincre en se promenant sur le pont de Jurançon, où règne généralement une jolie brise de l'Ouest : en sorte que le climat de Pau est légèrement « Océanique ». Il est « Pyrénéen » aussi : on y sent l'influence des montagnes, et c'est peut-être à cause de ce mélange qu'il est si sain.

Comment ne le serait-il pas ? Quels miasmes, quels éléments impurs ou délétères pourraient rester ou naître dans un pays où le vent ne souffle guère que de l'Ouest et du Sud, de l'Océan et des sommets immaculés des Pyrénées ? Il n'y a rien d'aussi sain, d'aussi rajeunissant et d'aussi pur que le vent de la mer et celui des montagnes. Il n'y a pas d'antidotes comme ceux-là, contre les microbes et les poisons de l'atmosphère. En Béarn, les vents d'Est et du Nord ne comptent pas ; ils sont trop rares pour cela : et s'il est vrai que le froid vienne toujours avec eux, c'est un froid innocent et spécial. Il a bon caractère : il ne mord pas, et n'a rien d'enragé. On peut sourire du chauvinisme d'un respectable et spirituel Palois, le regretté Gardères, qui prétendait qu'à Pau, la neige n'était pas froide, et que la pluie ne mouillait pas... Mais on peut dire sans plaisanter et sans mentir, qu'il y a beaucoup d'espèces de froids : de même que deux jumeaux, en apparence absolument semblables, peuvent différer autant qu'un ange et un démon.

Le Béarn est aussi le pays du bon vin, de l'hospitalité et de la bonne humeur. C'est un pays trop agréable : car une fois qu'on y est, on ne veut plus rentrer dans sa patrie. On est hypnotisé.

Mais revenons à notre point de départ, l'aspect et la splendeur des Pyrénées Océaniques. L'âme la plus froide et la plus prosaïque s'enthousiasmerait devant cette longue chaîne de montagnes bleuâtres et blanches qui, des sommets les plus neigeux, descend mollement et graduellement vers l'Atlantique avec une pente si uniforme, qu'une ligne joignant les cimes serait à peine brisée.

Cette régularité de la descente, sur une longueur d'au moins cent kilomètres, a quelque chose de majestueux et de grandiose : elle flatte les yeux et les captive, car toute ligne droite étonne dans la nature.

Dans leur ensemble, les Pyrénées ont donc trois caractères nettement tranchés, trois aspects très distincts, et trois manières de plaire. Les Pyrénées Méditerranéennes, dont les plus beaux représentants sont le *Puigmal* (2.909 m), le *Canigou* (2.785 m), et le *Carlitte* (2.920 m), éblouissent comme le soleil : c'est une terre à peu près Africaine. Les Pyrénées Centrales, dont le monarque est le *Néthou* (3.404 m), inspirent une vague tristesse ; mêlée d'effroi et de respect, comme tout ce qui rappelle ou symbolise la mort. Les Pyrénées Occidentales, moins lumineuses que les premières, plus accessibles, moins orgueilleuses que les secondes, ont seules le don d'inspirer une espèce de tendresse. Elles charment le cœur, autant que l'imagination, et on les pleure en leur disant adieu. On peut les parcourir, et même les habiter, en toute saison. *Gavarnie* (1.346 m), a 400 habitants ; *Cauterets* (980 m), en a 2.000 ; on y monte tous les jours de l'année : et tous les « cols » de cette partie des Pyrénées, situés à l'Ouest du méridien de Pau, sont assez bas pour être utilisables en plein hiver. Mais si on cherche la grande nature Alpestre, avec sa sauvagerie et sa splendeur, on la retrouve dans toute sa gloire au Sud et du Sud-Ouest de Lourdes et de Cauterets, où se hérisse un monde neigeux plein de glaciers, de lacs qui ne dégèlent jamais, et de sommets superbes dépassant 3.000 mètres, tels que le *Pic d'Enfer* (3.080 m), *la Fache* (3.020 m), les *Arualas* (3.073 m), le formidable *Balaïtous* (3.146 m), le *Grand-Vignemale* (3.298 m), etc., etc., etc.

On trouve un peu de tout dans le Sud-Ouest. C'est là qu'il y a le plus de vie, d'endroits célèbres et de richesses ; et si Luchon mérite encore, par son site admirable, ses plaisirs et son luxe, le titre fameux de « Reine des Pyrénées » que lui donna jadis Strabon, n'a-t-elle pas des rivales redoutables dans Bagnères-de-Bigorre (*aimable et fortuné séjour*), dans Cauterets, Argelès, les Eaux-Bonnes, les Eaux-Chaudes, Pau, Salies et Biarritz ? Voilà des noms sonores et bien illustres, dans la géographie des Pyrénées Occidentales. Ils rappellent et résument toutes leurs gloires, leurs climats, leur histoire, en un mot tous leurs charmes et tout le bien qu'on peut en dire.

Ces villes célèbres doivent leur réputation et leur prospérité à bien des causes. Les unes les doivent à leurs eaux minérales, les autres à leur fraîcheur dans la saison brûlante : d'autres, comme Pau et Biarritz, à leur climat d'abord, mais tout autant à la vie de plaisirs incessants qu'on y mène l'hiver : vie mondaine et de *sport*, vie dévorante, fébrile, et souvent folle, mais quelquefois sérieuse et même utile, car non seulement les Arts, mais les Sciences et les Lettres y trouvent place et y sont en honneur. Ces jolies villes ont tous les charmes d'une capitale.

Chacune a sa spécialité, son climat, sa saison, sa coquetterie particulière, et ses adorateurs... Mais leur vraie gloire, la source réelle de leur grandeur, et le secret de leur succès, c'est la *montagne*. Cette gloire leur est commune à toutes. Si l'harmonie n'est pas toujours parfaite entre tant de villes rivales, s'il y a parfois des discordances, la montagne est leur « note dominante », et elle leur sert de trait-d'union. C'est elle qui les remet à l'unisson et les rend sœurs ; car c'est leur mère, et toutes portent son empreinte. En face de Pau, les Pyrénées forment un panorama sublime, un horizon magique de neige et de forêts auquel on pense toujours et vers lequel on a toujours les yeux tournés, même quand il est couvert de nuages. C'est un instinct, une habitude et un besoin. Si la boussole regarde le Nord, le Palois est toujours attiré vers le Sud, comme s'il était mesmérisé par les montagnes. Quant aux villes d'eaux, elles en sont entourées : elles sont au cœur des Pyrénées, qui alimentent leurs sources, et même des bords de l'Océan, des plages lointaines de Cap-Breton et de Biarritz, on aperçoit encore à l'Est-Sud-Est une ligne radieuse et disloquée de pyramides bleuâtres et blanches, qui resplendissent à une distance énorme (140 km) comme un chaos de neige et de glaçons. Elles sont si loin, que la convexité du globe ne laisse paraître que leurs sommets : mais on les voit très bien, à cause de leur blancheur, qui leur donne l'air d'*Icebergs* livides, échoués sur la verdure de l'horizon. Heureux et séduisant pays, où la nature sourit toujours, même en hiver, et sous les nuages.

Bien que mon affection pour le Béarn m'ait inspiré ces pages, je ne crois pas devoir m'en excuser. L'amour n'est pas toujours aveugle, et les mille étrangers fixés à Pau et à Biarritz ne prouvent-ils pas éloquemment par leur présence qu'ils sont de mon avis ? Un exil volontaire suppose toujours bien des compensations, et même de grandes consolations...

Pau : 1892.

## HISTOIRE ET VICISSITUDES DE MES GROTTES DU VIGNEMALE

Voici l'histoire accidentée, orageuse même, de mes grottes du Vignemale.

Quand je conçus l'idée de creuser des cavernes à de grandes altitudes, et de m'y métamorphoser en troglodyte, mon amour pour les Pyrénées subissait une évolution : et sans être un disciple de Darwin, je crois aux évolutions morales : nous passons tous par là... Le cœur tourne comme la terre, et subit l'influence des saisons, c'est-à-dire des époques de la vie... Il n'est jamais tranquille... Après avoir passé déjà vingt ans à explorer les Pyrénées, à gravir la plupart de leurs cimes, vierges et autres, et à coucher un peu partout, en plein air, et à toutes les hauteurs, même au sommet de leur point culminant, le *Néthou*, (3.404 m), je finis par me dire qu'il y aurait peut-être moyen de mieux les voir, et d'en jouir davantage, en séjournant longtemps à de grandes altitudes, sans y mener la vie terrible que j'y avais toujours menée, et qui aurait fini par briser ma santé.

Il me fallut vingt ans pour découvrir que l'exploration (les régions vierges, désertes et très élevées des Pyrénées, était presque aussi dure que celle du Groënland ou du Sahara (ou les deux réunies...) mais je le découvris enfin, et fatigué de tant souffrir, je me décidai, soit à prendre ma retraite, soit à trouver le moyen de faire de longs séjours à 3.000 m. et plus, au faîte des Pyrénées, sans m'astreindre à y faire un carême perpétuel.

C'était en 1880. Il s'agissait : 1° de m'établir sur une montagne de premier ordre : 2° d'y choisir le meilleur site possible pour mon installation future ; et 3° d'y adopter un certain genre d'habitation.

La montagne était toute trouvée : ce serait le *Vignemale*, la plus élevée des « Pyrénées-frontières » (3.298 m), et ma cime favorite, depuis les jours de ma plus tendre enfance. Quant au site à choisir, je le voulais le plus près possible du sommet. Malheureusement, je découvris bien vite que les rochers de la *Pique-Longue*, comme on appelle l'immense pyramide noire qui forme la cime du Grand-Vignemale, étaient durs comme du fer, tordus dans tous les sens, veinés de quartz, et très probablement invulnérables. Ils ont un air féroce... et ils le sont....

Cela me désolait, car ils regardent le Sud, et même en plein hiver, jamais la neige ne peut y séjourner longtemps ; elle glisse, grâce à la pente, ou la tempête l'emporte presqu'aussitôt tombée : sans compter le soleil, qui, dans les belles et longues journées d'été, frappe ces parois et les embrase pendant quinze heures de suite. Il fait bien moins froid là qu'à 500 mètres plus bas. J'étais navré d'avoir à renoncer à ces rochers : mais leur dureté extrême sautait aux yeux. Aussi, chassé de là par leur aspect décourageant, je me décidai pour les parois moins dures de l'arête de *Cerbillonas*, qui forment un mur à pic et sombre regardant l'Est, se dressent majestueusement sur l'éblouissant glacier d'Ossouë, et descendant très graduellement du Nord au Sud, viennent mourir en pente douce sur le Col de Cerbillonas, ouvert de l'Est à l'Ouest, sur la frontière. Malgré sa grande hauteur (3.202 m), jamais la neige n'y reste : le vent la change en nuage, et l'ardeur du soleil la dévore. La vue, de l'Est à l'Ouest, est incommensurable, et je devinai tout de suite que ce beau belvédère, presque toujours sec et calciné par le soleil, deviendrait mon séjour de prédilection, soit pour les repas, soit pour les longues et douces rêveries, à toutes les heures du jour et de la nuit. L'immensité des neiges qui se déroulent à l'Est lui donnent tout à fait l'air d'une plage déserte des terres polaires : la lune y jette des lueurs mystiques, et j'eus bientôt un véritable amour pour le *Col de Cerbillonas* et sa chère solitude.

Ayant choisi mon site (26 août 1880), et constaté que j'avais des vivres, deux hommes déterminés, dévoués et bien portants (Brioul et Haurine), mon sac en peaux d'agneaux, et la probabilité d'une nuit sereine et calme, je me décidai à la passer en plein air au sommet du Vignemale. Il n'y a rien de plus sain et de plus émouvant !...

Profitant de l'heure de jour qui me restait, mes hommes me creusèrent sur la cime une longue fosse, et m'ensevelirent dedans, sous une masse de cailloux et de terre, laissant seulement ma tête en dehors, pour me forcer à penser à l'aurore, au retour du soleil, et me faire croire que j'avais chaud ! Puis je les fis descendre d'une quinzaine de mètres au Nord-Est de la cime, pour s'y blottir sous un rocher : car n'ayant que des couvertures, il eût été barbare de les faire coucher avec moi au sommet (3.298 m). La nuit vint vite, et la lune ne parut qu'à onze heures.

Me voilà seul, en pleines ténèbres, sur une des cimes les plus sauvages et les plus froides des Pyrénées, avec des sensations faciles à deviner... Je dominais de 300 mètres une mer immense et tout à fait horizontale de nuages, qui n'arrivaient qu'à 3.000 mètres : et ne voyant plus rien à l'horizon, noyé partout sous leurs flots immobiles, il me semblait tantôt avoir quitté la terre, tantôt la voir sombrer lentement et disparaître, du haut de son dernier rocher. Et cependant, de temps en temps, des îles de neige ou de granit sortaient solennellement de l'Océan des nuages, qui, au moment de la résurrection subite de la lumière au lever de la lune, devinrent blafards, et se mirent à remuer, à s'agiter, à palpiter, comme s'ils avaient la fièvre ; c'était un tressaillement universel, mais ils ne montaient pas, ils avaient même une tendance à descendre, ce qui faisait paraître d'autres îles à leur surface... Et partout le silence effrayant et lugubre de la mort, un silence contre nature, comme il n'y en a qu'au sommet des montagnes à minuit, pendant le court sommeil de leurs tempêtes. Etais-je sur terre, ou dans la lune ?

Enfin malgré le froid, et la tension extrême de toutes mes facultés, la fatigue m'endormit, et si profondément, que je ne vis pas monter mes hommes, qui vinrent deux fois savoir de mes nouvelles. Ils me trouvèrent ronflant, la tête toute blanche de givre, ainsi que les cailloux qui me couvraient. Je me suis souvent demandé depuis, ce qu'aurait ressenti un malheureux touriste égaré là au milieu de la nuit, et se trouvant en face d'une tête humaine sans corps, séparée de son tronc, au sommet du Vignemale ! Il m'aurait pris pour un supplicié, ses cheveux se seraient hérissés d'épouvante, et il serait peut-être devenu fou !... Mais comme sa terreur aurait redoublé, s'il avait constaté que cette tête fantastique n'était pas morte ! Car elle remuait de temps en temps, elle s'agitait, elle tournait sur elle-même, elle devenait livide et bleue, et elle ouvrait spasmodiquement les yeux !... J'aurais voulu me voir !

Le minimum de froid fut de – 3 °C.

Le lendemain nous descendîmes à Gavarnie. Il n'était pas trop tôt, car des orages épouvantables se déchaînèrent sur le Vignemale, qui pendant plusieurs jours, devint un véritable enfer de neige, d'où nous ne serions pas sortis vivants, si nous étions restés un jour de plus...

L'année suivante (1881), je songeai sérieusement à résoudre le problème du genre d'habitation que j'allais adopter. Des « constructions », je n'en voulais à aucun prix, et pour bien des raisons : 1° les œuvres géométriques et rectilignes de l'homme ont quelque chose de ridicule, et même d'impertinent, quand elles s'accrochent aux gigantesques palais de neige, de marbre et de granit construits par Dieu. C'est une profanation, c'est une insulte et un défi jeté à la nature par un monceau de pierres imperceptible, et si fragile, qu'un coup de vent suffit pour le faire disparaître. Que de « refuges » ont été renversés, emportés, et même anéantis par la fureur du vent. Il a fallu les reconstruire ailleurs. Rien n'est plus éphémère. ,

2° Il n'y a rien de plus laid, de plus hideux et de plus repoussant qu'une maison, au milieu des chaos éternels et sublimes des montagnes.

3° Tout édifice construit jusqu'à présent à de grande altitudes, serait glacial, et même inhabitable, si on n'y montait pas du combustible pour se chauffer, ce qui exige un homme de plus, sa nourriture et son salaire. S'il fait du vent, on risque d'être asphyxié par la fumée...

Voilà pourquoi je pensai à autre chose. Il me fallait évidemment, pour m'abriter sur le Vignemale, une œuvre humaine, mais qui n'en eût pas l'air, et où on ne devinerait pas la main de l'homme : en un mot, un abri qui eût l'air naturel. Et il fallait absolument que cet abri fût chaud et sec par tous les temps, *sans la nécessité d'y faire du feu*. Il me fallait enfin une œuvre solide, invulnérable, quelque chose d'*éternel*... Comment concilier tout cela ?

Une *grotte artificielle* !... Voilà ce qui devint mon rêve, mon idée fixe, mon idéal d'un bon refuge. C'est une affaire de goût. Un Esquimau aurait construit une hutte de neige : en Suisse on aime le bois ; et moi, je n'aime que le rocher. Rien n'est si chaud et si solide. Mais où trouver des ouvriers assez hardis, assez habiles et assez forts pour miner à une telle altitude, dans des parois si dures, et pour y séjourner plusieurs semaines en couchant au grand air, et sans le moindre abri ? Car sur ces crêtes sauvages, aériennes et glaciales, il n'y a pas un rocher faisant saillie, pas même un trou pour se cacher en cas de mauvais temps. On est plus exposé à la colère des éléments qu'aucun marin sur son navire. Il n'y a sur le Vignemale que des cailloux, des champs de neige et des abîmes, et il mérite assurément le nom sinistre qu'il porte. Ses ouragans de neige sont d'ailleurs légendaires. Et il y avait un autre obstacle, non moins terrible que le climat, à tout travail de longue haleine dans ces régions perdues, si éloignées de toute habitation : c'était la nécessité fatale pour les ouvriers, de traverser deux fois un grand glacier, long de trois kilomètres, plein de crevasses perfides, et très souvent couvert de brumes épaisses, chaque fois qu'il leur manquerait quelque chose : sans compter une descente accablante de 2.300 m., jusqu'à Gèdre, et un parcours d'au moins vingt kilomètres, à refaire en montant, avec des charges énormes de barres à mine, de poudre, de provisions et de charbon !

Je l'avoue, le problème avait l'air insoluble. J'eus cependant la bonne fortune de trouver à Gèdre tous les éléments du succès. Il y avait là quatre ou cinq hommes robustes et résolus qui étaient en même temps des montagnards et des mineurs : et Etienne Theil, qui finit par entreprendre un travail aussi plein d'incertitude que de risques, où l'imprévu était sûr de jouer un rôle prépondérant, était en outre maçon. Une fois ma grotte creusée (si jamais elle l'était...), c'est lui qui la fermerait avec un mur et une bonne porte. Un traité fut signé.

Aimant toujours à coucher en plein air, à de grandes altitudes, j'allai passer une nuit superbe, le 5 août (1881) à 3.200 m., avec Haurine et Pierre Pujo, sur le *col de Cerbillonas*. De là, descend à l'Est le grand glacier d'Ossouë. A l'Ouest, s'ouvrent d'effrayants abîmes, profonds de 1.200 m. Bien loin à l'Ouest, près de Biarritz, paraissent vaguement les collines bleues du Pays

Basque. A l'Est, on voit les neiges des Monts-Maudits : et entre les deux, il y a plus de 200 kilomètres ! La lune était splendide, la nuit très calme, et nous dormîmes sous les étoiles, d'un bienheureux sommeil.

Quelques jours après, mes ouvriers montèrent, avec une toile très forte et goudronnée, pour s'allonger dessous pendant la nuit, en l'attachant à de grosses pierres : et pour la première fois des coups de mine retentirent au Vignemale, mettant en fuite plus d'un isard. On n'en voit guère depuis.

Hélas ! il se vengea bien vite de cette profanation ! Les barres à mine s'émoussèrent tout de suite, se brisèrent, et devinrent inutiles : et comme on n'avait pas de forge, chaque accident nécessitait la descente d'un ouvrier à Gèdre, ce qui était toujours assez risqué, pour un homme seul sans compter une énorme perte de temps. Bref, le découragement gagna bientôt mes ouvriers, et démoralisés par les tempêtes de neige qui les forcèrent deux fois de fuir à toute vitesse, et de descendre à Gavarnie dans une sorte de panique, ils renoncèrent à tout travail, après avoir creusé un petit trou qui ressemblait aux niches où dorment les saints des cathédrales. C'est à peine si deux enfants auraient pu s'y tenir debout : il n'avait qu'un mètre cube, et il m'en fallait au moins huit ! Adieu, pour le moment, à tous mes rêves de longs séjours sur le Vignemale ! Mes débuts furent bien tristes et bien décourageants.

Pourtant, toujours heureux d'y remonter, j'y retournai le 6 septembre, pour voir mon petit trou, et relever par ma présence, le moral de mes hommes, qui malgré tout, avaient recommencé la lutte.

Voilà une nuit que je n'oublierai pas ! (1) Jamais peut-être, ni au Cap Horn, ni même en Sibérie en plein hiver, je n'ai passé une pareille nuit. Nous étions neuf : six ouvriers, deux guides (Henri Passet. Mathieu Haurine) et moi : et nous n'avions ni tente, ni un rocher qui put le moins du monde nous abriter. Nous n'avions que la toile goudronnée sous laquelle mes mineurs s'allongeaient tous les soirs, et que nous attachâmes à de grosses pierres très lourdes, sur le col de Cerbillonas, le seul endroit qui ne fut pas couvert par le glacier. Or, ce col est à 3.200 m d'altitude, et comme il s'ouvre de l'Est à l'Ouest, on devine la fureur avec laquelle s'y engouffre le vent de l'Atlantique, dans une tempête d'automne, et aux approches de l'Equinoxe. Ou plutôt non, on ne peut pas le deviner : même un marin ne sait pas ce que c'est qu'une tourmente de septembre au sommet des montagnes. Les rochers vibrent comme dans un tremblement de terre ; la grêle et les cailloux fendent l'air comme des obus : la neige vole en spirales, et remonte dans les nuages : on est gelé, aveuglé, asphyxié, assourdi, terrifié : on s'affaiblit, on se démoralise, et on pense à la mort. La tempête commença vers huit heures : elle dura

(1) Voir la première partie de ce volume : chapitre du « Grand Vignemale ».

toute la nuit, et le matin nous trouva tous complètement ensevelis sous la neige : nous en portions un poids énorme, et nous eûmes même beaucoup de peine à en sortir. Nous étions bleus, livides et muets : aucun de nous ne put manger. Henri Passet, le plus fort de nous tous, ayant les doigts transis, ne put même pas couper son pain. Quant à moi, je souffris le martyre toute la nuit, et vers minuit, à l'apogée de l'ouragan, quand le Vignemale tremblait comme s'il allait tomber, quand le glacier tonnait, fumait et se soulevait comme une mer en fureur, je voulus me lever, pour empêcher mes jambes de se geler ; je parvins à sortir de dessous la grande toile pour marcher ; mais ce fut impossible : je fus lancé contre une paroi par les rafales, je ne pus pas rester debout. Et la malheureuse toile, qui se tordait dans d'affreuses convulsions, menaçait de partir... Ses cordes criaient et s'agitaient avec un bruit lugubre... A chaque instant, leur rupture nous semblait imminente... Cette seule pensée nous faisait frissonner... Mais elles tinrent bon, et nous sauvèrent la vie !...

Le lendemain matin, le vent agonisait ; il tomba tout-à-fait au lever du soleil, et nous sortîmes alors de l'éblouissant tombeau de neige ou nous étions ensevelis depuis onze mortelles heures. Blêmes, effarés, livides, nous avions l'air de morts qui ressuscitent : nous étions aussi faibles que si on nous avait saignés, et c'est en titubant parfois même en dormant, et sans mot dire, que nous redescendîmes à Gavarnie, dans un brouillard hideux, glacial et sombre, qui donnait aux crevasses prodigieuses du glacier un aspect plus horrible et barbare que jamais. C'étaient de véritables abîmes tout noirs et bleus, dont la brume nous cachait les contours, et souvent l'orifice ; en sorte qu'on arrivait aux bords d'un gouffre énorme sans le savoir, et une jambe s'enfonçait dans le vide. Il nous fallut une heure et demie, pour sortir du glacier, avec mille précautions, rendues fort difficiles par notre extrême fatigue.

Ainsi se termina ma triste et inutile campagne de 1881. Le Vignemale profané, indigné, avait fait une défense héroïque ; son honneur était sauf : il s'était même vengé mais le géant allait bientôt capituler, tout criblé de blessures ! Il n'y avait qu'à changer de tactique, en profitant de mon désastre.

Et en effet, l'été suivant (1882), un de mes ouvriers, Pontet, de Gèdre, ayant eu l'idée lumineuse de faire monter une petite forge et du charbon sur mon champ de bataille, une belle enclume fut vite improvisée avec une pierre : l'espoir et le courage revinrent, et la victoire devint dès lors certaine. Le 7 juillet pourtant, un ouragan de neige, qui dura plusieurs jours, força mes hommes à fuir avant d'avoir rien fait. Le 10 juillet, ils remontèrent par un temps calme, et trois semaines après, je possédais sur le Vignemale une première grotte bien chaude, de 16 mètres cubes, à 3.200 m.d'altitude, fermée par un bon mur et par une porte en tôle, malheureusement trop mince et très fragile. Dans un travail aussi original, on fut forcé de tâtonner et de passer par de tristes expériences.

Le 1er août 1882, je pris possession de mon précieux abri, qui m'était cher comme un enfant. Je m'installai dans ma cellule de marbre, dans mon nid d'aigle, en y passant trois jours avec mon ami Swan, un de mes jeunes collègues de l'*Alpine-Club*. C'était déjà un grand progrès que de pouvoir rester trois jours au faîte des Pyrénées, dans des neiges éternelles, sans la moindre privation. Je trouvais cela merveilleux ! Pendant des heures entières, nous flânions sur la neige, au plus beau des soleils, et Swan écrivait même des lettres ! Bien qu'il gelât terriblement « dehors » pendant la nuit, mon thermomètre à l'intérieur ne descendit qu'à 7° C, *sans feu*, et nous dormions comme dans la plaine, (peut-être mieux), ensevelis dans du foin. Cette vie sauvage et poétique me fascinait et commençait à m'enivrer... Comme je la regrettai, quand l'épuisement des vivres nous força de descendre ! Après trois jours splendides, trois jours de paix, de santé merveilleuse, et de bonheur sans nuages, voulant tenter un autre genre d'expérience, nous descendîmes par les escarpements du Sud, c'est-à-dire par l'Espagne. (itinéraire suivi en 1834 et 1838, par les premiers ascensionnistes du Grand Vignemale). Le danger de cette voie, c'est moins l'extrême raideur des pentes, que les chutes continuelles de grosses pierres, dont un grand nombre ne tiennent à rien ; on en est mitraillé. Mais quelle superbe descente ! Ces gigantesques parois, zébrées de neige du haut en bas, bien que brûlées par le soleil torride de l'Aragon, forment un abîme resplendissant de 900 mètres qui brille comme un miroir.

En 1883, étant remonté avec Miss Swan et son frère, je fus navré de ne plus trouver de porte. Elle avait peut-être cédé à la pression irrésistible des neiges, qui l'avaient engloutie. Mais comme le niveau du glacier dominait encore de plusieurs mètres celui de ma caverne, nous fûmes admirablement protégés contre le froid de la nuit, par une puissante muraille de glace. Il est singulier de se réchauffer au moyen d'un glacier : mais on sait que les Esquimaux n'ont jamais si chaud que sous leurs huttes de neige, ils y ont même donné des bals !

Le lendemain (25 juillet), Swan et sa sœur étant redescendus à Gavarnie, je restai sur le Vignemale avec Haurine et François Salles. Nous retrouvâmes la porte ensevelie sous les neiges, et toute percée de trous comme une cible (probablement par la grêle) : je fis monter du foin pour nous servir de lit, et quand nous eûmes démoli la barricade de glace qui nous masquait la vue et la lumière, ma grotte séchée et réchauffée prit un aspect aussi charmant qu'original. Alors je commençai mes longues et délicieuses promenades sur le désert immaculé de neige qui s'étendait à l'Est. Je débutai par l'ascension du *Montferrat* (3.223 m). Quand je voulais une vue superbe et infinie sur l'Aragon et la Navarre ensoleillés, je remontais au Sud, en un quart d'heure, sur le *Cerbillonas* (3.253 m), dôme orgueilleux et solitaire aussi couvert de neige que le Mont-Blanc. J'y fis un banc, et une belle tour. Ebloui par la lumière, je finis par comprendre le bonheur des Lapons, et leur bon caractère. Tant de soleil fait oublier la terre, et chasse les idées noires. L'âme y prend la candeur de la neige.

Un jour, je reçus la visite de deux aimables Anglais. Puis je me fis un ami d'un nouveau genre, dans la personne d'un cher petit pinson des neiges, dont l'affection et la confiance finirent par m'attendrir. Il passait tout son temps à sautiller sur le glacier devant ma porte, à manger avec moi, à me faire des yeux doux : et le matin, il arrivait toujours avec le soleil pour me dire bonjour, après avoir couché je ne sais où. L'année suivante, ils étaient trois ; je nourrissais toute une famille.

Moins de deux mois après (17 septembre), je reparus sur le Vignemale avec Haurine et Pierre Pujo ; et pour la première fois, nous y passâmes quatre jours. C'était ma dixième ascension, et pour moi elle sera mémorable, car le soir du 19, toutes les fureurs de l'équinoxe fondirent sur nous : vent féroce, vraie tourmente, nuages écarlates, clameurs sinistres et trombes de neige, avec un froid terrible, et des ténèbres polaires.

Rien n'y manqua, et ces horreurs durèrent deux jours ! Bombardés par le vent, et secoués fortement, les précipices eux-mêmes tournés à l'Ouest avaient des spasmes, de véritables trépidations, et résonnaient comme des bourdons de cathédrales. On les sentait vibrer. Toutefois, je fus bien fier de mon abri ; car même *sans feu*, nous n'y sentîmes jamais le froid, nous y avions même chaud, et pas un souffle n'y pénétra ! Les flammes de nos bougies n'eurent pas la moindre oscillation. Ce fut plutôt le manque de vivres que la tempête, qui nous chassa le 21 septembre.

L'été suivant fera époque dans l'histoire du Vignemale, et d'autres que moi s'en souviendront toujours : car c'est alors qu'avec la permission gracieuse de M^gr^ l'évêque de Tarbes, trois messes furent célébrées, le 12 août, dans mon refuge, en présence d'une trentaine de personnes, pour ]a plupart debout ou agenouillées dehors sur le glacier, dont les neiges allumées et rougies par l'aurore, flamboyaient et fumaient au soleil matinal. De l'Est à l'Ouest, la chaîne entière des Pyrénées se déroulait à l'horizon et sous nos pieds, et des cantiques montaient au ciel, entre la France et l'Espagne, du haut d'une de leurs crêtes les plus sublimes. Je n'ai jamais rien vu de plus touchant et de plus solennel.

Les célébrants étaient : M. l'abbé Pomès, et les zélés missionnaires de Héas, les PP. Pascal Carrère et Cassagnère, dont l'hospitalité est devenue légendaire.

Ayant déjà décrit tous les détails de cette pompeuse et mémorable cérémonie, sans exemple en Europe, je me bornerai ici à la rappeler.

Cette année-là, je fis deux ascensions au Vignemale (11ᵉ et 12ᵉ), et j'y passai neuf jours la seconde fois, à 3.200 m. d'altitude. J'étais donc en progrès... La vie sauvage a tant de charmes ! Et puis elle réveillait en moi tant d'immortels souvenirs de mes voyages aux bouts du monde, surtout de mon hiver en Sibérie ! Elle me rajeunissait le cœur de vingt-cinq ans, et lui rendait toutes ses couleurs !

Mais par égard pour mon lecteur, je condense mon histoire.

En 1885, je fais encore deux ascensions au Vignemale, et je suis presque décapité (au-dessus des Oulettes), par une grosse pierre. Séjour très triste : brouillard, tempêtes et chutes de neige du 3 au 5 août. Remonté le 21 août, je passe toute la semaine sur le Vignemale, semaine horrible, glaciale et meurtrière : un vrai martyre ; grêle, neige, brouillard, tempêtes chroniques, et froid d'hiver : je deviens très morose. Dehors, on ne respire que de la neige, et on frissonne : et en rentrant, nous sommes toujours tout blancs ! Mon pauvre abri prend l'aspect désolé d'un cachot : et cependant je l'aime...

Descente très difficile, mais nécessaire (28 août). Chassés par la famine dans un cyclone de neige, mitraillés par la grêle au milieu d'un dédale de crevasses gigantesques, dont les gueules noires et menaçantes s'ouvrent vaguement dans la brume, couverts de givre et de glaçons, nous avons l'air de naufragés des mers polaires. Le vent nous fouette en rugissant, nous asphyxie, et nous coupe la parole, et nous rentrons à Gavarnie saturés d'eau et exténués. Mais je n'ai pas perdu mon temps, et je ne regrette rien, puisque je viens d'inaugurer ma seconde grotte, celle des « guides », au Sud et à côté de la première, ce qui me fait déjà 24 mètres cubes (12 mètres carrés) de disponibles. Ce n'est pas trop ; car je reçois beaucoup de visiteurs, qui presque tous veulent coucher au Vignemale. Cela m'amuse et m'intéresse. Bientôt deux grottes seront insuffisantes.

C'est plus ou moins à cette époque (j'oublie l'année exacte...), qu'il arriva un accident fort grave, et presque tragique... Etant un jour seul dans ma grotte, je vis soudain paraître sur l'horizon désert des neiges, deux jeunes Anglais (MM. Young), blessés, ensanglantés, sans guide, sans corde, et se traînant à peine. Oh ! quel bonheur d'être là pour les aider ! En vérité, je fus tenté de leur sauter au cou ! A quelles tortures, à quelle mort ils venaient d'échapper ! Cela se lisait sur leur figure, dont la pâleur cadavérique était rougie de sang. Ayant glissé, et puis roulé sur une paroi de glace presque verticale, dure comme du fer et lisse comme un miroir, au Nord du Monferrat, ils avaient fait un effroyable plongeon, un saut vertigineux, dans une des ramifications de la fameuse crevasse appelée, par excellence, « la grande crevasse », la plus belle du Vignemale, dont elle traverse parfois tout le glacier, sur une longueur d'un kilomètre. Une fois dedans, ils tombèrent de quinze mètres dans l'abîme, et furent miraculeusement arrêtés net par un petit pont de neige très épais et très mou, qui leur sauva la vie : car sous cette arche fragile et éphémère, qui s'effondra trois jours après, s'ouvrait un autre abîme sans fond, où régnaient des ténèbres éternelles. La Providence, qui veille tout spécialement sur la jeunesse, voulut aussi que leur piolet tombât et les suivît dans la crevasse : sans cela, ils n'en seraient jamais sortis. Mais n'ayant aucun membre de cassé, n'étant que déchiré et très contusionné, l'aîné parvint à faire un escalier de glace jusqu'au sommet du gouffre, d'où ils sortirent au bout de trois quarts d'heure d'efforts inouïs, et dont on n'est capable que lorsqu'on lutte avec la mort. Dans quel état ils arrivèrent devant ma grotte, on le devine... Mais j'arrêtai bien vite le sang avec du rhum et de la neige, infiniment plus froide à ces hauteurs que dans la plaine : je le coagulai, et malgré une forte fièvre, qui dura toute la nuit, mes pauvres blessés étaient assez guéris le lendemain pour redescendre à Gavarnie avec un de mes guides.

En 1886, je fis ma troisième grotte, dédiée aux *dames*.

C'est la meilleure de toutes, mais elle est très petite (8 mètres cubes). Il y fait toujours chaud, même par les froids les plus intenses, et elle est sèche par tous les temps : pas une goutte n'a jamais traversé son plafond. Aussi, combien de dames y ont passé la nuit ! Pour le moins une douzaine.

Comme le glacier manifestait déjà, à cette époque, des tendances à monter, je pris la précaution de faire creuser cette troisième grotte à quatre mètres plus haut que ses voisines. Heureuse et salutaire inspiration, comme on va le voir.

Campagne lugubre cette année là (19-28 août). La neige commence le 20 août, et il en tombe 80 centimètres en quatre jours par quatre et cinq degrés de froid ! Chaque fois que nous sortons de notre prison morose et ténébreuse pour retrouver la liberté, l'air pur et la lumière, la neige se cristallise sur nous en cinq minutes : nous ressemblons à des statues de marbre, nous grelottons, nous sommes tentés de maudire le Vignemale, et le vent souffle avec une telle fureur, qu'il faut rentrer immédiatement, sous peine d'être renversé, gelé ou emporté, et peut-être tous les trois ! On le voit donc, tout n'était pas couleur de rose à 3.200 m. d'altitude, et il fallait une forte santé d'abord, et puis une vocation spéciale, pour y rester. Il y gèle toutes les nuits de l'année !

Mes pinsons, peut-être morts, disparaissent pour toujours.

En 1887, séjour d'une semaine, la plus brillante de toutes : soleil superbe, lumière intense : à peine un nuage, et pas de vent. Je suis vraiment heureux, et pouvant faire de l'exercice *ad libitum* dans mon royaume immaculé de neige, nous devenons forts comme des rochers, avec un appétit phénoménal. Il fait si chaud, que le niveau des neiges, devant mes portes, baisse d'un mètre en sept jours. Malheureusement, ce n'est qu'accidentel : car le glacier a tant monté depuis deux ans, que mes deux premières grottes ne reparaissent qu'un mois plus tard que de coutume.

L'année suivante, le retard s'accentue : le glacier monte toujours, et bientôt mes pauvres grottes s'ensevelissent sous les neiges d'une manière permanente, comme des navires qui sombrent au fond des mers. La seule qui soit sortie de son tombeau de glace pendant cinq ans (1889-1894) est celle des *dames*, parce qu'elle domine les autres de plusieurs mètres.

L'énorme crue du glacier m'ayant forcé de me fixer ailleurs, et de beaucoup descendre, je fais creuser l'année suivante (1888) deux autres cavernes, une toute petite pour les bagages et provisions, et l'autre cubant dix mètres, a l'altitude modeste de 2.400 m., au bas du grand glacier d'Ossouë, en plein midi, et à l'abri de l'invasion des neiges. Je trouve le site si merveilleux, que je l'appelle Belle-Vue. Toutefois, mes grottes d'en haut ayant fini par se débloquer vers la fin de l'été, avant leur éclipse totale de cinq ans, j'y passe encore une semaine avant d'en prendre congé (Août 1888).

Ici se place un événement unique dans l'histoire des Pyrénées. Mes aimables collègues, le Cte R. de Monts, M. Brulle et M. Bazillac, montés avec M. Pascal, dressent une tente sur la neige, juste en face de mes grottes, à 3.200 m. au dessus du niveau de la mer, et me font passer trois journées délicieuses, par un temps idéal, dans un luxe Asiatique... tapis, fauteuils, literie, parfums d'Orient, lanternes et vaporisateurs... Jamais, dans mon petit empire de neige, on n'avait vu tant de belles choses, sans compter les cigares, les vins fins et un jambon monumental, qui aurait pu servir de banc ou coussin. Les feux ne s'éteignaient que vers minuit : il n'y avait pas un nuage, pas un zéphyr, ni la nuit ni le jour, et pour comble de bonheur, la petite colonie fut bientôt augmentée et charmée par l'arrivée gracieuse et triomphale de Mme Brulle elle-même, qui me fit l'honneur d'une visite, monta au Grand-Vignemale, et y resta plus de vingt heures. Un beau tapis multicolore s'étalait sur la neige en avant de la tente, où elle fit son entrée solennelle entre des colonnes de neige, et des parterres improvisés de lichens rouges (*Silene acaulis*, *androsace carnea*, etc., etc.), qui donnaient l'illusion d'un jardin transporté au Spitzberg.

Pendant les cinq années suivantes (1889-1894), la petite grotte des « dames » reparut seule au jour, mais pas avant Septembre ; trop tard par conséquent pour avoir le temps de sécher : elle devint donc presque aussi inutile que les autres, et tous mes rêves s'évanouirent sous la marée montante des neiges. Comment prévoir un pareil accident ? Je craignais le contraire : car dans les jours de sa jeunesse, ma première grotte dominait tant la neige vers la fin de l'été, que plusieurs fois, elle devint presque inaccessible. Pour y monter, il fallait faire une escalade à pic de plusieurs mètres, et pour en sortir, on était condamné à un bond formidable. Voilà de quoi faire réfléchir ceux qui s'occupent des caprices des glaciers.

J'étais navré ; mais j'eus l'heureuse idée de poursuivre mes travaux commencés à *Belle-Vue*, à 2.400 m. ; et deux étés me suffirent pour y creuser une troisième grotte (soit, six en tout...), de vingt mètres cubes. On peut y coucher huit, sans la moindre gêne, et dix à la rigueur. Mais bien que la douceur relative du climat, la présence d'une bonne source, et la proximité de Gavarnie, rendissent ma vie infiniment moins dure qu'en haut, où il gelait tous les matins, et où je n'avais pas d'autre eau que de la neige fondue, sans parler des énormes difficultés de communication avec le monde inférieur, combien de fois je regrettai ma vie sauvage des hautes régions, et mon splendide désert de neige, où malgré les tempêtes, les orages, l'isolement et le froid, j'avais coulé des jours si doux et si tranquilles, à mi-chemin entre la terre et le ciel !

J'avais la nostalgie des neiges, des blancheurs infinies, des nuits mystiques ou orageuses, des horizons sans bornes et vaporeux, et de la liberté des Mohicans et des condors. J'avais perdu tout cela, en descendant de 800 mètres, et je pleurais mes cellules aériennes, mes chères grottes disparues... Mon cœur y remontait toujours, et 2.400 m. de hauteur me semblaient au niveau de la plaine ! Aussi, en 1892, je me fis ébaucher une caverne (la *septième...*) à une vingtaine de mètres du sommet du Vignemale, par conséquent la plus élevée de toutes. Mais quel rocher ! Pour creuser huit mètres cubes, quatre hommes déterminés mirent six semaines, et ils couchèrent *quarante-deux nuits* dans une cabane microscopique en planches, *à 3.280 mètres d'altitude, à côté d'un sommet constamment foudroyé*. Une nuit, un effroyable orage fondit sur eux, et le tonnerre pulvérisa leurs provisions, dont il ne resta rien ! Panique, famine et désespoir... Il devint clair qu'un long séjour là-haut était une utopie, un danger continuel, sans un refuge invulnérable, et que la poudre ne me suffirait pas pour creuser une caverne respectable et utile, dans ces rochers féroces, qu'un boulet de canon n'aurait pas entamés.

Il me fallait autre chose. Aussi, l'année suivante, m'étant procuré quelques kilos de dynamite, je fis remonter mes quatre ou cinq braves ouvriers, sous la conduite du fils Pontet, de Gèdre, avec le père duquel j'avais traité. Dès lors, tout marcha bien, révolution complète. Avec mon nouvel engin, les rochers les plus durs éclatèrent, et quelques pierres furent projetées à cinq cents mètres de là sur le glacier ! Au lieu de six semaines, comme l'année précédente, vingt jours suffirent pour me creuser huit autres mètres cubes, et j'eus alors la joie de posséder, à cinq minutes du sommet du Vignemale, soit au niveau de 3.280 m., une très belle grotte de plus de seize mètres cubes (1), très sèche, en plein midi, et d'où la vue est incommensurable. J'y ai déjà couché deux fois, et la seconde fois (18-19 juillet 1894), avec mon excellent ami, le Baron de Lassus, pour célébrer aussi haut que possible mes « noces

(1) Elle en a aujourd'hui 24.

d'argent », c'est-à-dire ma vingt-cinquième ascension du Grand Vignemale. C'est sur l'invitation de ce fervent admirateur de ma montagne (car on me l'a donnée...) qu'en 1893, M. le curé de Gèdre et le Révérend P. Pascal Carrère, étaient venus bénir ma dernière grotte en y disant la messe.

Voici maintenant, et pour conclure, le résumé de mes travaux sur le Vignemale, ainsi que leur résultat pratique :

J'ai mis quatorze étés à y creuser sept grottes à différents niveaux : il y en a trois à 2.400 m (*Belle-Vue*) ; trois à 3.200 m (celles de *Cerbillonas*), et une près sommet (le *Paradis*), à 3.280 m.

Leur volume total dépasse 100 mètres cubes, et comme elles ont toutes la même hauteur (deux mètres), cela leur donne une surface d'une cinquantaine de mètres carrés. Elles n'ont pas toutes les mêmes mérites, bien loin de là ! mais les plus hautes sont les meilleures et les plus sèches, surtout la petite grotte des *Dames*. Le *Paradis* est sec, mais froid ; rien d'étonnant, vu sa hauteur. A *Belle-Vue*, la grande grotte est très chaude, et en somme, très utile. Il pleut souvent près de la porte, jusqu'à un mètre de profondeur, mais pas plus loin, et comme elle a quatre mètres de long, il reste au moins six mètres carrés où il fait toujours sec. J'y ai couché par tous les temps, dans des orages épouvantables, et n'ai jamais été mouillé. Je ne saurais, hélas ! en dire autant de la grotte du milieu ! Celle-là est un fiasco complet ; sa voûte est pleine de fentes, et il y pleut à verse, en vraies cascades. Mais la galerie de droite à (l'Est), qui a dix mètres de profondeur, est un succès, et peut loger une douzaine de personnes. Cinq de mes grottes ont de bonnes portes en tôle, mais pas le Paradis : là je n'ai pas osé en mettre : j'ai craint qu'elle n'attirât la foudre, et si je l'avais faite en bois, on me l'aurait brûlée...

Dans ces divers abris, j'ai maintenant couché près de cent cinquante nuits, dont au moins la moitié à plus de 3.000 m.

J'aurais été suffisamment récompensé de tant d'efforts, et consolé de mes tribulations, par les spectacles sublimes que si souvent j'ai contemplés du haut des belvédères neigeux du Grand Vignemale, et par le privilège et le plaisir d'y accueillir une foule d'amis et d'étrangers. Mais la plus douce, et je puis dire, la plus flatteuse de toutes mes récompenses m'est venue en 1889, lorsque les six ou sept communes propriétaires de cette superbe montagne me firent l'honneur de m'en donner tout le plus grand glacier et toutes les cimes, soit environ 200 hectares de neige, et de rochers ; faveur insigne dont je les remercie de bien bon cœur, ainsi que M. Faure, le chef de division de Préfecture si universellement aimé, et son Préfet d'alors, M. Charles Colomb, qui mit dans cette affaire une extrême obligeance.

C'est certainement la propriété la plus élevée de l'Europe, et malgré sa stérilité, je ne l'échangerais pas contre le plus beau domaine de France !

Je termine par un vœu bien fervent, et plus sincère que la plupart des vœux, c'est que d'autres amoureux des neiges et des glaciers suivent mon exemple, fassent mieux que moi, et rendent la vie moins dure, moins impossible qu'elle ne l'est aujourd'hui, sur les sommets perdus, glacés et désolés des Pyrénées, d'où faute d'abris, les montagnards les plus robustes et les plus enthousiastes sont constamment chassés au bout de cinq minutes, par le froid, les orages, ou la nuit. Leur bonheur est trop court !...

Après une expérience de quarante ans, après avoir tout essayé, je reste plus convaincu que jamais que dans les Pyrénées, telles qu'elles sont aujourd'hui, c'est-à-dire à peu près dépourvues de refuges d'altitude, la première condition du succès (si on laisse de côté l'amour-propre et la rage d'aller vite), c'est de coucher le plus haut possible, même sans feu. Un montagnard ardent et fort doit avoir le sang assez chaud pour s'endormir impunément et même avec une sorte de volupté, sous un rocher ou sur une crête, à 3.400 mètres d'altitude, hauteur extrême des Pyrénées. Et dans ces merveilleux déserts, seul avec les étoiles et la nuit, l'homme devient non seulement aussi fort que les rochers qui le protègent, mais aussi pur que la neige qui l'entoure, et que l'air qu'il respire.

Je n'ai jamais été partisan de la tente. Elle est gênante, elle paralyse la liberté, elle a beaucoup d'inconvénients, et si on a une forte santé, elle n'est pas nécessaire. Le sac en peaux d'agneaux suffit à tout. Mais l'idéal serait la peau de renne, plus chaude et plus légère.

## SOIRÉE D'AUTOMNE DANS LE BOIS DU PAILLA

Pendant le bel automne de 1890, je fis souvent de longues et solitaires promenades près des petits glaciers et des bois du *Pailla* ; mais ce ne furent que des rêveries. Tout s'y prête en ces lieux enchantés et fleuris, où la nature a fait un parc mystique. Là, ondulent en montant vers les glaces éternelles, des collines vertes, pastorales et gracieuses, non pas couvertes, mais mouchetées de jeunes sapins pyramidaux, qui s'y dressent comme des îles silencieuses de verdure, laissant apercevoir entre elles les neiges brillantes du Cirque de Gavarnie et ses terrasses plus blanches que de l'ivoire ou de l'albâtre, tandis qu'en bas, ses précipices bleuâtres descendent verticalement dans l'ombre, comme des murailles d'airain ou de cobalt. On se croirait au fond de la Norwège. On voit même ces blancheurs à travers le feuillage des sapins, ils semblent tous à la fleur de l'âge : aucun d'eux n'a cinq mètres de hauteur ; beaucoup ne sont que des enfants, et il y en a plusieurs milliers. Entre eux circulent de chaudes et solitaires petites pelouses où chante le vent, quand il passe sur les fleurs et les mousses dont elles sont tapissées. C'est le seul bruit qu'on y entende, car il n'y vient personne.

A l'ouest de ces collines, sur le versant du Cirque, la forêt change d'aspect ; elle devient, vénérable et sérieuse, et des sapins superbes, hauts de 20 à 30 mètres, prêts à mourir, et penchés vers l'abîme, rappellent la majesté des forêts vierges et décharnées de l'Amérique du Nord.

Un jour, le 8 septembre, je vis tout cela sous un soleil d'Afrique, et sans un nuage. Sur les montueux déserts du Piméné, des milliers de moutons agitaient leurs clochettes, et les bergers, heureux comme des enfants, chantaient de tout leur cœur, tandis qu'à l'Ouest, où le gave écumait au soleil à d'énormes profondeurs, de petites brises innocentes, spasmodiques et nomades, m'apportaient ses sanglots. Souvent sa voix enflait au passage d'une rafale, et ses sonorités subites, mélancoliques et graves, me rappelaient la chute et l'écrasement des vagues sur les rivages et les rochers mousseux d'une mer lointaine. Que de souvenirs me revenaient alors ! Mon cœur faisait le tour du monde...

Jusqu'à quatre heures, la plus intense lumière régnait partout, et tout était habillé d'or. Mais bientôt l'ombre engloutit Gavarnie et monta rapidement jusqu'à moi. Il n'y avait plus une créature humaine en vue, ni homme, ni femme, et cependant, toute la nature parlait d'amour, de poésie et de roman. Je subissais comme à vingt ans, les influences attendrissantes du soir et de l'automne, et les petits sapins qui se serraient affectueusement autour de moi, comme s'ils avaient peur de la nuit, me semblaient doués de vie, et même de sensibilité, malgré leur immobilité, leur deuil et leur mutisme. Il est souvent bien difficile de croire que la nature est morte, et ne sent rien... La mort ne se fait pas aimer.

A sept heures, il faisait déjà sombre, le vent était tombé. On n'entendait plus rien, et la désolation se répandit sur ma colline et ses sapins. Mais au-dessus de leurs noires et funèbres pyramides, le Marboré, semblable à un Olympe de neige, de marbre et de rubis, et plus rouge qu'un volcan irrité, luttait encore avec la nuit, ne voulait pas s'éteindre, et perçait les ténèbres comme une flamme immortelle.

## EFFETS DE NUAGES SUR LE VIGNEMALE

J'ai rarement vu des nuages aussi extraordinaires et fantastiques qu'en 1891, pendant la semaine que je passai dans mes grottes de *Belle-Vue*, à la fin de Juillet. Les nuits furent d'une beauté incomparable, et toujours claires : mais à nos pieds, des brumes immenses nous dérobaient toutes les vallées, jusqu'au niveau de 2.000 mètres. Rien d'étonnant à cela : nous y sommes habitués. Ce qui était nouveau pour moi, c'était la mystérieuse oscillation, l'espèce de tressaillement de ces masses orageuses de vapeurs presque toujours horizontales. Comme la lune les couvrait d'un déluge de lumière, j'étais merveilleusement placé pour étudier du haut en bas l'allure des nuages pendant la nuit, par un temps calme. On aurait dit de la vapeur de soufre...

Leur périmètre était presque immobile, et son niveau ne changeait que lentement : mais le centre bouillonnait, et semblait palpiter, comme s'il y avait eu là-dessous un cœur et des poumons. Un soir, la plaine de brumes s'affaissa au milieu : elle s'effondra, et cessa d'être horizontale. Dans ce cratère qui se creusait toujours, se dessinèrent alors de longues bandes de ténèbres ; il s'y ouvrit des gouffres bleuâtres, des grottes, et des crevasses tortueuses. Bien qu'il n'y eût pas de vent, il s'y dressa des vagues géantes, d'un noir affreux à l'ombre, et d'une pâleur neigeuse du côté éclairé par la lune. Ces vagues se hérissaient : hautes d'une centaine de mètres, elles avaient des crinières ; elles simulaient des flammes, et l'ensemble avait l'air d'un enfer agité par le vent, mais dans le plus profond silence. Le long des côtes, c'est-à-dire sur le flanc des montagnes, ces flots énormes léchaient les précipices : ils essayaient d'escalader les rochers et les cimes, en s'accrochant partout, comme des reptiles épouvantés s'échappant d'une fournaise : mais ils ne montaient pas longtemps ; une force irrésistible et invisible les arrêtait, les refoulait toujours à leur niveau normal, et brisait leur orgueil ; ils retombaient vaincus. Ailleurs, ces nuages fantômes, ces cônes mouvants et tuméfiés ressemblaient à des monstres à moitié endormis, couchés, bâillant, et grimaçant : ouvrant des yeux lugubres et des gueules noires, secouant leurs cheveux blancs, et se levant théâtralement comme de grands morts qui ressuscitent.

Je pensais à Wagner, à Meyerbeer, et à Victor Hugo... Quels vers et quelle musique un tel spectacle leur aurait inspirés ! Car le silence inspire autant les musiciens que les poètes.

Au Sud, dans un lointain crépusculaire, le cirque de Gavarnie flottait sur cette mer blanche et pleine d'écume, comme un Léviathan morne et naufragé. Plus loin, au fond de l'Aragon, s'allongeaient massivement les grands nuages passionnés du Midi, remplis et déchirés d'éclairs en zigzags, en étoiles et en croix. Ils étaient en colère, ou plutôt en délire, on pourrait dire en feu : car quelques-uns ressemblaient à des torches allumées, sortant d'une ombre sanglante, où grondait sourdement et vaguement le tonnerre.

Juste au milieu de cet Himalaya de nuages, se hérissait jusqu'aux étoiles une Babel formidable de vapeurs, de ténèbres et d'éclairs. Ce nuage phénoménal et immobile, au pied duquel le Mont-Perdu lui-même rampait comme une colline, avait au moins dix mille mètres de hauteur : il avait l'air de dominer le monde, et au moment où la pleine lune passa sur son sommet, on aurait dit un phare surnaturel, éclairant tout un hémisphère, ou un de ces volcans néfastes de l'Equateur, qui font trembler la terre et l'Océan, et lancent des bombes incandescentes dans des mondes inconnus.

## LABASSA (2.950 m.), TAILLON (3.146 m.), BRÈCHE DE TUQUEROUYE (2.675 m.)

En 1891, après avoir gravi avec Haurine le pic pyramidal de Labassa (2.950 m), qui, de mes grottes *Belle-Vue*, paraît juste au Nord-Est, et accompli à toute vitesse (en neuf heures) ma cinquième ascension du *Taillon* (3.146 m), trouvant Célestin libre, je refis avec lui l'ascension de la Brèche de *Tuquerouye* (2.675 m), dans le seul but d'offrir mes vœux et mes hommages à l'abri nouveau-né, mais déjà très célèbre, de ce nom. Il faudrait être bien malveillant pour ne pas être content de ce refuge. Son seul point faible, c'est sa laideur. Il ne charme pas les yeux. Il a l'air d'un bateau chaviré, quille en l'air : et le goudron dont il exhale au loin l'odeur, ajoute encore à l'illusion, en évoquant des idées maritimes. Il n'a rien d'artistique. Mais qu'importe la laideur à 2.700 m. d'altitude ? Les femmes elles-mêmes l'acceptent et s'y résignent, à moins d'être vieilles... A ces hauteurs, on ne peut se préoccuper que de l'utile : c'est un devoir : et il est sûr qu'à ce point de vue là, l'abri de Tuquerouye est un chef-d'œuvre. Honneur à ceux qui l'ont construit : au Club Alpin en général, mais en particulier à M. Lourde-Rocheblave !

Si je voulais le critiquer, je dirais qu'en principe, en théorie, c'est un grand risque d'établir un refuge dans une brèche. C'est une audace qui me semble téméraire.

Tout au sommet d'un pic, on est moins exposé que dans une brèche. Le vent y est moins fort : et je pense qu'à la brèche de Roland, un abri serait vite emporté. Mais la réponse à tout cela, c'est qu'on ne pouvait pas faire autrement. Tenant à voir le Mont-Perdu de face, et à le faire valoir, il n'y avait pas de choix : il n'y avait pas d'autre site possible. D'ailleurs sa masse puissante amortira peut-être beaucoup le vent, ou le fera dévier.

Quant aux blessures qu'on a faites aux rochers, aux travaux d'art dont on les a défigurés, pour populariser Tuquerouye et le rendre accessible aux vieillards, aux malades, et à tous ceux qui ont peur de la neige un peu raide, je trouve que ces opérations ressemblent beaucoup à des profanations...

Vulgariser, c'est rendre vulgaire. Il n'y a aucune nécessité, *ni même aucune utilité*, à ce que tout le monde puisse faire des escalades. Ce n'est pas un de- voir : pas plus que de jouer du piano comme Liszt, de peindre comme Raphaël, et de parler comme Cicéron. Bien plus, une foule enlaidit tout, même la nature, et surtout les montagnes. Elle y fait tache.

Autant j'aime les refuges, qui n'ont d'autre but que de faciliter aux alpinistes sérieux et enthousiastes, de longs séjours dans les régions élevées, (sans diminuer en rien les risques ou les difficultés de l'ascension), autant je suis hostile à la mutilation des passages difficiles, dans les sanctuaires les plus sacrés de la nature, livrés ainsi à tout le monde.

Je pris donc à Tuquerouye, comme toujours, la seule voie naturelle, le majestueux couloir de neige sans traces et sans souillures, où l'on ne monte qu'avec ses jambes, comme un homme, et debout. Est-il donc si méchant ? S'est-il jamais vengé des calomnies dont on l'a si souvent abreuvé ? Il n'a jusqu'à présent jamais blessé personne : il est plus innocent qu'il n'en a l'air. Mais il ne s'en suit pas qu'il soit toujours facile. La vérité sur ces ravins de neige très raides, c'est qu'ils changent tous les ans, et peut-être tous les mois, non seulement de nature et d'aspect, mais de *pente*. C'est moi qui ai trouvé, en 1882, le couloir de Tuquerouye tout dépouillé de neige, et même de glace. Il n'en restait un peu que sur les bords, contre les rochers. Absolument méconnaissable, ce n'était plus, du haut en bas, qu'un dégoûtant ravin de boue et de cailloux mobiles. En 1890, M. Trutat y éprouva de formidables difficultés : mais c'était en octobre. Qui parmi nous n'a pas lu le récit dramatique de Ramond ? L'été dernier, j'ai trouvé le couloir légendaire plein de neige très épaisse (vers le milieu d'Août), mais moins raide qu'autrefois. Nous montâmes, montre en main, en 45 minutes, sans nous presser : et la descente ne prit que 20 minutes. Le refuge de Tuquerouye porte aujourd'hui le nom du regretté Lourde-Rocheblave : et ce n'est que justice.

## LES PRÉVISIONS DU TEMPS

Excepté les bienfaits, rien ne s'oublie si vite que les vicissitudes du temps, ce qui, du reste, est très heureux dans les pays dont le climat est capricieux et laisse à désirer. Dans ces pays, pluvieux ou froids, à la fin d'un déluge de trois mois, combien de fois n'entendons-nous pas dire à neuf personnes sur dix, même les plus consciencieuses et les plus véridiques : « Nous avons eu trois ou quatre jours de pluie »... Ou si la neige a recouvert impitoyablement le sol pendant huit jours de suite, comme un linceul : « Nous avons eu quelques flocons, qui fondaient à mesure qu'ils tombaient ». S'il a gelé presque toutes les nuits, et souvent même le jour, pendant deux mois, elles vous diront avec la meilleure foi du monde : « Il a un peu gelé, cinq ou six fois ».... On en oublie une cinquantaine. C'est un état mental très singulier... Rien de perfide comme la mémoire, quand il s'agit du temps (surtout du mauvais temps...)

Ce sont ces mêmes personnes qui appellent *minimas absolus* les températures qu'elles ont observées en se levant à sept heures du matin, parfois sur des thermomètres exposés en plein midi, déjà touchés par le soleil, ou du moins à une heure où ils ont déjà remonté de plusieurs degrés. Ces thermomètres sont des farceurs : on leur fait dire « J'ai chaud », après avoir grelotté toute la nuit ! Ah ! s'ils pouvaient vraiment parler !

La vérité, au moins approximative (car elle est loin d'être absolue), ne se trouve que dans les Bulletins météorologiques que l'on publie maintenant un peu partout.

Sans doute, même là, il y a des points obscurs. Car la météorologie n'est pas une science exacte. Rien n'est plus vague, plus élastique et plus nuageux que ses formules : ce qui d'ailleurs est excusable, puisqu'il s'agit de nuages. Enfin, rien n'est parfait, pas même la science, et si l'on veut sérieusement contrôler la valeur des prédictions du temps, en les comparant avec la réalité qui les a suivies, on est bien obligé de s'en rapporter exclusivement aux statistiques météorologiques. Il n'y a pas d'autre moyen, car la mémoire, en pareil cas, ne sert absolument de rien : elle n'a aucune valeur : elle oublie tout.

En preuve de quoi rappelons ce qui s'est passé après la longue période de dix années (1867-1877), pendant lesquelles des télégrammes nous étaient constamment envoyés d'Amérique, pour nous prévenir d'être sur nos gardes, parce qu'une tempête de l'Ouest était en route, et allait fondre sur nous. Tout le monde le croyait... On y comptait comme sur l'arrivée d'un navire dont le départ a été annoncé... Ces télégrammes étaient devenus « la loi et les prophètes », des vérités évangéliques, et la confiance qu'ils inspiraient était tellement illimitée, tellement universelle, que les très rares sceptiques qui semblaient s'en méfier, passaient pour des aveugles, des ignorants, ou des grincheux.

Or un beau jour, les télégrammes se turent... on n'envoyait plus rien... silence sur toute la ligne. C'est que la vérité avait fini par triompher de la crédulité, comme elle le fait de temps en temps. On s'était graduellement aperçu, on avait même prouvé, que ces dépêches n'étaient généralement suivies de rien, autrement dit qu'elles nous trompaient, comme tant d'autres télégrammes à la mode. Bref, leur prestige fut perdu pour toujours, bien que pendant, dix ans, elles eussent trompé et mystifié presque tout le monde. L'aveuglement avait été universel.

Du reste, voici les preuves. Voici ce qu'écrivait à ce sujet un des météorologues les plus fameux de l'Angleterre, M. Scott. (J'omets les décimales, quantité négligeable.)

« *En 1877, sur cent prédictions, il y eut 17 succès complets et 25 succès partiels ; insuccès partiels, 15 ; insuccès complets, 43 ; soit 42 succès, contre 58 insuccès. En 1878, succès complets, 27 ; succès partiels, 18 ; insuccès partiels, 10 ; insuccès complets, 45 ; soit en tout 45 succès, contre 55 insuccès* ».

M. Scott observa que quelques-unes des prédictions englobaient l'Angleterre, la France et la Norvège, surface qu'une seule tempête n'a jamais pu couvrir, car le vent distribue ses colères.

Un autre savant, M. Loomis, fit le calcul qu'une tempête partie d'Amérique n'avait qu'une chance sur neuf de jamais arriver en Angleterre.

Un autre météorologue écrivit dans le *Fraser's Magazine* : « *En fait, jamais on n'a pu prouver qu'un cyclone ait traversé l'Atlantique, et dans certains cas, il a été prouvé qu'un cyclone arrivé en Europe au moment même où celui annoncé d'Amérique devait faire son apparition, n'était pas le même. Le cyclone américain s'était brisé en route, et n'avait jamais dépassé un certain méridien* ».

Ailleurs, l'Américain Loomis, la plus grande autorité de son pays en météorologie, dit ceci :

« *Sur cent de ces prédictions, il n'y en a guère plus de 17 qui se soient réalisées ; 42 furent absolument fausses, et les autres étaient vagues, ou se trompèrent de date* ».

Mais M. Scott alla plus loin encore, en écrivant ces lignes dans le *Nautical Magazine* :

« *Le fait qu'une tempête soit arrivée au jour prédit ne prouve aucunement que ce soit celle annoncée de New-York, car une foule de tempêtes ont pour berceau le centre de l'Atlantique. M. Tinley Stonex nous signala une grande tempête qui fondit sur Dublin le 10 Octobre 1877, au jour annoncé ; mais le 13, il en arriva une autre qui n'avait pas été annoncée, et encore une le 14 et le 15, d'une violence mémorable et inouïe. Trois tempêtes distinctes en quatre jours ! Il est clairement impossible de savoir laquelle des trois avait été annoncée de New-York* ».

Ceci me rappelle un bulletin météorologique lancé tout récemment de l'Observatoire municipal de la Tour Saint-Jacques, à Paris (24 septembre 1901) :

*Pluie* : — Rien au Nord et à l'Ouest de Paris.

— onze millimètres à Saint-Maur.

— trente-sept millimètres à Villeneuve Saint-Georges.

De toutes ces conditions atmosphériques, si profondément dissemblables, dans des lieux cependant si voisins, laquelle avait été prédite ?... Aucune des autres ne se réalisa... Et on pourrait peut-être citer une foule de cas semblables...

Arago, qui n'était pas le premier venu, affirmait que jamais on ne parviendrait à prédire le temps.

Mais changeons de terrain, et sortons un moment de celui de l'expérience, des résultats, des faits connus, pour envisager et discuter le problème *a priori*.

Un coup de vent (tempête, cyclone ou autre), n'est après tout qu'un projectile, assimilable à un boulet de canon, avec cette différence capitale, que rien ne l'oblige à voyager en ligne droite, ni même à rester près de la surface des mers ou de la terre. Il peut lui arriver trois accidents, impossibles à prédire :

1° Comme sa vitesse ne cesse jamais de diminuer, il peut mourir, s'éteindre en route, comme un boulet qui tombe à terre, quand toute sa force est épuisée, et qu'il a terminé sa carrière.

2° Il peut s'élever dans l'atmosphère, à des hauteurs tellement énormes, qu'il n'atteindra jamais personne.

3° Il peut se heurter en route à un autre courant d'air, plus fort que lui, venant en sens contraire, et l'arrêtant sur place en se précipitant sur lui, ou le faisant tellement dévier de la ligne droite, qu'on ne saura jamais ce qu'il est devenu : il y aura collision et débâcle. Cela arrive souvent en mer. Or, dans aucun de ces trois cas, notre coup de vent ne parviendra à sa destination.

Il ne suffit donc pas de savoir qu'il est parti, pour en conclure qu'il arrivera. Partir n'est rien : c'est toujours très facile ; le tout est d'arriver...

Mais depuis la faillite des prédictions américaines, les prophètes ont changé de tactique. Négligeant les tempêtes d'outre-mer, qui leur avaient si souvent joué de mauvais tours, c'est maintenant le temps probable qu'ils nous annoncent : et là ils ont beau jeu : car leur langage est devenu si prudent, si élastique et si diplomatique, que le lecteur ne peut même plus savoir de quel pays il est question, à quelle région particulière s'applique la prophétie. Ainsi presque tous les jours on lit dans les journaux des prédictions atmosphériques exprimées en ces termes :

« Temps probable en *France* », etc., etc. Or, comme il n'arrive jamais que le même temps règne partout à un moment donné dans un pays aussi vaste que la France, et qu'il est même certain que tous les temps imaginables y régnent à la fois, on ne risque rien à formuler une prédiction aussi vague que celle-là. On est bien sûr d'avoir raison, quoiqu'on prédise, dans un département, souvent même dans plusieurs, mais fort dans tous les autres. A quoi cela peut-il servir ? Il y a mille ans, on aurait pu en faire autant ! Pour rendre ces prédictions utiles, pratiques et claires, il faudrait qu'elles fussent « localisées », et non pas « généralisées » : il faudrait avertir une grande ville, comme Paris ou Moscou, ou au moins un département, du temps qu'il va faire. C'est ce qu'on a risqué en Angleterre, où on prédit le temps pour des régions spéciales, pour la Manche et ses côtes, jamais pour le pays entier. Mais il ne s'en suit pas qu'on ait toujours, ou même souvent raison : c'est très aléatoire...

Je ne sais s'il existe un recueil mettant en regard, pour tous les jours, le temps prédit et le temps qu'il a fait ; mais s'il existe, il est très regrettable qu'il ne soit pas plus répandu dans le public, car il aurait une grande valeur.

On nous parle bien souvent des cônes, drapeaux, ou autres signaux hissés dans les sémaphores maritimes, pour prévenir les marins de l'approche d'une tempête : mais il faudrait savoir non seulement combien de fois ces prophéties ont eu raison au bout d'un mois ou d'une année, mais aussi combien de coups de vent sont arrivés sans avoir été annoncés. Dans ces cas là, ne pas avoir prédit est une erreur tout aussi grave que celle de s'être trompé.

Du reste, les sémaphores n'annoncent que les tempêtes : c'est leur spécialité ; ils ne prédisent ni le brouillard, ni la pluie, ni la neige.

J'ai des amis en France qui sont absolument convaincus qu'au moins neuf fois sur dix, les prédictions du temps se réalisent dans leur département. Mais l'imagination agit tellement sur la mémoire, quand il s'agit du temps, qu'un simple souvenir est sans valeur. Pour nous convaincre, il faudrait que chaque jour, pendant au moins deux ou trois mois, les croyants prissent la peine d'écrire scrupuleusement dans une colonne, le temps prédit, dans l'autre, le temps réel. S'ils concordaient dans la majorité des cas, il n'y aurait plus qu'à baisser pavillon et à capituler. Mais nous n'en sommes pas là. Pour le moment, le doute et l'incrédulité sont au moins excusables. C'est une de ces questions où il faut voir pour croire, et où on a le droit d'être exigeant.

N'est-il pas vrai que si on demandait à n'importe quel savant une prophétie catégorique et claire du temps pour une *région spéciale* (autrement dit, pas assez vaste pour qu'il puisse y régner tous les temps à la fois...), il serait presqu'aussi embarrassé que le pauvre aspirant au doctorat ès-sciences auquel on eut la cruauté de poser cette question : « Etant donnés la longueur d'un navire, la force de ses machines, et son tonnage, quel est le nom du capitaine ? »... Il fut tout dérouté, et faillit perdre la tête. Il faudrait être bien audacieux pour nous prédire clairement et carrément, et non pas dans la langue nébuleuse des Sibylles, quel temps régnera demain à Paris ou à Londres : et il est bien permis de croire qu'il en sera toujours de même.

L'aspect du ciel, de la nature en général et surtout des montagnes, est un indice autrement sur du temps, que toutes les prédictions basées sur les pressions atmosphériques, qui nous trompent constamment. Quand les montagnes deviennent livides, violettes et pâles, quand des fameux boulevards de Pau, on y voit, même à l'œil nu, tous les détails des lointaines Pyrénées, même leurs sapins et leurs rochers, on peut être sûr qu'il va pleuvoir ; et bien avant qu'il n'ait tonné, tout le monde peut prédire un orage : les yeux suffisent pour cela. Ils valent vingt baromètres. Les paysans y voient souvent plus clair et lisent mieux dans le ciel que les pontifes les plus illustres de la météorologie.

L'argument favori de ceux qui croient *a priori* à la valeur des prévisions du temps, est celle-ci : « Puisque, disent-ils, le froid, le chaud, la pluie ou le soleil, le calme ou la tempête, dépendent incontestablement de certaines lois, il ne s'agit que de connaître ces lois pour pouvoir tout prédire ». Examinons ce raisonnement.

Il est bien sûr que rien au monde, pas même ce qu'on appelle des« Accidents » n'arrive sans cause. C'est la vertu de certaines lois que l'on naît, que l'on meurt, on qu'on se casse les membres en tombant de cheval. C'est en vertu de certaines lois qu'on devient poitrinaire, qu'on gagne à une loterie, qu'un loueur a de bonnes cartes, qu'on fait naufrage, ou qu'on est tué dans une bataille. C'est en vertu de certaines lois qu'arrivent les tremblements de terre, le choléra, la peste, tous les fléaux et toutes les maladies. Mais qui découvrira, qui débrouillera jamais ces lois ? Leur nombre est infini. Autant vaudrait compter les grains de sable du Sahara, ou les gouttes de la mer.

Si c'est parce que le temps a toujours son « pourquoi » comme tout en ce monde, qu'on prétend arrivera pouvoir le prédire, n'est-il pas clair que la logique nous autorise a aller bien plus loin, et à conclure qu'à force d'études ou finira par tout prévoir : les incendies, les collisions de trains, les crimes, les rhumatismes et les révolutions ?

Que dis-je ? Lorsqu'on sera certain du temps qu'il fera dans huit jours ou demain, le cœur humain lui-même perdra tous ses mystères, ses voiles les plus sacrés tomberont ; il sortira du crépuscule qui en faisait le plus grand charme, et on saura d'avancée l'histoire de ses faiblesses, doses tristesses et de ses joies. On la lira comme on lit un roman, comme on lit un journal. Car il est sûr qu'en tout pays l'amour lui-même n'est qu'un effet de certaines lois morales qu'il suffira un jour d'avoir bien étudiées, de bien connaître, de bien comprendre, pour en prédire les conséquences inévitables. On a toujours une raison pour aimer : plus peut-être que le vent pour souffler.

Alors les professeurs, jetant à tous les vents algèbre, chimie et cosinus, diront à leurs élèves : « Mes chers enfants, étant donnés l'âge d'un jeune homme, son caractère et sa physionomie, qui doit-il épouser ? Aura-t-il une belle-mère ? Sera-t-il père ? et quand ? » Prédire le temps, ou cela, c'est un peu la même chose. *Le temps a tous les caractères d'un accident*. L'homme ne sera jamais prophète...

Mais quant à moi, j'aime cette croyance, que l'imprévu est un bonheur et une bénédiction, une chose éminemment providentielle, qui embellit et poétise la vie, comme un peu d'ombre et de mystère embellissent la nature. Ne sondons ni l'avenir ni le temps, puisqu'il faut les subir. Croyons ou espérons toujours qu'ils seront beaux. Les illusions sont la moitié de notre bonheur. Que deviendrions-nous donc sans elles ? Que deviendrais-je moi-même en ce moment, si je savais ce qu'on dira de cet article ?

Pau, Octobre 1901.

### In Memoriam

## Charles PACKE (1896)

Un des plus grands explorateurs des Pyrénées vient de s'éteindre : mais il y a laissé d'impérissables souvenirs. Son nom y est inscrit presque partout en caractères ineffaçables. Où n'est-il pas connu et respecté, depuis un tiers de siècle, entre les deux mers qui baignent les Pyrénées ? Il fait partie de l'histoire de la chaîne, et moi qui eus l'honneur et le bonheur d'être son premier confrère, de partager ses enthousiasmes et ses fatigues, et d'explorer à ses côtés, il y a plus de trente ans, les massifs les plus hauts, les plus neigeux et les plus beaux des Pyrénées, il me semble que depuis qu'il n'y est plus, il leur manque quelque chose et quelqu'un. Il a laissé un vide énorme. Pour ceux qui ont connu Charles Packe à cette époque, hélas lointaine, et quasi-légendaire, un voile de deuil semble être tombé sur le Posets, les Monts-Maudits et le Port d'Oo, depuis la mort de leur Christophe Colomb, de leur grand et premier amoureux, dont ces montagnes superbes firent battre le cœur jusqu'à son dernier jour. Car bien qu'il eût toujours une grande tendresse pour Gavarnie, et qu'il y fît ses premières armes en 1858, d'autres noms célèbres l'y avaient précédé : il y avait là bien moins à découvrir qu'ailleurs, et quand il y parut, le fameux Cirque avait déjà perdu, en grande partie, le charme et le prestige de l'inconnu. C'est dans les Pyrénées centrales, et surtout en Espagne, que Charles Packe s'est le plus illustré : car à son arrivée dans ces régions perdues, sauvages et mystérieuses en 1860 (il y a donc 36 ans), les Pyrénées Aragonaises étaient aussi inexplorées que les monts de la lune.

Mais, comme je dois surtout des faits et de l'histoire à ceux qui n'ont jamais connu Charles Packe, je vais quitter, bien à regret, le terrain personnel et sentimental où m'attarderait longtemps mon affection pour lui : et je vais simplement raconter sans commentaires, sa longue carrière Pyrénéenne.

Ce fut vers 1858 que Packe fit sa première apparition au pied des Pyrénées, mais sans y entreprendre de courses sérieuses. En 1860, nous le trouvons déjà en Aragon, dans la vallée d'*Arras* (ou d'*Ordesa*) dont les murailles à pic et merveilleuses, dressées sur des forêts et dominées par des déserts ,sont devenues depuis aussi célèbres que les « cañons » de l'Amérique ; mais elles étaient alors totalement inconnues, bien que Ramond y eût paru au commencement du siècle. Après une longue et très tortueuse tournée en Aragon (*Fanlo, Escalona, Benasque*, etc.). Packe arriva enfin à Bagnères-de-Luchon, rentrant en France par le Port d'Oo.

Ce fut aussi en 1860 qu'il gravit le *Néthou*, la plus haute cime des Pyrénées (3.404 m) et très rarement escaladée à cette époque. Très peu de temps après, il attaqua les colossales et mystérieuses parois du *Montarto*, en Catalogne, dont il gravit un des nombreux pitons, vierges avant lui de toute conquête. En 1861, il accomplit la seconde ascension du *Posets* (3.367 m) y remontant en 1863 par une autre voie : et vers la même époque, il fit deux ascensions de premier ordre (*Maladetta* : 3.312 m), et Malibierne (3.067 m). La botanique étant sa grande passion, et souvent le seul but de ses courses, il fit dans ces régions d'amples moissons de plantes rares. Personne n'a plus aimé que lui les pauvres fleurs solitaires qui frissonnent près des neiges, et qui, au sein d'un éternel hiver, ont souvent plus d'éclat, de couleurs et de grâce que leurs sœurs fortunées des tropiques. C'est le sourire des malheureux ; mais de tous les sourires, n'est-il pas le plus doux ?

En 1864, passant avec M. Mathews le col neigeux de *la Salenques* (2.825 m), à la base et à l'Est du Néthou. Packe fit le tour complet des Monts-Maudits, en traversant des solitudes énormes, tantôt brûlantes, tantôt glacées, immense chaos de neige et de granit aussi désert que l'Arabie ou la Finlande, et où même aujourd'hui, le champ de l'Inconnu est encore assez vaste. Ce fut un tour de force, qui redoubla son enthousiasme pour les savanes de neiges brûlées par le soleil, et c'est sans doute d'alors que date l'ardente prédilection qu'il conserva toujours pour les fières et sauvages Pyrénées Espagnoles.

Il fit souvent aussi de longs séjours, à de grandes altitudes, au Midi du *Port d'Oo*, couchant toujours sous des rochers dans ces pays glacés, dont les étangs ne dégèlent guère, même au soleil torride d'Espagne, mais où poussent quelques fleurs. Et quelquefois, rentrant en France, il errait seul dans les plus grands glaciers des Pyrénées : car le recoin qu'il chérissait le plus dans ces régions absolument arctiques, c'était le cirque étincelant de neiges et de glaciers où dort d'un éternel sommeil le *Lac glacé du Portillon d'Oo*, dont un dessin d'une admirable exactitude parut dans la première édition de son « *Guide to the Pyrenees* » (1862).

Toutefois, l'œuvre capitale de Packe fut sa belle carte des Monts-Maudits, au 80 millième, représentant une surface d'un millier de kilomètres carrés, et qui parut en 1866. Pour se faire une idée de l'énergie, de la persévérance, et de la force physique qu'exigea un pareil travail, il faut se rappeler qu'il l'exécuta seul, qu'il n'eut ni modèle, ni collaborateur. Il n'eut d'autres guides que sa boussole et son instinct. Aussi y a-t-il des omissions, et même quelques erreurs inévitables dans cette carte cependant si soignée, si consciencieuse, si détaillée, qu'aujourd'hui même, elle est encore utile.

Ce serait non seulement une suprême injustice, mais la plus noire ingratitude, de contester le grand mérite des magnifiques explorations, des rectifications, des découvertes sans nombre que nous devons aux successeurs infatigables de Packe en Aragon, où MM. Fr. Schrader, Wallon, Lequeutre, Gourdon, Cte de Saint-Saud, Trutat, Emile Belloc, et d'autres « Pyrénéistes », ont éclairci tant de mystères, cueilli tant de lauriers, rendu tant d'éclatants services à la géographie de l'Aragon, de la Navarre et de la Catalogne. Ils y ont fait de véritables prodiges, souvent au prix de leur santé... Mais la justice exige aussi de constater que Packe fut le premier explorateur sérieux de la partie la plus élevée, la plus neigeuse et la plus compliquée des massifs Espagnols, et que son rôle, *ipso facto*, fut doublement ardu et méritoire. Ne lui marchandons pas l'éloge et la reconnaissance.

Mais le mystère qui les voilait donnait alors aux solitudes austères et blanches des Monts-Maudits et du Posets une poésie et un prestige qu'elles ont perdu à tout jamais depuis que tant de caravanes y ont laissé leurs traces : et la vie dure qu'il fallait y mener avait le charme de la vie monastique. Nous étions *seuls*, il y a trente ans, mon ami Packe et moi, au cœur des Pyrénées. Les foules étaient bien loin, souvent à deux ou trois journées de marche, et nous n'y pensions plus : car le soleil, la neige et les sapins nous consolaient de ne plus voir les hommes, charmaient notre vie, et suffisaient à notre bonheur ! Heureuse époque où les banquets, les foules et les discours étaient choses inconnues dans les sanctuaires sacrés et romantiques des Pyrénées ! Tout cela est fini pour toujours : mais ce passé lointain et poétique arrache des larmes à ceux qui l'ont connu ! Que de nuits magnifiques ou terribles, parfois même dramatiques, j'ai passées avec Packe sous des blocs de granit, au bruit des cataractes, ou sous de fiers sapins éclairés par la lune et couchés par le vent ! Je les entends encore gémir ! C'est avec lui que je restai une fois collé aux flancs d'un précipice pendant toute une longue nuit glaciale, derrière la *Porte-d'Enfer*, sans vivres, sans couvertures, sans eau, et par un temps horrible. Mais il ne se plaignait jamais, et cela remontait mon moral. Nous étions seuls.

S'il me livrait généralement les sommets vierges, qui abondaient alors en Aragon, et où j'aimais à monter seul, je lui laissais la mission plus utile et plus noble d'étudier leur structure, leur histoire et leur flore, de constater leur position, et de les mesurer. Il était le virtuose, et je n'étais que l'amateur.

Il s'illustra aussi en gravissant quelques sommets de premier ordre sur la frontière, dont un grand nombre étaient alors très peu connus, ou pas du tout.

Ce fut en 1860 (ou 1861) qu'il escalada le *Perdighero* (3.220 m), où je crois que personne ne l'avait précédé : et vers la même époque, il fit la première ascension de la *Munia* (3.150 m.), Mais la plus dure et la plus mémorable de ses grandes ascensions fut celle du mystérieux *Balaïtous* (3.146 m), dont il finit par triompher en 1864, après sept jours d'explorations, de luttes, de fatigues accablantes, et après un assaut infructueux en 1862. Ce pic célèbre et menaçant avait été gravi une fois, en 1825, par MM. les officiers géodésiens : mais pendant près de quarante ans, personne n'y était remonté. On ne savait même plus dans le pays par où ils avaient passé [1]. On peut donc dire que l'escalade de Packe eut tous les risques et le mérite d'une première ascension : et elle fut formidable ; car il monta par la fameuse et diabolique *arête occidentale*, par où j'escaladai moi-même le pic dix jours après, mais où on ne passe plus depuis de longues années. On a trouvé d'autres voies, relativement faciles, et les périls de ce Cervin des Pyrénées, quelque réels qu'ils fussent jadis, le sont moins aujourd'hui. C'est là du reste l'histoire d'une foule de pics, jadis dangereux, mais dont on a depuis trouvé les côtés faibles et vulnérables. Ils n'inspirent plus aucune terreur ; ils sont déchus : on les méprise même trop, et souvent ils se vengent...

Et ici, en passant, qu'on me permette de décocher une petite flèche (mais pas empoisonnée...) aux Alpinistes des temps nouveaux, qui s'imaginent avoir le monopole des ascensions vertigineuses, des tours de force et des casse-cous et qui croient même les avoir inventés. A ces équilibristes de la nouvelle école, dont l'idéal est la difficulté vaincue, et qui n'admirent que les abîmes, la gymnastique et les dislocations, je recommande trois ascensions Pyrénéennes qui datent d'une quarantaine d'années : la *Munia par le nord* ; le *pic de Coroné* (près du Néthou), *par ses parois méridionales*, et le *Balaïtous par son arête occidentale*. A moins d'être un lézard, on ne peut rien escalader de plus vertigineux. Et remarquez qu'en ces temps-là, si loin de nous, la corde était presqu'inconnue, le piolet tout-à-fait. Sur les pentes de neige dure ou de glace, même les plus raides, il fallait faire de petits trous avec une hache microscopique, qui quelquefois tombait dans un abîme et s'y perdait. Alors notre seule ressource était de faire des marches avec des pierres tranchantes ou des ardoises ! C'était l'enfance de l'art... Et cependant, nous ne nous cassions pas le cou, comme on le fait si souvent aujourd'hui !

Enfin, on allait seul, tout seul, même sur les lacs glacés et les glaciers. Le plus grand tour de force de Packe fut de passer, *en plein hiver et seul*, de Barèges à Bagnères-de-Bigorre par la Brèche *Pêne-Taillade* (2.610 m), en traversant le lac Bleu sur la glace, attaché à ses chiens, en cas de submersion !

---

(1) On ne le sait même pas encore. Voir l'admirable ouvrage de M. Beraldi : *Cent ans aux Pyrénées*, œuvre magistrale qui a tout l'intérêt et même le charme d'une épopée.

C'est qu'il aimait la solitude, bien qu'affectueux et plein de cœur. Et il avait raison... Sur les montagnes, la solitude est enivrante. Qui ne l'aime pas ne sent pas la nature. Sans refroidir le cœur, elle détache des tristesses de la terre : elle fait taire les passions : elle force à regarder le ciel, et l'auteur de ces lignes a goûté peu de joies plus intenses et plus pures que celle de se trouver aussi seul qu'au Pôle Nord, sur les trois cimes les plus élevées des Pyrénées (*Néthou, Posets* et *Mont-Perdu*).

D'une modestie extrême, presqu'excessive, Packe aimait tant à s'effacer, que même dans son admirable « *Guide to the Pyrenees* », qui eut deux éditions, il se contente presque toujours de décrire les itinéraires, sans dire qu'en général c'étaient les siens. C'était un montagnard dans l'âme, et dans le sens le plus élevé, le plus sérieux et le plus noble du mot : car l'Alpinisme était pour lui un culte, une sorte de religion, et non une gymnastique convulsionnaire, pour le moins inutile. Il haïssait toutes les formes de la « pose », et la « galerie » était le moindre de ses soucis : c'était peut-être l'homme le moins « théâtral » que j'aie connu.

Le guide qu'il aie plus affectionné, après l'avoir formé, est le célèbre Henri Passet, dont le cousin, Célestin, fut le mien. Et ces guides admirables inspirèrent à M. Whymper lui-même une telle confiance, qu'il leur offrit l'honneur de l'escorter aux Andes. Malheureusement ils refusèrent, pour des raisons sentimentales. Ce fut avec Henri Passet que Racke passa une nuit au sommet du *Mulahacen* (3.555 m), point culminant de la Sierra Nevada.

Je ne puis mieux finir qu'en disant qu'il avait une profonde affection pour la France, et c'est une des raisons qui m'attachèrent à lui. Il s'exprimait toujours en mètres, et s'irritait chaque fois qu'on lui parlait de pieds. Il aimait la clarté, la logique, et il y avait dans sa nature quelque chose de « Latin ».

Ce qui excusera, peut-être, les proportions de cet article, c'est que les Pyrénées remplirent une bonne moitié de la vie de Charles Packe. Elles furent sa grande passion. Bien qu'il connût les Alpes, où il fit même quelques grandes ascensions, et entr'autres celle du *Dom* (4.554 m), il en parlait sans enthousiasme. Jusqu'à son dernier souffle, c'était toujours aux Pyrénées que revenaient sa mémoire et son cœur : et quelques semaines avant sa mort dans sa belle terre du Leicestershire, où j'eus la douloureuse consolation de le revoir pendant ses derniers jours, je l'enchantais et j'endormais ses maux en lui parlant de Gavarnie, de Luchon, de Venasque, et de tous les Pyrénéens qui le pleurent aujourd'hui.

Ah ! comme ils sont nombreux ! Il n'a laissé partout que des amis et des regrets. Puisse ce touchant tribut d'estime et d'affection adoucir la douleur de sa veuve éplorée !

Pau : Octobre 1896.

A Frédéric Soutras, le barde aimé de Bagnères-de-Bigorre : en réponse aux beaux vers qu'il m'avait adressés.

Ce que le pâtre est au poète,
Ce qu'est l'isard au roi des airs,
La phosphorescence aux éclairs,
Et la bougie à la comète,
Voilà, chantre modeste et doux,
Ce que je suis auprès de vous.
Frivole enfant de la nature,
Je l'aime et ne la chante pas :
Je ne lui donne qu'un murmure,
Et parfois je lui tends les bras.
J'ai bien, sur des marches de glace,
Essayé d'approcher du ciel ;
Mais en humble et prudent mortel,
J'ai toujours eu peur du Parnasse.
Du moins, si je ne vous suis pas,
Je veux à son pied solitaire
Aller vous sourire d'en bas
Sans quitter la prose ou la terre :
Car plus haut je risquerais fort
De trouver une sotte mort,
Ou d'aller battre la campagne,
Même au sommet d'une montagne.

## ASCENSIONS SOLITAIRES

Ayant pendant de longues années, les plus heureuses et les plus regrettées de ma vie, promené ma solitude dans les régions les plus inexplorées, les plus neigeuses et les plus hautes des Pyrénées, sans m'y être fracassé aucun membre, et presque sans y avoir laissé une goutte de sang ; m'étant même trouvé seul sur les trois cimes les plus élevées des Pyrénées (*Néthou, Posets* et *Mont-Perdu*), peut-être me sera-t-il permis d'offrir mon opinion sur une question souvent controversée ; celle du plaisir, de la sagesse et des dangers des ascensions accomplies seul : non pas seulement « sans guides », mais sans personne, et aussi isolé, des mortels qu'un nouveau Robinson Crusoë.

Toutefois, je limiterai cette discussion aux Pyrénées, sans m'occuper des Alpes, et pour plusieurs raisons, dont la première est mon peu d'expérience de la Suisse, où je n'ai fait que trois grandes ascensions. Ensuite il saute aux yeux que les dangers des Alpes sont autrement sérieux que ceux des Pyrénées, ou du moins, qu'on y reste exposé plus longtemps, et beaucoup plus souvent. Aussi, celui qui tenterait seul des escalades risquées sur les Alpes passerait-il pour un fou : et on peut affirmer en tous cas qu'il ne ferait jamais école.

Mais dans les Pyrénées, c'est tout autre chose, et l'expérience est là pour le prouver. Les solitaires en général sont « les chasseurs d'isards », et il est rare, bien rare qu'il leur arrive malheur.

Commençons par parler des dangers, supposés ou réels, des ascensions accomplies seul : je m'occuperai ensuite de leur côté *moral*, celui qui touche à l'âme : car toute question, même l'Alpinisme, a plusieurs faces, et la manière d'envisager celle-ci est une affaire de race, de sang, d'éducation et de tempérament : parfois aussi (hélas !) de mode ou de simple amour-propre ! Elle est donc très complexe...

Quoiqu'il en soit, je n'ai aucune hésitation à poser en principe que dans les Pyrénées, un homme solide et bien portant, prudent et jeune, c'est-à-dire n'ayant guère dépassé quarante ans, peut s'habituer à gravir seul les plus hautes cimes sans risque sérieux, s'il a soin d'observer certaines règles que dicte le sens commun et qu'apprend l'expérience. Ainsi celui qui veut apprendre ce qu'on pourrait appeler « l'art de la solitude » dans le dédale souvent perfide des hautes montagnes, loin de la vie civilisée, doit avant tout être en parfaite santé : sans cela, il risque sa vie à chaque instant. C'est la première de toutes les conditions... Si le matin de son départ il est un peu malade, ou s'il a mal dormi, de manière à partir fatigué, il ne doit pas partir du tout.

Il devra prendre des vivres pour plus d'un jour, car il peut arriver à tout le monde de se perdre : mais ce n'est pas un accident sérieux, *si l'on a de quoi vivre*. Dans les sauvages montagnes de la Nouvelle-Zélande, je suis une fois resté trois jours perdu et seul, sans un atome de nourriture. C'est le beau temps du troisième jour qui me sauva la vie. Sans cela, j'étais « fini ». Mais la leçon a été bonne ! Ce sont des catastrophes auxquelles on ne s'expose jamais deux fois ! Et la moindre prévoyance me l'aurait épargnée !

Le « solitaire » devra toujours avoir un sac en peaux d'agneaux, pour pouvoir se passer de cabanes, et à plus forte raison, d'hôtels ! On s'habitue bien vite à dormir sous des blocs de granit : et dans les Pyrénées, il n'en manque pas ! On n'a que l'embarras du choix ! Un bon rocher vaut une maison, et on se sent chez soi. Aucun voisin pour faire du bruit : pas d'ouvriers, pas de bébés miaulant ou gémissant : sécurité complète contre l'incendie : pas besoin d'assurance !

*N.-B.* — La laine du sac devra être en dedans, d'abord parce que cela tient plus chaud : ensuite pour éviter d'être pris pour un agneau, danger sérieux dans les pays de loups, qui sans cette précaution, m'auraient peut-être mangé en 1865, au milieu de la nuit, sur les déserts du *Cotiella*.

Il saute aux yeux qu'il faudra une chemise en flanelle, et des bas de rechange, ainsi qu'une carte et une boussole. Les espadrilles sont très utiles sur les rochers, et la nuit, elles remplacent des pantoufles.

On me dira peut-être que tout cela constitue un grand poids... Erreur ! Vivres pour trois jours, costume et sac n'arrivent certainement pas ensemble à peser quinze kilos : et si l'on a bon appétit, comme c'est probable, la charge des vivres diminue vite ! Mon sac en peaux d'agneaux, qui depuis trente-six ans me sert de lit dans les montagnes, et qui, dans d'effroyables tempêtes de neige, m'a plus d'une fois sauvé la vie, ne pèse que trois kilos ! C'est une des plus belles inventions de notre siècle, dont on dit tant de mal... Le voilà réhabilité.

Ce dont le « solitaire » doit le plus se méfier, c'est la glace... Les glaciers crevassés, pleins d'abîmes plus ou moins recouverts par la neige, voilà ses pires ennemis ! Il n'en a pas d'aussi dangereux, et c'est là qu'il devra redoubler de prudence.

Mais s'il est libre de son temps, il pourra tourner la difficulté en ne s'aventurant sur les glaciers qu'au mois de Juin, ou au plus tard, jusqu'à la mi-Juillet : car jusqu'alors, la couche de neige qui recouvre les glaciers est encore si épaisse et si ferme, que le risque de sombrer dans un gouffre invisible est presque nul. Pas tout à fait pourtant, quand on est seul : et la prudence exige alors de sonder à chaque pas. On perd du temps : mais cela vaut mieux que perdre la vie. L'engloutissement est une mort si horrible ! Quand on tombe dans la mer, on peut au moins se sauver à la nage. Mais à quoi sert la natation dans une crevasse ?

En 1871, je fis seul l'ascension du *Néthou*, la plus haute cime des Pyrénées (3.404 m). Je mis près de quatre heures à traverser son grand glacier, le double du temps normal ! mais j'arrivai sans accident. Pris par un formidable orage à la descente, bombardé par la grêle, les rafales et la neige au milieu des éclairs, je fus bien obligé de courir, presque de voler, sans songer aux abîmes entr'ouverts sous mes pas : mais j'eus bien soin de suivre mes traces encore visibles de la montée. C'était une grande sécurité. D'ailleurs je redoutais bien plus la foudre que les crevasses.

Il y a une autre raison pour laquelle un touriste solitaire doit éviter de circuler sur les glaciers pendant la canicule : c'est qu'alors la fusion très rapide de la neige dépouille tellement la glace, en laisse à nu de si grandes étendues, qu'à chaque pente un peu raide, il faut tailler des marches et faire des escaliers de glace : travail facile et simple quand on est deux ou trois, mais surhumain et impossible quand on est seul.

Laissant maintenant, sans l'avoir épuisée, la question matérielle et aride des risques que peut courir l'Alpiniste solitaire, des précautions que lui impose le fait d'être seul, je vais entrer avec ardeur, je pourrais dire avec amour, dans les régions psychologiques, dans le sanctuaire de l'âme, pour étudier ce qui s'y passe quand on est seul au milieu des montagnes. Et ici, me voilà à mon aise ! Je respire mieux que tout à l'heure : l'air est plus libre ! Sortons du monde visible... L'autre est encore plus séduisant...

Ah ! comme j'en aurais long à dire sur ce sujet ! Mais j'entre, hélas ! sur un terrain où je crains bien (j'en suis même sûr) que mes meilleurs amis de France vont tous me déserter et me jeter la pierre en me prenant pour un demi-sauvage, atteint d'une incurable misanthropie. Et il est sûr que j'en ai l'air : car je ne rougis pas d'avouer que j'aime la solitude sur les montagnes, à moins d'avoir pour compagnons quelques amis *intimes*, tout au plus deux, ayant exactement mes goûts, mes jambes et mes principes.

Or on n'aime pas les solitaires en France, où on les prend pour des conspirateurs, des orgueilleux, ou des maniaques. Je n'aurai pas la présomption, le mauvais goût de critiquer cette « sociabilité » française, qui dans la plaine, dans les salons, autour d'une table, est un des plus grands charmes de l'existence. Je serais bien ingrat d'en dire ou d'en penser du mal : j'en ai tant, profité ! C'est surtout grâce à elle que le Français est populaire partout. Il électrise tout ce qu'il touche, et fait aimer la vie, en la semant de fleurs et de sourires.

Mais quand on est au haut des nues, à 3.000 m. au-dessus des mortels, entouré de déserts, de rochers et de neiges, il m'a toujours semblé qu'on s'y transforme naturellement, sans le savoir, peut-être sans le vouloir : et si on a vraiment le culte de la nature, on veut être seul ou à peu près.

Les caravanes hétérogènes organisées militairement pour l'attaque méthodique et bruyante des montagnes, n'apprennent qu'une chose... à s'amuser ! et, ce n'est pas ainsi qu'on fabrique des athlètes ! Et les discours ! Et les banquets ! Quelle mise en scène ! Il n'y manque plus que des clairons, des étendards et des tambours !

« *Nous étions tant !* » Cela dit tout !!

Pardon, mes chers et honorés collègues, si je vois là une hérésie et un sophisme. Ce n'est jamais en caravane que l'on apprend l'art de gravir, ni même que l'on prend goût aux ascensions. On s'y amuse, et voilà tout. Autant vaudrait une course en mer, ou en ballon, ou au Bois de Boulogne ! Il me semble qu'un « Club Alpin » n'est qu'une Société de grimpeurs, ou d'aspirants à le devenir. Son nom l'indique. Si je me trompe, j'ai du moins quelque excuse. L'Alpinisme, à mes yeux, est presqu'aussi sérieux que la philosophie ou la théologie. C'est une éducation morale, autant que musculaire. C'est une espèce de religion. Le titre lui-même que porte le Club indique clairement qu'il n'a nullement pour but de rassembler les hommes comme des artistes en scène, de les grouper comme des soldats à la parade, et de les divertir, mais bien de développer leurs muscles, leur énergie et leur virilité, *de leur apprendre surtout à compter sur eux-mêmes*, au contact du danger, en s'occupant le moins possible de leurs voisins : et enfin d'ennoblir, on pourrait dire de « sanctifier » leurs âmes, devant ce que le monde a de plus lumineux : la neige, le ciel, et le soleil.

Or, pour cela, il faut être sinon seul, du moins très peu nombreux, tout au plus quatre ou cinq. Mais quelle leçon que d'aller seul ! Que de choses on apprend forcément, quand l'ascension devient un duel entre la montagne et l'homme, et quand il faut veiller, pendant des heures entières, sur chacun de ses pas, avec la certitude que la moindre chute peut être mortelle ! Après avoir passé par là, on s'imagine valoir deux hommes !

Or il suffit souvent de se croire fort pour le devenir. La confiance est une force.

N'est-il pas clair qu'il y a des qualités morales qu'un montagnard n'acquiert jamais sous la tutelle d'un guide ou d'un ami ? Pour cela, il faut s'être trouvé seul en lutte avec toutes les fureurs de la nature, entouré de brouillard et d'abîmes, et livré entièrement à soi-même, dans les neiges éternelles, balayées par le vent et forage. Tant qu'on n'a pas passé par là, jamais on n'a confiance en soi. Se fier aux autres et dépendre d'eux, émousse nécessairement l'audace, et détruit toute confiance en soi-même, pour l'excellente raison qu'elle n'est plus nécessaire. Mais le plus simple respect pour les montagnes exige aussi qu'on les prenne au sérieux, et qu'on ne les envahisse pas en foule comme des cafés-concerts ou des salles à manger. Elles méritent mieux que cela. Les démocratiser semble une profanation, pour ne pas dire un sacrilège. Que dirait-on, que penserait-on, du moins, de l'invasion d'un musée de chefs-d'œuvre par une nuée de jeunes gens aussi légers que des oiseaux, qui se croyant une vocation pour l'art, ou désirant l'avoir, ébranleraient toute la salle de leurs éclats de rire et de leurs chants, sans s'occuper le moins du monde des merveilles étalées sous leurs yeux et destinées à leur inoculer le goût des arts ?... A qui ferait-on croire qu'ils aiment et sentent le Beau ? L'admiration et l'enthousiasme ont d'autres allures ! Si les splendeurs de la nature, autrement belle qu'une galerie de tableaux, n'inspirent que de l'hilarité, des facéties et des bons mots il faut bien croire qu'on se moque d'elle ! On comprendrait mieux le sommeil, qui n'est pas volontaire.

Figurez-vous un élève en peinture éclatant de rire devant les vierges de Raphaël, ou l'Assomption de Murillo !

Ne croyez pas pourtant, chers confrères Alpinistes, que je prêche la tristesse, l'humeur morose ou la misanthropie, qui est une des formes de l'égoïsme.

Non, ne condamnons pas la bonne humour, surtout la bonne humeur française, la plus aimable, la plus charmante de toutes. Avouons-le, elle est même contagieuse ! Mais entre une joie tranquille et le tapage, les calembours, et les refrains comiques, il y a tout un abîme. Dans les montagnes, cette gaieté-là détonne, elle jure, et n'est plus naturelle. Elle est incompatible avec l'amour sincère du Beau dans la nature, et fait le désespoir des montagnards sérieux, qui sont généralement graves comme des moines.

D'ailleurs, même dans la plaine, n'avons-nous pas souvent besoin de solitude, de recueillement et de silence ? A bien plus forte raison dans les montagnes, qui semblent faites pour cela. Ce sont des temples, dont la splendeur et la solennité ont quelque chose d'austère et de sacré. On dirait des lieux saints, dont aucune main profane n'a jamais renversé les autels. On a souvent brisé ceux des chrétiens : mais ni les siècles, ni les orages, ni les impies n'ont jamais dépouillé de leur gloire les basiliques de neige et de granit élevées par la nature entre les hommes et le ciel. N'y pénétrons qu'avec respect, comme à l'église, et non comme au théâtre.

Le montagnard a des analogies avec le moine, et les païens eux-mêmes, les bonzes et les lamas de l'Inde et du Thibet, ont érigé presque tous leurs monastères au sommet des montagnes, où leurs prières et leurs méditations ressemblent à des extases. Jamais je n'ai vu d'hommes plus graves. S'ils ne sont pas des saints, ils en ont l'air. L'adoration semble naturelle sur les sommets : mais pour cela, il faut qu'ils soient déserts, ou à peu près.

Ah ! comme il est heureux pour les rêveurs qu'on leur livre les montagnes en hiver ! Elles sont si belles alors, sous leurs immenses blancheurs où la lumière a un éclat incomparable, et où la neige, sans trace humaine, sans un point noir, semble aussi vaste et aussi vide que l'Océan !

Comme on se félicite alors de l'absence du public, dont la nature sait si bien se passer ! Comme on chérit la solitude ! Comme on sent le besoin du silence, pour savourer en paix la poésie et la magnificence d'une belle journée d'hiver, du haut d'un belvédère de 3.000 m., sur des sommets immaculés qui brillent comme des soleils, tandis qu'au loin, autour d'eux et partout, les neiges rutilent à perte de vue comme des déserts de feu.

Et quel contraste avec leur base, que le soleil touche à peine en hiver ! Toutes les vallées, noyées dans une espèce de crépuscule, sont muettes, glaciales et bleues. Il y règne l'effrayante majesté de la mort... Un peu plus haut, les forêts si sonores et vivantes en été, sont muettes aussi, et immobiles. Il fait si calme par les grands froids ! Les sapins ne disent rien : le sirocco ne les fait plus gémir. Décapités par les tempêtes d'automne, morts de froid ou brisés par la foudre, beaucoup d'entre eux sortent de la neige comme des squelettes aussi blancs qu'elle, en ouvrant leurs grands bras décharnés. Ils ont un air désespéré. C'est d'une désolation suprême, qui fait penser à la vallée de Josaphat. Mais dans les Pyrénées, même en hiver, un soleil inconnu dans le Nord semble réchauffer la mort elle-même, embrase la neige qui fume comme de l'encens, tandis que çà et là, s'élève encore la voix sonore, et consolante des cataractes, qui ne s'endorment jamais ! Le soir, les pointes neigeuses semblent des minarets d'or, et quand le soleil bien plus rouge qu'en été, descend à l'horizon comme un navire en feu, dans des vapeurs de soufre et d'améthyste, on se demande en vérité si la plus belle saison des Pyrénées n'est pas l'hiver.

Quand on a joui cent fois de tels spectacles, quand on est plein de leur souvenir, comment ne pas tonner et fulminer contre les funiculaires, les fanfares, les festins, les harangues et les feux de Bengale, ensemble barbare et théâtral qui ne fera jamais des montagnards, et finira par égorger partout l'amour de la nature !

Un jour, dans ma première jeunesse, je descendais, seul et rêveur, par une soirée pourprée d'automne, du sommet du Bergons, sur la riante et pastorale vallée de Luz, après un gros orage, dont les échos lointains duraient encore. Comment se fait-il que la colère, qui rend l'homme ridicule, rend la nature sublime ? Qu'y a-t-il de plus beau et de plus terrifiant, surtout si c'est la nuit, qu'un orage au milieu des montagnes ? Grâce aux échos, le tonnerre roule incessamment, comme un fleuve débordé qui charrie des rochers. Dans les éclairs qui déchirent les ténèbres, la neige devient toute rouge, et des déserts de sang s'allument au haut des nues. Les forêts pleurent, les arbres se tordent, les torrents hurlent comme des bêtes fauves, la terre a le vertige, et quand la foudre frappe un sommet qui blanchit sous le coup, on croit voir flamboyer dans la nuit le glaive surnaturel d'un Dieu vengeur, tombant du ciel pour poignarder la terre, comme si la dernière heure du monde avait sonné. *Inclinavit cœlos, et descendit.*

Mais même alors, la solitude n'a rien de douloureux : elle semble même naturelle, et l'on dirait qu'elle attendrit le cœur, au lieu de l'endurcir. Les solitaires ne sont pas des sauvages !

J'aimais beaucoup les hommes, et je pensais à eux, surtout à mes amis, le soir de ma descente des monts gracieux qui dominent Luz au Sud. Le calme était revenu, et la nature avait l'air de prier : mon cœur allait partout. Dans le ciel purifié par l'orage, dans les vallées bleuâtres où s'endormaient les nuages, dans les forêts déjà vermeilles, qui commençaient à semer les prés verts de larmes d'or, enfin sur les sommets neigeux et rouges qui étincelaient autour de moi comme des volcans qui vont s'éteindre, il régnait une espèce de sainteté, une poésie céleste, une gravité divine, qui me réconciliaient avec la solitude. Dans ces occasions-là, si on regrette d'être seul, si on cherche une autre âme pour l'associer à son extase, on ne voudrait pour rien au monde être trois... Le charme serait rompu...

Bientôt, au fond de la vallée que me cachaient déjà les voiles du crépuscule, je vis vaguement serpenter des blancheurs et des ombres, et j'entendis monter vers moi des élégies, des cantiques d'une tristesse infinie, mêlés au glas funèbre d'une pauvre cloche de village... C'était un enterrement, l'humble convoi d'une jeune fille, suivi d'une foule en pleurs qui montait au cimetière, à l'heure où la montagne elle-même prenait le deuil, et semblait désolée. Et moi aussi j'étais ému, comme si j'avais connu la pauvre défunte, et mes yeux se mouillèrent. Personne n'en fut témoin : ma solitude était complète ; mais on aime à être seul, lorsqu'on approche, au déclin d'un beau jour, du silencieux asile des larmes et de la mort.

Pau, 25 Novembre 1899.

## NUAGES ET MONTAGNES

On n'admire pas assez les nuages, et c'est peut-être pour cela qu'ils voyagent tant : l'indifférence des hommes les rend volages. Et cependant, qu'y a-t-il dans la nature de plus gracieux, de plus grandiose et de plus fantastique que les nuages, surtout sous l'Equateur, où ils prennent toutes les formes imaginables, et des couleurs qui n'ont de nom dans aucune langue ? Ils sont plus grands que des montagnes. Le soir, quand le soleil descend solennellement, prêt à mourir, sur les mers endormies des tropiques, on voit monter et flamboyer à l'horizon des nuages si écarlates, si gigantesques et menaçants, qu'ils inspirent une espèce de stupeur. On dirait un enfer circulaire allumé sur les flots, ou l'incendie d'un continent lointain. Même à minuit, ils sont encore incandescents comme de la braise et pleins d'éclairs, mais sans tonnerre : on n'entend rien, pas même une vague...

Si les grands nuages du Nord sont quelquefois presqu'aussi rouges, ils n'ont jamais ce calme suprême, cette fixité de formes, cette immobilité superbe qui donnent aux nuages énormes de l'Equateur la majesté des Andes et de l'Himalaya, et semblent hypnotiser tous ceux qui les contemplent. Les nuages fougueux des pays froids et sans cesse balayés par le vent sont turbulents et capricieux. Chassés par la tempête, ils volent, se tordent et se déchirent, roulent sur eux-mêmes, et prennent la fuite comme des fous effrayés. Ils manquent de dignité. C'est plutôt une bataille qu'un tableau. C'est cependant un grand spectacle, surtout quand le tonnerre rend le ciel plus sonore que la terre, et que la scène est allumée par les éclairs. Le Ciel du Nord a des colères sublimes.

Mais c'est par les temps calmes, et au cœur de l'été, que dans nos latitudes, on voit les plus beaux nuages, surtout dans les montagnes. Je n'oublierai jamais une de mes courses au *Piméné* (2.804 m) où presque toujours, je me suis trouvé seul. Voir les nuages à ses pieds, les dominer du sommet d'une montagne, n'a rien d'extraordinaire : c'est même la règle : car le froid tue les nuages, qui aiment les climats tièdes, les altitudes moyennes et les vallées. Mais le jour en question, du haut du Piméné, où je passai trois heures, je fus témoin d'un spectacle aussi rare qu'émouvant, celui de la *marée montante des nuages*. Car ils montaient, lentement, mais à vue d'œil, avec une régularité astronomique, et on ne saurait rien imaginer de plus étrange et de plus majestueux que le mouvement ascensionnel et uniforme de cette mer tumultueuse de brouillards aussi blancs que la neige, qui couvrait toutes les Pyrénées françaises vers le niveau de 2.500 m., ne laissant émerger que les cimes qui dépassent cette hauteur. Chaque pic était une île, chaque groupe de pics formant un archipel, avec des caps bleuâtres, des promontoires sauvages orientés vers le Nord et battus par des flots irrités de vapeur, qui bondissaient dessus comme de l'écume. Je me rappelais les îles lugubres qui bordent les côtes neigeuses et déchirées de la Patagonie, où les débris fumants de l'Amérique du Sud tombent dans les mers australes. Les uns après les autres, les promontoires, plus ou moins hauts, s'engloutissaient sous la marée toujours montante des nuages, et les massifs se morcelaient en îles de plus en plus petites, sombrant comme des écueils, et bientôt dévorés à leur tour. La brume ayant monté de trois cents mètres en quelques heures, la terre tendait à disparaître sous un nouveau déluge, dans une immense tristesse. Bientôt il ne resta sur l'horizon que la partie toujours neigeuse des Pyrénées : et alors je n'eus plus devant moi qu'une espèce de Spitzberg désolé, endormi sous la glace et tout blanc. Des îles de neige se hérissaient partout, passant du blanc au rouge, du côté où frappait le soleil.

Déjà les nuages étaient à mon niveau... Ils me léchaient les pieds, et j'allais disparaître à mon tour... Je les sentais, car le brouillard des hautes régions a une odeur très prononcée, comme les glaçons polaires, dont on devine le voisinage à l'odorat, bien avant de les voir. J'étais vraiment ému, pour ne pas dire troublé. Quand je fus submergé jusqu'au cou, quand je sombrai moi-même dans l'Océan morose des nuages, comme un navire qui s'abîme dans les flots, il me sembla être seul au monde : car en levant la tête, je ne vis plus que le soleil et la coupole resplendissante, mais froide, neigeuse et morne du *Mont-Perdu* (3.352 m) qui, comme l'arche de Noé, flottait seule sur une mer infinie, silencieuse et déserte. Il ressemblait à un archange déchu, encore illuminé et glorifié par un dernier sourire du ciel ! Moi qui aime tant la solitude sur les montagnes, j'en avais trop... Mon cœur eut froid... Je fus pris de tendresse pour les hommes, et je sentis que, malgré tout, je les aimais encore. J'espère le leur prouver.

Revenons aux formes, aux mille aspects des nuages. Comment les définir ? comment les peindre ? S'il y en a tant de sombres et de farouches, qu'on ne peut pas aimer, voyez la grâce, la transparence et les couleurs des autres ! Légers comme des ondines, et flottant dans l'azur entre les hommes et le ciel, ces enfants éthérés du soleil, qui semblent symboliser l'alliance de l'innocence et du bonheur, ont des teintes inconnues sur la terre. Ce sont les fleurs du ciel, variées à l'infini ; en sorte qu'on peut dire d'eux ce qu'on a dit des feuilles, que dans tout l'univers il n'y en a pas deux de pareilles. Et malgré cela, voyez comme ils acceptent les inégalités du sort ! Ils s'y résignent avec la meilleure grâce du monde, comme s'ils savaient qu'elles sont inévitables, qu'elles ne sont pas un accident, mais que c'est la nature qui les a mises partout. Ils sont plus sages que nous, bien qu'il y en ait de belliqueux ; ils vivent généralement en bonne intelligence, surtout à Pau, où les nuages sont aussi pacifiques que les hommes : il est rare qu'ils se fâchent...

Ils ont pourtant de singuliers caprices, surtout par les brûlantes et orageuses journées pyrénéennes de juillet et d'août jusqu'à midi, le soleil règne en maître ; le ciel est aussi bleu et aussi pur que dans le Sahara. Mais tout à coup, au fond d'une gorge ou au bord d'un abîme, un petit nuage se forme mystérieusement à quelques pas du spectateur, voltige autour de lui, se montre sous toutes ses faces en tournant sur lui-même, comme s'il aimait à se faire admirer, puis fond sur place comme de la neige et disparaît. Il n'y a plus rien. C'est un mort-né qui ne vit qu'un instant. Quelques minutes après, il en paraît un autre, un peu plus grand et plus opaque, puis deux, qui se regardent, s'attirent et finissent par s'unir. Enfin on en voit naître toute une famille, dont tous les membres tendent aussi à s'unir et à ne plus en former qu'un, mais celui-ci ne fondra pas : menaçant, électrique et très noir, il n'annonce rien de bon : et, en effet, l'orage éclate le soir : c'est infaillible, et l'Alpiniste, manquant son ascension, prend la fuite au milieu des éclairs, de la tempête et de la grêle.

En vérité, l'histoire d'un nuage serait intéressante à étudier et à écrire : plus que la vie de bien des hommes !... Mais c'est surtout dans les montagnes qu'il est curieux de suivre et d'observer les nuages. Que de surprises et de plaisirs les montagnes nous prodiguent ! Quand on s'y trouve entre un nuage blanc et le soleil, tournant le dos à celui-ci, on voit se profiler son ombre et sa silhouette sur le brouillard, aussi nettement que sur un mur de neige : le portrait est frappant : mais la nature a soin de l'embellir, car elle entoure la tête du spectateur d'un charmant arc-en-ciel, en sorte que le plus grand pêcheur a l'air d'un saint ! Il a une auréole pour rien ! Il est vrai qu'elle ne dure qu'un instant !...

Un jour, dans les montagnes, un petit nuage, blanc comme un lys, naquit à mes côtés et se posa sur une de mes épaules, tandis qu'un papillon s'installait sur ma tête. Séduit par tous les deux, je voulus les saisir en même temps, mais je ne pus les attraper ni l'un ni l'autre : pendant que l'un fondait, l'autre s'envolait : et me retrouvant seul, abandonné par ces jolis enfants de la nature, j'en eus le cœur malade, en me disant, trop tard, que j'aurais dû choisir !... L'un d'eux serait peut-être resté... Car pour aimer, il ne faut être que deux... On aurait dit qu'ils le savaient comme moi, et je fus bien puni de l'avoir oublié !

(Pau-Gazette.)

# PLAINES ET MONTAGNES
## La Lande de Lannemezan

A mon jeune ami
le Baron de Lassus.

Un des plus beaux spectacles de la nature est celui d'une grande chaîne de montagnes se hérissant abruptement sur des plaines gigantesques, étendues à leur base avec l'horizontalité de l'Océan. Ce rare et saisissant contraste grandit toutes les deux, les montagnes et le plaisir en leur donnant une majesté extraordinaire. Ce n'est sans doute qu'une illusion d'optique : mais si les illusions morales sont dangereuses et fatales, il n'en est pas de même de celles de nos organes, qui embellissent beaucoup de choses, sans nous faire aucun mal. Dans la nature, les apparences valent mieux que la réalité, et le Beau est bien plus séduisant que le Vrai. C'est pour cela que les arts, la forme la plus charmante de l'illusion, sont et seront toujours plus populaires que la géologie, l'algèbre et la chimie ! Vive l'illusion !

Quoi qu'il en soit, *de gustibus non est disputandum* ; aussi il y a des gens de goût, et même des peintres, qui, en face d'une belle chaîne de montagnes, aiment mieux la voir descendre mollement et graduellement, par étages successifs, sur la plaine, se confondre avec elle, et y mourir en humbles et onduleuses collines, groupées et endormies comme des enfants aux pieds de leurs parents. L'orgueil est cependant bien pardonnable à une montagne ! Dominer est son rôle !...

Telle est la vue célèbre dont Pau est si justement fière. A la base même de ses boulevards, il y a d'abord le Gave, moitié torrent, moitié rivière, serpentant dans une plaine qui est plutôt une vallée. Au second plan se dressent, avec les plus gracieuses ondulations, les ravissants coteaux de Jurançon et de Gelos, chargés de bois et de jolis castels, et d'une verdure d'émeraude. C'est harmonieux et pastoral ; c'est Virgilien : c'est l'image de la paix ; c'est charmant au possible : nul ne saurait le contester. Enfin derrière, au fond de l'horizon, s'alignent fièrement les Pyrénées, couvertes de neige et de soleil, et captivant tous les regards, mais, malgré tout, moins imposantes, et paraissant moins hautes que si une plaine unie et sans une ride arrivait jusqu'à elles. On ne voit que leurs cimes : et, par cela même, elles perdent un tiers de leur hauteur et de leur majesté. A leur place, je serais désolé !

J'aime mieux la plaine immense et presque horizontale de Tarbes, où il n'y a pas la moindre ondulation, pas une aspérité, où courent follement dans tous les sens, avec la fougue et l'insouciance de la jeunesse, mille ruisseaux écumeux, et au bout de laquelle les Pyrénées, bondissant subitement vers les nues, et dominant énormément tout ce qui les entoure, ont l'air d'escalader le ciel comme une muraille de trois mille mètres, dont une vapeur bleuâtre enveloppe souvent la base, mais qui devient de plus en plus resplendissante et nette, à mesure qu'elle s'élève vers l'azur éternel, où, à toute heure, il y a de la lumière. Même à minuit, la neige brille au sommet des montagnes : il en sort des éclairs, alors que les collines et les vallées qui en rayonnent sont ensevelies dans les ténèbres.

Les Alpes aussi, dressées comme un rempart en apparence à pic et menaçant, au nord des plaines fumantes de l'Italie, ont l'air d'avoir le double de leur hauteur réelle. Et il en est de même des Cordillères des Andes vues du Grand-Océan, mais surtout des sommets prodigieux et tout blancs de l'Asie, qui, bondissant vers le soleil, et séparant les deux énormes empires de l'Inde et de la Chine, se dressent comme des géants surnaturels et indomptables à près de neuf mille mètres au-dessus des grandes plaines tropicales du Bengale, aussi plates et aussi infinies que la mer. C'est le plus beau spectacle du monde, parce qu'il n'y a rien qui brise la vue entre l'œil du spectateur et les plus hautes montagnes du globe. Au lieu de neuf mille mètres, on leur en donnerait quinze ! On les a mesurées à une distance de 500 kilomètres, soit la distance directe, à vol d'oiseau, de Paris à Bordeaux ! Aussi, même vues d'en bas, elles troublent les facultés de l'homme des plaines, et lui donnent une espèce de vertige, comme s'il les regardait d'en haut et sondait leurs abîmes. Il est tout dérouté, tout effaré, et se demande ce qu'il a devant lui...

En France, un des plus beaux exemples que je connaisse d'une grande chaîne de montagnes se laissant voir du haut en bas, comme une falaise, au-dessus d'une plaine aussi unie et aussi morne que les pampas américaines, c'est le panorama des Pyrénées qui se déroule au Sud, — trop rapidement, hélas ! — entre la gare de Capvern et celle de Lannemezan. Comme une heure de retard ne changerait rien aux habitudes de la Compagnie du Midi, et ne l'obligerait même pas à changer ses horaires pour si peu, pourquoi n'arrête-t-elle pas ses trains entre ces deux gares, pour nous laisser le temps de contempler bien à notre aise, pendant un de ces longs entr'actes auxquels elle est si habituée, un des spectacles les plus grandioses que l'on puisse voir en France ? Quelle poésie dans ce tableau ! quelle solitude et quelle immensité ! Quelle âpreté partout, et quel soleil ! On dirait la patrie des Mongols, des antilopes et des chameaux ! Ah ! qui donc voudrait voir une maison, une colline ou des arbres, sur le désert superbe de Lannemezan ? Le reboiser serait sans doute utile, puisque les in-génieurs le disent... Médecins et confidents de la nature, dont ils sont même aussi les chirurgiens, ils nous affirment à l'unanimité que ce plateau est un grand malfaiteur, un criminel dangereux, et d'autant plus perfide qu'il cache son jeu, en travaillant toujours dans l'ombre...

C'est lui, disent-ils, qui accumule clandestinement dans ses entrailles, comme une espèce d'éponge, les eaux sauvages qui si souvent ravagent ces belles contrées, en se précipitant toutes à la fois et subitement sur elles, avec la force irrésistible et la fureur d'une avalanche, dès qu'il leur a donné le signal du départ... Infortuné plateau !

Est-il vraiment capable de tant de méchanceté ? Il a l'air de dormir !... Enfin, si c'est prouvé, il n'y a plus rien à dire. Mais... on n'est pas parfait... Et il est sûr que changer ce désert en forêt le dépouillerait de tous ses charmes, on pourrait dire de toute sa gloire. Il n'aurait plus de caractère — et c'est justement là ce qui nous manque... — on n'y regarderait plus, et les géants neigeux de l'horizon, comme le *Posets* (3.367 m) et d'autres, masqués par de grands arbres, des écoles communales, ou des hôtels de ville, n'auraient plus l'air que de mamelons, ou de monarques déchus : banalité sur toute la ligne !

Quoiqu'il arrive, je suis bien sûr que, malgré sa tendresse paternelle pour la forêt pyrénéenne et exotique qu'il a plantée autour de son palais quasi-royal de *Valmirande*, où les sapins ondulent en frémissant comme la houle de la mer, et se mirent dans l'azur mélodieux de son lac, mon jeune ami, le Baron de Lassus, regretterait presqu'autant que moi — je dis « presque », car je suis très sauvage... — de ne plus voir, et de ne plus avoir à sa portée, la lande aride et pâle de Lannemezan, qui se déroule à l'Ouest de Montréjeau avec la majesté du Sahara, et s'empourpre tous les soirs, au déclin des beaux jours de l'automne, comme les sables et les mers de l'Orient. Même quand on a gravi avec passion, comme il l'a déjà fait, presque tous les grands sommets des Pyrénées, quand on les aime comme lui, on se console d'en être chassé par la neige et l'hiver, en retrouvant leur nudité sublime, leur solitude et leur silence, sur les savanes stériles et désolées où le soleil couchant promène lentement leurs ombres comme des fantômes, et d'où on peut encore les voir, entendre mourir le vent du soir sur leurs têtes blanches, et respirer l'air virginal de leurs déserts. Quand elle est dominée par des neiges éternelles, l'aridité à perte de vue fait un effet superbe, et l'homme le moins épris de la nature finirait par l'aimer.

Mais qu'elles soient vierges ou couvertes de moissons, les plaines étincelantes où serpentent la Garonne et l'Adour, en y restant le plus longtemps possible, sont des régions bénies et bienheureuses. C'est le plus beau pays de la belle France : il est si doux d'y vivre, que même au seuil du Paradis, déjà loin des orages de la vie, et salué par les Anges, on se retournerait, vers ces lieux enchantés pour leur donner une larme, leur dire adieu, et leur jurer qu'on les aimera toujours !

Pau, Novembre 1900.
*(Extrait de la Revue de Comminges).*

## CHARMES ET BEAUTÉS DES PYRÉNÉES

Puisqu'on m'a pardonné (ou du moins je l'espère...) d'avoir une fois risqué le mot de « sexes » à propos de montagnes, en comparant les Pyrénées à des femmes élégantes, et les Alpes à des hommes, à des vieillards glacés, austères et blancs, je me sens encouragé, pour ne pas dire autorisé, à développer cette thèse, qui doit sembler un peu paradoxale et audacieuse. Et, cependant, bien qu'il n'y ait pas de sexes dans le règne minéral, ne peut-on pas admettre que, très souvent, il y en a l'apparence ?

Prenez un fleuve immense, désordonné, fougueux, couvert d'écume, faisant trente kilomètres à l'heure, hérissé de vagues jaunes, limoneuses et sifflantes, refoulant celles de l'Océan, et déchirant ou inondant ses rives inhabitables..., n'y a-t-il pas là quelque chose qui symbolise étonnamment l'irritabilité, la force et la puissance, pour ne pas dire la méchanceté et l'égoïsme, qu'on attribue généralement aux hommes, surtout aux conquérants, aux malfaiteurs et aux despotes ?

Détournez-en maintenant vos yeux avec effroi, avec horreur, et pour les consoler, reposez-les sur une jolie petite rivière sans vagues, sinueuse, paisible, et toujours aussi bleue que le ciel qu'elle reflète nuit et jour, coulant innocemment entre les bois et les fleurs, aimée des hommes et des oiseaux, ne ravageant jamais ses rives, les caressant par tous les temps, et mourant dans la mer sans écume et sans bruit... N'êtes-vous pas beaucoup plus fasciné par tant de grâce et de pudeur, que par l'aspect du grand fleuve en colère, et ne trouvez-vous pas, dans tout ce calme, cette innocence et cette beauté, plus d'une analogie frappante, et même touchante, avec le sexe aimable et presque divin que nous admirons tous comme le chef-d'œuvre de la nature ?

Autrement dit, n'y a-t-il pas là les apparences et les contrastes qui, dans le monde vivant, caractérisent les sexes ?

Si les Allemands font du soleil un « féminin », cela semble bizarre, choquant, et contre nature... Pourquoi ? Parce qu'il est clair que le soleil, source de toute vie, est le monarque, le grand fécondateur, le père de l'univers visible, dont la lune est la reine. C'est une épouse morganatique. Le soleil règne par la puissance, la lune par sa beauté mystique. C'est bien l'homme et la femme...

De même des nuages. Quelle différence entr'eux ! Les uns ressemblent à des colosses ou à des monstres, les autres à des ondines ou à des odalisques : on dirait qu'ils hésitent entre le ciel et la terre. Mais il y a plus : les nuages s'attirent ou se repoussent ; ils *flirtent* sur une très grande échelle : ils s'aiment ou se détestent. Ils se conduisent absolument comme nous : ils ont même leurs sourires et leurs larmes, leur bonne ou leur mauvaise humeur.

Et on pourrait multiplier ces quelques exemples à l'infini ; en comparant fous les aspects du monde inanimé, et en analysant les sensations complexes qu'ils nous font éprouver. Mais je me borne aux Pyrénées, et j'ose revendiquer pour elles la gloire d'avoir une grâce toute féminine, et des charmes dont les Alpes sont privées.

Les Alpes étonnent : les Pyrénées séduisent et attendrissent. Elles ont une poésie suprê-me et indéfinissable (encore une ressemblance avec la femme...), et elles ont inspiré des passions éternelles. Leurs eaux, rarement bourbeuses, sont pures comme du cristal, et leurs forêts ressemblent à des robes ondoyantes de velours vert ou noir. On a beaucoup médit des lacs des Pyrénées : on s'en est même moqué, les appelant des étangs, des cu-vettes, etc. Ici, entendons-nous. Si l'on prétend soutenir la thèse étrange que la beauté d'un lac dépend de sa surface, et ne peut s'estimer qu'en hectares, nos lacs modestes des Pyrénées n'ont qu'à se bien cacher et à se taire, quand on parlera en leur présence de ceux des Alpes. Ici, aucune comparaison possible. Mais il faut être logique, et selon cette doctrine, ceux qui ont vu les immenses lacs du Canada, et traversé le Baïkal, en Sibérie, (où j'ai perdu de vue la terre), auront incontestablement le droit de hausser les épaules devant les plus beaux lacs des Alpes, de dire : « ce n'est que cela ! », de les appeler des lavabos ou des baignoires, et de trouver puérile et ridicule l'admiration que leur prodiguent ceux qui n'en ont pas vu d'infiniment plus grands ! Cette thèse est-elle vraiment soutenable ? Quoi qu'il en soit, consolons-nous par la pensée que les grands lacs sont perfides et méchants, car on y fait souvent naufrage, tandis que ceux des Pyrénées n'ont pas d'histoire : leurs plus hautes lames ne dépassent guère trente centimètres ! Ils ont le calme et l'innocence des bonnes consciences. Verts ou bleus le matin et le soir, comme des émeraudes ou des saphirs, ils ressemblent vers midi à des plaines de diamants, sous les feux d'un soleil tropical, dont les fureurs sont les seules qu'ils connaissent. Ceux qu'entourent des glaciers sont encore plus tranquilles que les autres, et plus bleus que la mer. Les îles de glace de toutes les formes qui s'y promènent, y flottent silencieusement comme des fantômes, sans chocs, sans cataclysmes, et la seule raison d'être de ces chers petits lacs immobiles, assoupis et perdus dans les neiges infinies dont ils sont les enfants, semble être d'étinceler au front des Pyrénées comme les bijoux et les diadèmes des monarques orgueilleux de l'Orient.

Du reste, ce qui leur manque en étendue, les lacs des Pyrénées le rachètent par le nombre : petits ou grands il y en a des milliers, et presque toujours ils se groupent en familles. Ils sont sociables. Ils communiquent et causent entr'eux par le moyen de petits torrents clairs et fougueux qui bondissant de l'un à l'autre, ne cessent jamais de babiller, même en hiver et sous la neige. Il en sort une musique éternelle. Du haut du *Néouvielle* (3.092 m), on en voit une trentaine, dont la surface totale égalerait celle d'un très grand lac. Or, une constellation brillante de petits lacs à différents niveaux, parsemés d'îles, et entourés tantôt de fleurs et de forêts, tantôt de neige et de rochers, tantôt de plages désertes, fait peut-être plus d'effet qu'une vaste et monotone nappe d'eau dont on ne voit même plus les rives. C'est une affaire de goût. L'immensité ne suffit pas à la beauté : souvent même elle lui nuit et l'exclut ; et un essaim d'enfants heureux, ou de jeunes filles espiègles, est autrement gracieux et séduisant qu'un géant solitaire, irritable et farouche de deux mètres ! Quant à la transparence des lacs et des torrents Pyrénéens, elle est presque incroyable. Au fond de dix mètres d'eau, on peut souvent compter tous les cailloux : on dirait une couche d'air, et plus d'une fois j'ai mis un pied dans l'eau, sans me douter qu'il y en avait !

Laissant maintenant les lacs si calomniés des Pyrénées, passons à leurs couleurs, à leur soleil et à l'intensité de sa lumière. Sans doute, il y pleut plus qu'en Suisse ; comme elles sont entre deux mers, leur climat capricieux s'en ressent, du moins, sur le versant Français (beaucoup moins en Espagne). Il est souvent brumeux, surtout au voisinage de l'Atlantique. Mais une journée Pyrénéenne sans nuages a un éclat incomparable, et les nuits, même sans lune, ont une clarté extraordinaire. C'est le Midi dans toute sa gloire. Même à minuit, il ne fait noir qu'en bas, dans les vallées et les forêts. L'obscurité complète est inconnue sur les sommets, surtout s'ils sont couverts de neige. Quand il y a de la place, on peut toujours y circuler sans risque. Avec la lune, on pourrait lire : et quelque froides qu'elles puissent être, les nuits sereines des Pyrénées rappellent celles de l'Orient. On dirait même que leurs glaciers blanchissent leur ciel en réfléchissant, par un effet de réverbération particulier à l'Océan polaire, où la pâleur du ciel avertit les marins de l'approche d'une banquise, longtemps avant qu'ils ne l'aient vue. Et cependant, on sent ou on devine toujours qu'on est dans le Midi.

Serait-ce à cause de cela que la plupart des pics des Pyrénées ont des formes si gracieuses, des allures si légères, qu'ils suggèrent des idées de souplesse, comme ces statues célèbres d'anges ou de femmes qui ont l'air de vouloir s'envoler ?

Sans doute on n'y voit pas, comme dans les Alpes, des aiguilles aériennes, des flèches vertigineuses, dominant leurs voisines de mille mètres, des pyramides et des chaos de glace qui semblent des *Icebergs* échoués au milieu de l'Europe, des obélisques de quatre mille mètres, perçant le ciel comme des paratonnerres ou des poignards. Non, il faut bien l'avouer : les Pyrénées sont tout autre chose. Elles sont moins hautes, moins menaçantes, et surtout moins neigeuses que les Alpes. Mais si elles sont plus frêles et plus modestes, elles sont aussi infiniment plus élégantes. Elles ont une grâce, une langueur orientales, et leurs couleurs variées à l'infini par la lumière et la chaleur méridionales, sont bien plus riches et plus ardentes que dans les Alpes. Leurs déserts même et leurs rochers ont des couleurs. Bleuâtres pendant le jour, ils ont l'air de saigner tous les soirs, comme le ciel écarlate des tropiques au coucher du soleil.

Quand à leur altitude, si elle n'arrive jamais à 4.000 m., il en résulte seulement qu'elles sont moins écrasantes, moins formidables que leurs rivales : mais cela ne diminue en rien leurs charmes, et la noblesse de leurs contours. Il y a plusieurs espèces de majestés. Encore une fois, est-ce que la masse constitue la beauté ? C'est un travers, de n'admirer que ce qui est énorme : travers assez commun dans les pays du Nord, où il suffit souvent d'être un colosse pour être « bel homme », fut-on laid comme un singe, et raide comme une épée. On y préfère un mastodonte à une gazelle. On n'y admire que la carrure et la puissance. Et cependant ce qui vaut mieux que la taille et la masse, c'est l'élégance, la symétrie, et l'harmonie des lignes : et c'est justement là le caractère spécial des Pyrénées. On pourrait dire des Alpes qu'elles font valoir leur taille énorme en se tenant toujours debout et le plus droit possible, comme des athlètes ou des guerriers prêts au combat. Les Pyrénées plus sveltes, plus onduleuses et délicates, sont allongées et somnolentes : elles ont l'air de rêver au soleil, comme les races indolentes du Midi, sous des draperies fastueuses et flamboyantes où brillent toutes les couleurs du monde, depuis les plus ardentes jusqu'aux plus tendres. C'est bien aux Pyrénées qu'iront toujours les sourires des artistes, et le cœur des poètes.

Mais malgré leurs allures féminines, elles ont une majesté, une dignité extraordinaires : ce sont de des grandes dames. L'élégance n'exclut pas la grandeur.

Vues de très loin, de la plaine infinie de Toulouse, par exemple, et vers la fin d'une belle soirée d'automne, les Pyrénées surgissent de l'horizon comme une muraille énorme de trois cents kilomètres, verticale, uniforme et violette, dont un bon tiers, soit une centaine de kilomètres, est couronné de neiges d'une telle rougeur au coucher du soleil, qu'on dirait un brasier dans les nues. Illuminés comme des volcans en éruption, bravant la nuit qui monte, et dominant solennellement de plus de trois mille mètres des plaines bleuâtres et silencieuses aussi vastes que la mer, les grands sommets des Pyrénées deviennent alors sublimes ; car dans leurs neiges en feu, on voit s'unir toutes les splendeurs et toutes les gloires du Nord et du Midi, et eussent-elles la hauteur du Mont-Blanc ou des Andes, cela n'ajouterait rien à leur magnificence. De telles soirées font oublier la terre, et même les hommes : mais elles ne sont que des éclairs au milieu des orages de la vie ! Visions célestes, et trop belles pour durer... car au moment de s'engloutir dans les ténèbres, les champs de neige prennent subitement les teintes livides et la pâleur étrange des morts.

(*Manuel d'Alpinisme :* 1904).

## L'ACROBATIE DANS LES MONTAGNES

Je ne suis pas, je n'ai jamais été, de ceux qui, au lieu de traiter les montagnes en amies, et de trouver dans leur intimité une source des plus exquises jouissances, ne voient en elles que des ennemis perfides à vaincre, ou des monstres à dompter, les armes à la main, au péril de leur vie et aux acclamations de l'univers. Pour eux, une ascension digne de ce nom n'est qu'une lutte corps à corps, héroïque, dramatique, et aussi acharnée qu'inutile entre l'homme et une montagne. Selon ce nouveau code, elle ne doit être qu'un duel à mort, après lequel tout est fini, car on ne se revoit même plus. Il est bien rare qu'on recommence une ascension très difficile. En somme, victoire d'un jour, action d'éclat, et la gloire qui s'ensuit, voilà tout. Jamais les courses vertigineuses n'ont eu d'autre résultat. Le rideau tombe, et tout est dit ; on ne reparaît guère sur la même scène : on s'en va jouer ailleurs, et une autre pièce.

Tel est l'usage que l'on fait aujourd'hui presque partout des montagnes ! Mentalité nouvelle ! Etrange passion ! Un acrobate de Vienne, assimilant la cathédrale de Saint-Etienne à une montagne, est arrivé comme un lézard, suspendu dans le vide en rampant sur les murs extérieurs, au sommet de la flèche, une des plus hautes du monde. Voilà incontestablement le roi des

Alpinistes modernes ! Une heure lui a suffi pour entrer dans la gloire !... Jamais, dans les montagnes, on n'a fait un pareil tour de force !...

Paganini jouait admirablement la *Prière* immortelle de *Moïse* sur la quatrième corde de son violon, alors qu'il en avait trois autres à sa disposition. On l'a même vu, dans un concert, remplacer son archet par une canne. Quel Alpiniste il aurait fait, s'il avait eu le goût des ascensions ! Et qui sait si, à force de travail, de souplesse et d'audace, quelque jeune et ambitieux pianiste, amoureux du nouveau, n'étonnera pas un jour le monde en jouant du Liszt et du Chopin avec ses pieds, en se croisant les bras ! Quel effet il ferait, surtout dans les *prestissimo* ! On le bisserait ! Les excentricités ont toujours du succès... Mais nous espérions tous, nous de l'ancienne école, qu'elles resteraient dans la plaine... Hélas, il n'en est rien ! elles sont montées à 3 et 4.000 m., en attendant qu'elles arrivent à 9.000 ! Le but réel des ascensions modernes n'est plus du tout d'escalader un pic par goût, par enthousiasme, et pour jouir de la vue, mais bien d'y arriver le plus difficilement possible, à tour de bras, en se tordant comme des convulsionnaires ou des serpents, et en multipliant volontairement les tours de force à l'infini. Ce sont des représentations, et quelquefois des drames.... Voilà ce qu'on a fait de nos montagnes ! Aussi, depuis quelques années, leurs neiges fondent à vue d'œil, et il y fait très mauvais temps. Elles sont blessées, elles pleurent toujours, et vont se mettre en deuil... Ce n'est cependant pas pour cela que Dieu les avait faites si belles ! C'est un rôle indigne d'elles. C'est de l'ingratitude, c'est un outrage de les traiter ainsi, en retour du bonheur qu'elles nous donnent, et du bien qu'elles nous font.

Tout cela me semble absolument incompatible avec l'amour sincère de la nature. A mon avis, le seul vrai montagnard est celui qui, s'il était tout seul au monde, ne changerait rien à son programme, et gravirait son pic avec autant d'ardeur, d'audace et de plaisir que si 500.000 yeux étaient braqués sur lui. Bien plus, il aimerait mieux n'avoir aucun témoin de ses prouesses. Comme tous les amoureux, il chérirait la solitude et le silence : il prolongerait le plus possible son tête-à-tête avec l'objet sacré de sa tendresse : il ne serait jamais pressé de s'en aller, et se passerait bien volontiers de spectateurs.

Mais je ne sais que trop combien est difficile et compliqué un long séjour sur les hautes cimes des Pyrénées, où, une fois sur la neige, on est, *ipso facto*, à une demi-journée de marche d'un gîte ou d'un morceau de pain !

Pendant mon noviciat Pyrénéen, j'ai fait et j'ai été forcé de faire, comme on le fait encore si souvent aujourd'hui quand on craint de coucher en plein air, des courses énormes et folles de quatorze ou quinze heures, courses de vitesse et d'endurance qui ne laissent le loisir de rien voir et à peine de souffler. Elles rappellent les *moto perpetuo* de certains musiciens.

A tous les points de vue, elles sont absurdes et inutiles, quand elles ne deviennent pas absolument fatales en ruinant la santé. Aussi, ce n'est jamais par goût, mais par nécessité, que je me suis livré à ces folies, et je suis bien forcé d'avouer que, malgré les ivresses du triomphe, je maudissais souvent mon sort. J'étais grisé par la victoire, mais je la payais cher, beaucoup trop cher. C'est l'estomac qui souffre le plus dans ces courses insensées, faites souvent presque à jeun, et peut-être plus dans la première jeunesse que dans l'âge mûr, où les organes deviennent plus résistants. Combien de fois, il y a une quarantaine d'années, ai-je soupiré après le jour où je découvrirais le moyen de passer une semaine à au moins 3.000 m. d'altitude, dans les neiges éternelles, la neige ayant toujours été une de mes grandes passions (souvenir de Sibérie...) ! Jamais un pic découronné de neige ne m'a séduit. Il m'a l'air d'un monarque détrôné : il ne règne plus : il est comme tout le monde, et perdu dans foule. On le salue, mais voilà tout. Il n'a plus de diadème.

Enfin il se leva, le jour si désiré, si mémorable pour moi, où le terrible problème fut résolu ! Mais je n'y fus pour rien : je dus ma délivrance à mon illustre et regretté ami, Charles Packe, qui, venu avant moi, sur bien des cimes Pyrénéennes, surtout dans les déserts neigeux de l'Aragon, avait déjà pris l'habitude de coucher n'importe où, sans abri, dans un sac, et opéra bien vite ma conversion. Le sac en peaux d'agneaux fut une révélation pour moi : tout fut changé dans ma vie d'Alpiniste, et je lui dois quarante étés d'ascensions sans fatigue et de joies presque toujours sans mélange. Il a été pendant toute ma carrière Pyrénéenne, depuis qu'elle est devenue sérieuse, non seulement mon ami, mon protecteur, et parfois mon sauveur, dans plus d'un ouragan de neige où je serais certainement mort de froid sans lui, mais il a même été mon médecin, me dispensant de tous les autres : car grâce à lui, jamais je n'ai été malade sur les montagnes depuis que j'ai appris à m'endormir sous les étoiles dans les régions le plus glaciales des Pyrénées, en descendant le moins possible pendant le jour : nouveau système, qui abrégeait d'au moins 50 pour 100 mes longues courses d'autrefois. L'explorateur sérieux des Pyrénées ne devrait presque jamais descendre au-dessous de 2.500 m., limite extrême du combustible (genévriers), et cela seulement pour se ravitailler.

Comment se fait-il donc qu'on les compte sur ses doigts, les rares Pyrénéistes qui aiment à passer quelques heures à de grandes altitudes ? Presque tous prennent la fuite aussitôt arrivés, ou au bout d'un quart d'heure, comme s'ils pensaient déjà au bon dîner d'hôtel et au bon lit qui les attendent en bas. Ils aiment à « faire » un pic : mais il est clair que les beautés de la nature les laissent assez indifférents, et que leurs courses, en général, sont des corvées. Il y a des exceptions, mais elles sont rares, ce qui n'est pas flatteur pour nos montagnes ! Comment voir, sans vouloir y rester, ces chaos infinis comme la mer, où on dirait qu'il a passé des ouragans de pierres, ces rochers fantastiques et bronzés par les siècles, cette nature inviolée, qui est la vraie patrie du montagnard, ces lacs noircis par l'éternelle blancheur de leurs rivages, ces mystérieux abîmes où, nuit et jour, roule le tonnerre des cataractes, ces paradis de neige balayés par le vent qui ne cesse d'y chanter, et enflammés par le soleil ou les éclairs ? Quand on a vu tout cela, redescendre dans la plaine fait l'effet d'un naufrage, et c'est vingt fois, cent fois qu'on se retourne, pour revoir les sommets d'où on est descendu. Plus on s'éloigne de la nature, et moins on est heureux : et c'est moins étonnant que jamais, car tout va mal autour de nous. La civilisation, telle qu'elle est aujourd'hui, avec ses haines, ses vilenies, ses appétits féroces, ses maladies nouvelles et ses désenchantements, a de terribles inconvénients : elle est bien laide et bien malsaine : elle est en décadence, et quand on ne dépend plus d'elle, quand on peut s'en passer, on la regrette si peu, et on dévore avec une telle ivresse l'air de la liberté, comme un lion échappé de sa cage, qu'il est vraiment bien excusable, dans ces heures délicieuses, d'envier parfois le sort de l'homme de la nature, et d'embrasser de temps en temps la vie sauvage, ou du moins celle qui lui ressemble le plus, c'est-à-dire celle du montagnard. Ce n'est pas immoral, et cela ne laisse ni regrets ni remords.

L'expérience est du reste bien facile, dans mille recoins perdus des Pyrénées, où à partir de 2.000 m., il n'y a plus rien, ni arbres, ni pâturages, ni trace humaine : rien que de vastes immensités de neige, de glace et de rochers où frissonnent timidement quelques fleurs, sur les rivages livides de petits lacs dont les seules îles sont des glaçons. C'est le désert dans toute sa majesté, sa gloire et sa virginité. C'est adorable...

Ah ! quel bonheur, quel privilège, de pouvoir vivre souvent et même longtemps là-haut, comme un Arabe ou un Mongol, pour retremper ses forces, son énergie, son caractère, et même son cœur, en un mot tout son être, dans ces lieux sans souillures, d'où sont bannis à tout jamais la guerre et les procès, les luttes électorales, les duels et les journaux, les bêtes féroces et les microbes, les fièvres, les rhumatismes et les épidémies, c'est-à-dire tous les maux, toutes les misères, tous les fléaux qu'engendre la civilisation, ou qu'elle traîne fatalement après elle, en sorte qu'au lieu de la bénir comme un bienfait, on est souvent tenté de la considérer comme un malheur et de se révolter contre elle, malgré ses bons côtés, ses d'armes, et sa nécessité. N'y a-t-il pas quelque excuse ? La civilisation est la patrie par excellence, pour ne pas dire la mère, de la folie, fléau extrêmement rare, presque inconnu, chez les sauvages... Elle est l'ennemi de la nature... Elles ne se réconcilieront jamais.

Mes chers amis des plaines et des villes d'Eaux, qui aimez tant à vous empoisonner le sang, et souvent même le cœur, dans l'air impur et doublement vicié des casinos et des théâtres, et à vous anémier par des veilles prolongées qui font de vous, à quarante ans, des vieillards et des ruines, comme vous changeriez vite, non seulement d'habitudes, mais même de goûts et de nature, si vous saviez ce dont vous vous privez en végétant sur le pavé des capitales, en ne goûtant que des plaisirs faciles, et en fuyant toujours la solitude comme une calamité et une torture ! Comme il vous faut absolument les joies bruyantes d'une vie fébrile, le grand silence des neiges et des forêts ne vous dit rien. Et cependant, plus la nature est solitaire, plus elle est séduisante. Le bruit des foules la rend banale : s'il faut du bruit pour être heureux, mieux vaut celui des avalanches, des cataractes et du tonnerre ! Et à propos de solitude, parlons un peu des Pôles, qui ont de si frappantes analogies avec la zone glaciale des hautes montagnes, que ce n'est guère une digression. L'Himalaya et le Pôle Nord, c'est un peu la même chose. Ils sont cousins germains. Aspect, climat, blancheur sauvage des neiges, solitude et mystère, tout est semblable sauf l'altitude. Dans les deux cas, nous sommes émus, séduits et fascinés par ce qu'il y a de plus aride et de plus morne au monde... Essayons donc d'analyser les causes multiples de cette fascination, qui n'a rien de factice : on a mille preuves de sa réalité. Elle est au fond de notre nature...

Si la conquête des Pôles est devenue une passion, si elle a tant, coûté d'efforts, et même de vies humaines, ce n'est pas uniquement l'intérêt scientifique, assez problématique, ce n'est même pas l'attrait de l'Inconnu, qui expliquent et excusent tant d'assauts acharnés, et de risques à peu près inutiles. Car l'Inconnu, même aujourd'hui, se trouve un peu partout. L'Europe en est toute pleine : mais sa conquête est trop facile : il est banal et prosaïque : aussi on le dédaigne.

Bien des choses nous attirent vers les Pôles : mais un de leurs plus grands attraits, bien que cela semble un paradoxe, c'est l'effroi qu'ils inspirent. On aime souvent ce qu'on redoute... Ce qui les rend surtout irrésistibles, c'est leur stérilité à perte de vue, et à nulle autre pareille : c'est leur désolation sublime, c'est le danger d'en approcher, et un ensemble d'horreurs tragiques que l'homme devine, mais sans les avoir vues, ce qui redouble son désir de les voir : c'est le fruit défendu...

Dans ces régions lugubres et toujours menaçantes, moins connues que la lune, le ciel lui-même, les nuages et le soleil se couvrent parfois de lueurs sinistres et indéfinissables, où il n'entre que du noir et du rouge : de la nuit et du sang... On dirait qu'ils s'indignent de ce que font les hommes... Du reste, autour des Pôles, comme au sommet des montagnes colossales de l'Asie, tout est fait pour frapper de stupeur : et cependant, on brave tous les périls pour y aller ! Admirable, mais étrange !

Des ouragans sifflant éternellement dans un enfer de glaces dont les débris énormes, entassés comme des ruines et saisis de vertige, montent les uns sur les autres, éclatent partout avec des bruits funèbres, et se déchirent entre eux comme des monstres en colère :.. un monde sauvage, terrifiant et maudit, où il n'y a plus ni eau ni terre, et qui pendant six mois s'engloutit tous les ans dans la nuit, comme un grand criminel qui a peur du soleil... Voilà ce qu'aiment surtout les races aventureuses et leurs explorateurs ! Voila ce qui les fait rêver : voilà ce qui exalte leur imagination, l'enflamme et la captive, bien plus que les tropiques et leurs magnificences trop accessibles. Ces scènes polaires nous ont valu des récits dramatiques dûs aux illustres navigateurs qui les ont entrevues : mais aucun d'eux n'est arrivé aux Pôles et cela suffit pour expliquer la rage avec laquelle on les attaque. Car ce qui nous captive le plus dans la nature, ce n'est pas sa beauté : c'est sa virginité, bien plus que ses atours et ses richesses. Pourvu qu'elle n'ait subi aucune profanation, elle devient une idole, quel que soit son costume. Rien ne fascine autant que les plaines mortes et calcinées des grands déserts, et les immensités de neige, sans trace humaine, où s'est accumulé le prodigieux silence des siècles. Tous les explorateurs savent cela : aucun ne me contredira...

Preuve évidente que l'homme est né sauvage, qu'il l'est encore un peu, et qu'il le sera probablement toujours assez pour rester plus ou moins naturel. Espérons-le, car autrement la vie ne serait plus qu'une comédie. Mais, Dieu merci, malgré la politique, nous ne sommes pas encore tombés si bas : on peut encore sentir et s'émouvoir. Le Parisien lui-même, le plus artificiel des hommes, devient sentimental en face de la nature. Il reste sur une falaise pour y attendre le crépuscule, et voir à l'horizon l'union mystique du jour et de la nuit. Il rêve aux pics inaccessibles, aux mers lointaines ou le soleil s'endort et va mourir, et aux déserts dorés par la pleine lune, dans les nuits silencieuses des tropiques... Il est vraiment ému, il devient géographe, se recueille, et se prépare à découvrir des mondes. L'homme naturel s'est réveillé en lui...

Mais pour ne pas sortir du cadre de cette Revue, revenons aux montagnards, et au côté moral de l'Alpinisme, qui vaut bien l'autre : car le muscle n'est pas tout. Il n'est qu'un instrument.

Voyez le mal qu'on s'est donné, les risques qu'on a déjà courus, ce qu'on a dépensé d'énergie et d'argent, dans les combats qu'on a livrés aux plus hautes sommités de la terre ! Et pourquoi ? On sait très bien qu'on n'y trouverait rien, ni plante ni animal, pas même un pauvre petit caillou pour faire la joie des géologues ! A 9.000 m., il n'y a que de la neige : on ne sort pas de là. Le résultat ; scientifique, quant à la terre proprement dite, serait donc *nul*, et on serait monté pour rien, au point de vue purement utilitaire. Quant aux problèmes atmosphériques, on les a étudiés à loisir en ballon à d'énormes altitudes. Il est donc sûr qu'on ne découvrira rien de nouveau sur les plus hautes montagnes du monde, si jamais on y monte, ce qui n'est pas probable. Et cependant, on leur livre plus d'assauts que jamais, et plus elles semblent inaccessibles, plus elles nous tentent et nous fascinent. Nous sommes absolument hypnotisés par leur hauteur et leur blancheur, alors que d'autres montagnes, bien plus gracieuses, mais plus modestes, nous laissent indifférents. *Pourquoi* ?... Ah ! je m'en doute, j'en suis même sûr : c'est que leur tête d'albâtre et d'or est dans le ciel, d'où elles ont l'air de nous appeler, de nous solliciter, de vouloir nous conduire vers la patrie sereine des âmes, qui aiment tant à monter vers le Bleu, comme l'encens et le feu. Voilà l'explication des émotions violentes, presque amoureuses, qui nous saisissent toujours en face des grandes cimes vierges et inviolables, comme celles de l'Inde et du Thibet. Elles secouent tout notre être, mais c'est surtout notre âme qu'elles font vibrer, et il y a là autre chose que l'amour de la gloire : il y a le culte impérissable du Beau dans la nature. Emblèmes sacrés de l'innocence, perçant les nues, et dominant la terre entière, ces grandes masses blanches symbolisent nos élans, nos ascensions morales vers l'Infini, vers l'Idéal, autrement dit vers Dieu. Tout en charmant nos yeux toujours séduits par la beauté, elles nous font battre le cœur comme des Vestales vêtues de nuages ; et la passion des neiges et des montagnes, sœur de la religion, et pure comme elle, nous a peut-être été donnée pour nous prouver, non pas que nous devrions prendre pour modèles les Esquimaux et les Peaux-Rouges, et que la civilisation est une erreur, mais qu'on peut la fausser, la forcer, la vicier, et même la rendre néfaste, à force de raffinements. Il y a un juste milieu entre l'homme des villes et l'homme de la nature, et plus d'un voyageur, plus d'un rêveur, surtout s'il a vécu longtemps dans le calme adorable des montagnes, avec la neige, le bleu du ciel et les rochers, pensera comme moi que l'homme du vingtième siècle est trop civilisé, trop névrosé et trop artificiel pour comprendre et goûter les délices, les extases et la paix que la nature réserve toujours à ses amis sincères, même dans les solitudes les plus immenses, les plus lointaines et les plus désolées.

Aux montagnards à réagir ! C'est un beau rôle qu'ils joueront là, et on les saluera alors comme des apôtres et des sauveurs !

*(La Montagne).*
Pau, le 20 septembre 1905.

# L'AUTOMNE A PAU
## Climats et Caractères

Après la nuit féroce où dans un ouragan glacial je restai jusqu'au, jour sur le sommet du *Mont-Perdu* (3.352 m), le merveilleux automne de 1891 me retrouva dans la patrie de Henri IV, sur la colline gracieuse et historique où

Pau fait face aux Pyrénées et au soleil. Le vent d'Espagne y souffla si souvent en Octobre, qu'il fit presqu'aussi chaud qu'au mois d'Août. Comme je les aime, ces rafales désolées du Simoun ! Comme elles soupirent, et comme elles font rêver ! Tout chante dans le Midi, dans les régions sereines et lumineuses où la nature elle-même est un orchestre, et où l'amour et la douleur s'exhalent en mélodies qui font le tour du monde ! La langue de Despourrins, le Tibulle des pasteurs, et de Jasmin, n'est-elle pas une musique ? Elle charme même ceux qui ne la comprennent pas, tant elle est mélodieuse.

Mais les pays du chant, du rêve et du soleil sont aussi ceux de la paresse et de l'indécision. Le vent du Sud endort les hommes, comme la nature. Les mœurs et les instincts dépendent beaucoup du temps : le baromètre a une action morale... Tel ciel, tel caractère. Aux races du Nord la force et l'énergie, la violence même, et les audaces inouïes. Elles tiennent de la bourrasque. Elles reflètent les nuages sombres, tumultueux et puissants de leur ciel. Elles ont la poésie et la tristesse des latitudes neigeuses et mornes où l'homme est grave et silencieux comme un sapin, même quand son cœur est plein d'orages.

Aux races molles du Midi les délices du repos et du rêve, une quiétude Boudhique, voisine de l'insouciance, l'horreur de la locomotion et d'un effort soutenu. Leurs passions même et leurs colères sont éphémères comme des orages, et spasmodiques comme des volcans. Leur âme reflète les nuages torrides et lumineux de l'Inde et du Brésil, qui sans changer de formes, restent plusieurs jours à la même place, silencieusement couchés autour d'un horizon toujours incandescent, mais où tout dort, les flots, le ciel, et le désert.

Au pied des Pyrénées, les rivières même semblent subir l'influence narcotique du climat. Elles ralentissent leur marche, et n'avancent qu'à regret vers la mer. Elles ont envie de reculer, et dans le Pays Basque, leurs eaux ont l'immobilité d'un lac, autour des collines vertes et veloutées baignées par la Bidouze, la Joyeuse et l'Adour. On dirait le Bosphore.

Tout dort dans le Béarn, où il n'y a presque jamais d'autre vent que celui du Midi. Sur les coteaux fleuris de Jurançon, au Sud de Pau, le calme est éternel. Jamais la brise ne vient troubler le silence de leurs bois, où l'on n'entend que le chant des oiseaux. Aucune poussière ne vient jamais ternir l'éclat et là pureté de leurs feuilles immobiles, et lorsqu'un innocent zéphyr se permet d'y passer, sa voix est si pudique et si timide, il parle si bas, qu'il ne parvient même pas à les faire soupirer. Les feuilles troublées s'agitent et frémissent un instant, comme des enfants qui se réveillent et qui ont peur : mais elles se calment et se rendorment aussi vite qu'eux. Ce sont des feuilles très sages, qui ne tombent qu'en mourant, et ne se laissent jamais enlever.

Cette paix profonde, cette inertie, cette torpeur générale, qui frappent autant le philosophe que le naturaliste, se manifestent en tout, et d'une manière souvent inexplicable : car les locomotives elles-mêmes n'y échappent pas, sur les lignes du Midi. Saisis d'une lassitude, d'une somnolence dont ils ne se rendent pas bien compte, les trains, comme les rivières, ont une horreur très prononcée du mouvement... Ils sont portés au rêve... Mais ceci n'est peut-être pas exclusivement la faute de l'atmosphère. Les hommes y entrent probablement pour quelque chose. Question à étudier...

C'est ainsi qu'excepté la vitesse de rotation de la terre sur son axe, tout semble se ralentir et s'endormir à mesure qu'on approche des tropiques. Sans doute, c'est la patrie des grandes ardeurs et des passions terribles : mais elles ne se trahissent que par des explosions aussi courtes que violentes. Ce sont des ouragans. Somme toute, les races méridionales sont les enfants gâtés du ciel. Leur vie ressemble aux fleuves sinueux et solennels qui se promènent gravement sur les grandes plaines aromatiques et mélodieuses de l'Equateur, sans s'agiter, sans écumer, sans savoir où ils vont, et qui descendent théâtralement vers l'Océan, pour y mourir couverts de fleurs et de soleil. Comment rêver une mort plus douce ?

## GAVARNIE

Chanter les louanges de Gavarnie serait presque une injure !

Autant vaudrait faire l'éloge de Mozart, de Raphaël, ou de Phidias ! Le monde entier connaît le fameux Cirque, soit de réputation, soit *de visu*. Mais ce qu'on ne sait pas, c'est qu'après n'avoir été pendant bien des années qu'un lieu de passage, Gavarnie est devenu, surtout depuis deux ou trois ans, un lieu de longs séjours : à tel point qu'en été, on a beaucoup de peine à s'y loger, même en envahissant le presbytère, et toutes les chambres des guides et du facteur ! Tout le village est alors plein de « résidents ». Aussi, l'ancien « Hôtel des Voyageurs », plus populaire et plus plein que jamais, étant devenu absolument insuffisant, une Société bien inspirée vient de construire un vaste hôtel « moderne », dans tous les sens du mot, à quelques centaines de mètres en amont du village, et faisant face au Cirque, c'est-à-dire au Midi. C'est le premier hôtel sérieux qui ait été construit, dans les Pyrénées Françaises, à un niveau aussi élevé : 1360 et quelques mètres, (Panticosa est en Espagne) : et son succès semble tellement assuré, qu'il est probable qu'il faudra l'agrandir. Car la prospérité de Gavarnie ne cesse de s'accentuer. Et à cela rien d'étonnant.

Quelle variété presque infinie d'aspects de la nature sauvage, autour de ce modeste et pacifique village ! Et que de courses à faire, pour tous les goûts, pour tous les âges, depuis de simples flâneries d'une ou deux heures, dans un rayon de quelques kilomètres, jusqu'aux plus formidables escalades dans le pays des neiges et des grandes solitudes !

Parmi les petites promenades à la portée de tout le monde, citons surtout le bois de *Saint-Savin*, et celui, plus austère et plus sombre, du *Pailla*, espèce de Canada en miniature, car c'est un petit monde de blanches cascades écumant et tonnant sous des masses veloutées de sapins dominés par des neiges infinies et d'énormes parois bleues, hautes de 1.500 à 1.600 m. au-dessus de leur base : charmant et harmonieux mélange du Nord et des pays d'émeraude : un parc anglais créé par la nature, au premier plan, et en haut, toutes les gloires d'un hiver éternel, où s'émoussent, au plus fort de l'été, tous les feux du soleil. C'est sur ces prodigieuses murailles de marbre qu'au printemps, la chaleur renaissante fait tomber d'effroyables avalanches, des cataractes furieuses dont la neige rebondit en vapeur jusqu'aux nues, et dont la chute et le roulement sinistre font vibrer les montagnes et frémir les forêts, tandis qu'en bas, le gave encore enfant chante au milieu des fleurs, et s'endort au soleil.

Mais un spectacle peut-être encore plus émouvant et plus grandiose, c'est celui des orages déchaînés en été sur le Cirque, à la fin des journées électriques de Juillet et d'Août. A leur approche, surtout s'ils viennent d'Espagne, des nuages énormes, échevelés, bizarres et menaçants franchissent les crêtes fumantes et violacées de la frontière comme un vol de fantômes, et viennent bondir au Nord dans les vallées Françaises, qu'ils remplissent d'ombre et d'explosions dont les échos mêlés aux gémissements du Sirocco s'entendent jusque dans la plaine, éloignée de cinquante kilomètres.

Souvent, plusieurs orages venus de l'Ouest, du Nord et du Midi, convergent sur Gavarnie à l'entrée de la nuit, et si elle est bien noire, l'effet est saisissant... Le Cirque, avec ses neiges et ses abîmes rayés de nuages électrisés, a l'air de palpiter dans chaque éclair, qui en dessine spasmodiquement tout le profil, comme en plein jour : puis on ne voit plus rien...

Ces convulsions superbes de la nature ne peuvent se voir dans toute leur majesté qu'au voisinage de sommités de premier ordre : et Gavarnie est dans ce cas : il a une position unique, car c'est le seul village des Pyrénées qui soit à la base même de grandes montagnes dépassant 3.000 mètres.

Les nuits de Gavarnie sont merveilleuses, surtout quand elles sont calmes, sereines et tièdes, et quand la lune, après s'être annoncée un peu partout par des lueurs indécises et tremblantes, surgit soudain au haut du Cirque, comme un phare qu'on allume au sommet d'une falaise. Dans le silence grandiose et religieux de ces belles nuits d'été, on n'entend que la voix lamentable, monotone, éternelle et sauvage des cascades, qui s'engouffrent sous la neige, et continuent à y mugir. La pâleur des abîmes, des crêtes en ruines et des glaciers évoque vaguement l'image ou le souvenir des basiliques désertes et solennelles ou, à minuit, la lune n'éclaire que des statues livides, des chapelles solitaires et des tombes : et les monts endormis ont alors tellement l'air de rêver, de sentir, d'adorer quelque chose ou quelqu'un, qu'on est vraiment tenté de voir en eux des êtres vivants, émus, quoiqu'assoupis, et que le jour va réveiller en les transfigurant, mais sans les embellir, car rien n'est beau comme la pleine lune errant silencieusement pendant la nuit sur les coupoles neigeuses et les déserts phosphorescents des hautes montagnes.

Telles sont les nuits d'été de Gavarnie...

## « MALVERN HILLS »

Pendant l'été de 1866, je fus bien près de sacrifier les Pyrénées aux humbles, mais vertes et poétiques collines de l'Angleterre. Et cependant, avant de traverser la Manche, déjà je regrettais amèrement le soleil. Hélas ! qu'était devenu le ciel bleu du Midi ? Il faisait froid au mois d'août ! Il pleuvait violemment, et à Boulogne, un vent furieux, sorti d'une mer bourbeuse et jaune, balayait tristement les quais vides et mouillés. Pendant que je dînais, les rafales redoublèrent au point de faire trembler les fenêtres et les murs de l'hôtel, qui ruisselaient de pluie. Il fit nuit à six heures ! Tout se plaignait, tout gémissait, les arbres, les édifices, les poulies, les mâtures ; enfin la mer devint si menaçante, qu'il fut question d'empêcher le départ du vapeur pour la Tamise et Londres.

Le soir pourtant, il leva l'ancre. La nuit étant atrocement noire, de merveilleuses phosphorescences étincelaient dans le sillage, mais on ne voyait pas la mer : on entendait seulement le frôlement de l'écume contre les flancs du navire, bruit mystérieux et doux qui contrastait singulièrement avec les grandes colères du large, où l'Atlantique hurlait de tous côtés. J'aimais à l'écouter, car entre la mer et nous, il y a d'étranges affinités ; elle nous ressemble en bien des choses, et rien ne nous rappelle autant nos émotions passées, nos pèlerinages et nos rêves de jeunesse, que ce bruit monotone, éternel, de la vague, qui fait rendre le même son à toutes les plages du monde, et qui évoque en nous tant de souvenirs.

Habitué à la mer, je m'endormis d'un si profond sommeil, que je ne m'aperçus même pas de notre entrée dans la Tamise. Mais quel changement je vis à mon réveil ! Notre bateau remontait tranquillement ce fleuve sale et puissant qui semble charrier toutes les richesses et toute la boue de l'univers. L'homme qui n'a pas contemplé ce spectacle à la fois désolant et grandiose, n'a pas la moindre idée de l'Angleterre. Perçant à peine un nuage crépusculaire et jaune, avec lequel se confondaient au loin des plages bourbeuses, une espèce de soleil apparaissait vaguement dans le brouillard et la fumée qui s'échappait de longues cheminées grises et solitaires, dont on cherchait en vain la base. Et nous étions au mois d'août ! Pourtant le nuage humide et froid qui rampait sur les eaux ayant fini par s'entrouvrir, nous eûmes comme une apparition subite de toutes les flottes du monde, vrais fouillis de mâtures, qui ressemblait à une immense forêt sans feuilles. On aurait dit un empire sur les eaux, comme si les terres n'étaient pas assez grandes pour satisfaire et loger l'Angleterre.

Une heure après j'étais à *London-Bridge*.

L'aspect de Londres n'est certainement pas gai : mais il fascine toujours celui que la nature a créé voyageur.

En regardant cette rivière presque vivante, en respirant la brise marine et goudronnée qui agite ces brillants pavillons venus des antipodes et irrités de leur captivité, on vole soi-même par la pensée aux bouts du monde, dans les déserts sans fin et par delà les Océans. On a comme le tourment de l'Infini. On voudrait être en mer, sur le pont d'un navire balayé par le vent, écoutant les poulies qui gémissent... car un navire parle tant à l'imagination ! Que dis-je ? il lui ressemble un peu. Voyageur et volage, n'obéissant qu'au vent et ne vivant que de secousses, il n'arrive à son but qu'après d'immenses détours, brisé ou mutilé, décoloré, mais tout fier de la course qu'il a faite. Qui pourrait donc sans enthousiasme contempler un navire, sa proue qui pointe vers l'horizon en ayant l'air de le narguer, ses mâts dardés vers les espaces astronomiques, ses lignes gracieuses et sveltes, où l'on croit deviner le besoin de partir, et sa population toujours nomade, bronzée, durcie par l'air et le soleil ? Non, aucune poésie n'est plus incontestable que celle d'un port de mer, et pendant une semaine, Londres me fit oublier les montagnes.

Je les négligeai même assez longtemps, car j'allai voir ensuite la splendide cathédrale de *Gloucester*, et les riants rivages de la *Severn*. Mes cheveux ont blanchi depuis lors : et cependant, je me rappelle encore avec amour les collines dénudées de *Malvern*. Quel beau pays ! Combien de fois, solitaire et pensif, j'ai contemplé l'horizon de verdure qu'elles dominent, océan de pelouses où des bois séculaires formaient des archipels de sombre feuillage un peu voilés par le brouillard. Ça et là, je voyais des espaces éclairés par un soleil vraiment Pyrénéen, tandis qu'au bout des plaines, à une distance énorme, paraissaient de gros nuages chargés de pluie et de tempêtes, groupés par masses violettes, bariolés d'arcs-en-ciel, et versant obliquement sur la terre ces lourdes mais passagères ondées, qui sont le vrai secret de son incomparable verdure. Toute l'Angleterre est verte.

Je les quittai pourtant, ces chères collines, pour revenir aux Pyrénées. Je m'embarquai à *Newhaven*, et bientôt disparurent derrière moi ces falaises ravagées et à pic du comté de Sussex, qui semblent défier et menacer le reste du monde. Il y a de la fierté jusque dans le sol de l'Angleterre. Personne ne disait mot, car tout le monde est triste sur un navire, quand la terre fuit et s'évanouit à l'horizon. C'est une heure désolante et morose, où l'âme oscille entre le rêve et le souvenir. La mer était houleuse, mais calme et d'un beau vert. Disséminées sur l'horizon, j'apercevais au loin, bien loin, quelques voiles indécises, atomes flottants qui faisaient tristement ressortir l'inexorable immensité de l'Océan, et la distance qu'il met entre nous et ceux que nous aimons. Un navire est l'emblème de l'exil, et sur les flots inquiets qui le tourmentent et le balancent, il semble lui-même en peine, comme les cœurs déchirés qu'il emporte, quelquefois pour toujours.

C'était le soir, une belle soirée d'automne. Le ciel brûlait à l'horizon de l'Amérique, et le soleil descendait sur la mer endormie, sans voir un nuage autour de lui. C'était vraiment d'une idéale beauté, et comme un Caraïbe, je rêvais éveillé...

# LES ALPES (TROIS ASCENSIONS)

## MONT-BLANC (4.810 m.), BREITHORN (4.148 m.) et COL de l'ALPHUBEL (3.802 m.)

En juillet 1867, (ayant quitté les Pyrénées pour quelques semaines), je me trouvais en face des Alpes, chez le Comte A. Desbassayns de Richemont, tendre et fidèle ami d'enfance, qui, en Suisse comme partout, m'ouvrit à deux battants les portes de sa maison et de son cœur. De sa villa, on découvrait un des plus beaux panoramas du monde. Au premier plan, au Sud, c'était le magnifique lac de Genève, aussi bleu que les mers du Mexique, et sillonné de bateaux à vapeur : un peu plus loin, s'étageaient des collines d'une merveilleuse fertilité, presque couvertes de castels, de vignobles, de pelouses et de bois. Enfin, derrière, à l'horizon, c'était l'immense rideau neigeux des Alpes, où tous les soirs le Mont-Blanc prenait feu, flambait comme une fournaise allumée sur la neige, et rougissait les ombres qui allaient l'engloutir.

Electrisé par ces merveilles, je n'y résistai pas longtemps, et je leur sacrifiai pour quelques jours toutes les douceurs et les délices d'une amitié qui n'a jamais changé que pour grandir.

J'étais aussi poussé vers le Mont-Blanc par une autre influence. Je connaissais déjà M. Adolphe Joanne, l'auteur aimable et consciencieux de ces « *Guides* » sans pareils, chefs-d'œuvre d'exactitude et de clarté, qui donnent envie d'aller partout. Je ne crois pas qu'il en existe d'aussi parfaits. M. Joanne plaida la cause des Alpes avec tant de chaleur, il alluma si bien mon enthousiasme en rédigeant lui-même pour moi un programme d'ascensions, il fut obligeant et si zélé, qu'il me tourna un peu la tête, et en quittant Paris, j'étais galvanisé par le Mont-Blanc, avant de l'avoir vu ! (1)

Voici maintenant l'histoire de mes trois ascensions dans les Alpes.

Parti de Genève en diligence (17 juillet) pour Chamounix, j'y arrivai le même jour, mais à pied. Bien que l'hôtel où je couchai fût plein d'Anglais, et qu'il y eût même plusieurs de mes collègues de l'*Alpine-Club*, j'aimai mieux m'isoler, pour jouir de la nature tout à mon aise. J'allai m'asseoir après dîner sur un balcon donnant en plein sur le Mont-Blanc, et j'y tombai dans une rêverie profonde. Il y avait bien de quoi... Au milieu des glaciers, à plus de 2.000 mètres au-dessus de l'hôtel, je voyais scintiller une sorte d'étoile verdâtre, dont la lueur spasmodique rappelait celle des vers luisants. Elle provenait de

(1) Hélas M. Joanne n'est plus ! Il fut le créateur et l'âme du Club Alpin Français. Regretté comme on l'on l'est bien rarement, il a légué son énergie et sa bonté à son fils Paul.

l'ignition d'une ficelle de métal, allumée là par des touristes, pour annoncer leur arrivée sans accident aux *Grands-Mulets*. Ingénieux télégraphe ! Plus bas, se dessinaient confusément les ténébreuses crevasses et les aiguilles du glacier des Bossons, qui descendait abruptement au milieu des sapins, comme un lambeau du Groënland : et plus haut, dans la sombre majesté de la nuit, se profilait le dôme sans tache du « monarque des montagnes », plus livide et plus froid qu'un fantôme.

Mon imagination montait vers les étoiles, mon sang bouillait. Le Mont-Blanc m'empêcha de dormir, et dès le lendemain (18 juillet), prenant deux guides au prix exorbitant de 100 fr. chaque, et un porteur à 50 fr., je partis pour les Grands-Mulets, par une chaleur intense, même à l'ombre des mélèzes et des pins, où le sentier serpentait sur des pentes si rapides, qu'en deux heures, nous montâmes de mille mètres (guide-chef, J. Devouassoud).

Aux *Pierres-Pointues* (2.049 m), nous trouvâmes un chalet, dans un site admirable. Au-delà, la verdure disparaît : on voit encore quelques sapins chétifs et des rhododendrons, mais bientôt les cailloux et la stérilité envahissent tout : on frissonne, et on entre sur la glace pour y rester un jour et demi !

C'est une heure solennelle, même pour ceux qui y sont habitués, que celle où l'on s'embarque sur ces immenses glaciers, pour y combattre un élément bien plus perfide encore que les flots de la mer. Que d'expérience il faut, pour regarder d'un œil tranquille ces mille abîmes qui s'entrecroisent dans tous les sens, autour de vous et sous vos pieds, sans issue apparente ! On a peine à comprendre qu'un être si frêle et si microscopique que l'homme, puisse sortir la vie sauve de cet affreux dédale de gouffres, où il suffit d'un faux pas pour se tuer. Tantôt il faut franchir des crevasses de dix mètres de largeur, dont jamais le soleil n'a exploré les profondeurs ou percé les ténèbres, et cela, sur d'étroits ponts de neige, qui, cinq minutes après, peuvent fondre ou s'écrouler, tellement ils sont fragiles ! Tantôt il faut ramper ou fuir le long de ces grands blocs de glace appelés *séracs*, fantastiques monuments qu'un rayon de soleil, ou le doigt d'un enfant, la parole même, suffisent pour culbuter sur vous !

Mais c'est surtout au confluent de deux glaciers qu'on est saisi d'une sorte d'horreur, quand on débute dans « *l'Alpinisme* ». Figurez-vous une capitale qu'un tremblement de terre aurait changée en ruines, avec tous ses palais, ses colonnes et ses ponts mêlés et entassés dans un pêle-mêle inexprimable, et vous n'aurez qu'une faible idée de ce qu'on voit à la rencontre de deux puissants glaciers : car ce spectacle n'a plus rien de terrestre, et on ne peut le comparer à rien.

Après avoir passé ce labyrinthe de vagues solides, qui se hérissent au confluent du glacier des *Bossons* et de celui du *Taconnay*, nous mîmes enfin le pied sur un rocher sinistre et noir, devenu maintenant aussi célèbre qu'un continent, quoiqu'il ait l'air d'un pauvre îlot perdu au sein des mers. C'était l'oasis des *Grands-Mulets*, où à une altitude de plus de 3.000 m., on a trouvé le moyen de construire une auberge, possédant une cuisine, des lits, un poêle et quelques meubles. C'est là qu'on couche, pour faire le jour suivant l'ascension du Mont-Blanc, et redescendre le soir à Chamounix.

Le coucher du soleil fut d'une splendeur étrange et triste. A l'horizon, les nuages formaient des lignes ardentes et violacées, sur un ciel écarlate. Les cimes neigeuses, plus rouges que de la braise, illuminaient comme des volcans les ténèbres qui montaient des vallées : enfin dès qu'il fit nuit, toutes ces montagnes, naguère si pleines de bruit, de lumière et de feu, devinrent soudain blafardes et muettes. On aurait dit une armée de cadavres. Assis devant la porte des Grands-Mulets, et entouré d'un océan de glace où l'on n'entendait pas un son, je me croyais halluciné. Jamais, sauf dans l'Himalaya, un tel spectacle m'avait frappé les yeux. Mais le froid me chassa, et j'entrai dans mon gîte pour la nuit.

Je dormis d'un sommeil agité : le temps ne m'inspirait aucune confiance, et les crevasses se disloquaient autour de notre îlot avec des bruits qui m'étaient inconnus. Les glaciers se plaignaient. Avant trois heures, mes guides vinrent m'éveiller, d'un air un peu déconcerté, disant qu'il faisait beau pour le moment, mais qu'ils étaient inquiets pour la journée, parce qu'une tempête régnait sur les sommets, où on voyait déjà tourbillonner la neige. Nous partîmes cependant, après avoir, suivant l'usage, bu un peu de vin chaud, et mis des gants fourrés, des guêtres énormes, autrement dit un attirail de Sibérie, car il gelait à cinq degrés !

Nous étions huit, car nous avions été rejoints par un Américain, un M. Lee, qui lui aussi, avait deux guides et un porteur. Mais nos deux caravanes montèrent séparément.

Je m'attachai à mes trois hommes par une longue corde, puis d'un pas lent et mesuré, nous nous élevâmes diagonalement sur la neige dure et bleue, qui résonnait comme du métal. Pendant au moins dix heures, nous ne toucherions plus maintenant la terre ! Quel singulier voyage en plein été ! Aucun de nous ne disait mot, et on n'entendait rien, que la glace qui criait sous les pas cadencés et sonores de notre morne caravane, espèce de procession funèbre marchant en deuil et en silence. Il me semblait revoir la Mongolie, en regardant ces froides et blanches montagnes, arrondies en coupoles, absolument comme les dernières collines de l'*Altaï*, là où elles meurent en moutonnant sur les stérilités glaciales du désert de Gobi. La ressemblance était frappante. Et, en effet, on ne saurait rien voir de plus arctique que les hautes gorges des Alpes, à quatre heures du matin. Mais à peine un rayon de soleil a-t-il doré une cime, qu'à ce symbole de vie et de résurrection, le voyageur sourit, et il croit avoir chaud !

Pendant deux heures, mes guides tracèrent d'interminables zig-zags sur cette suite de collines assez roides qui montent en s'étageant depuis les Grands-Mulets jusqu'au *Petit-Plateau* (3.655 m). La neige étant très dure, ils y faisaient des escaliers à coups de hache. Mais les crevasses tendaient à disparaître, car c'est surtout en se précipitant sur les vallées, c'est-à-dire vers leur base, que les glaciers se brisent et se déchirent. En général, vers 4.000 m., les pentes deviennent plus douces, et l'origine d'un glacier diabolique est souvent un immense réservoir de neiges ou de névés, aussi horizontal qu'un lac. Mais le *Petit-Plateau*, est assez dangereux à cause des avalanches qui le balayent : aussi on le traverse très vite, et sans parler.

Ici je m'attristai, car le temps menaçait de toutes parts. La neige, chassée des cimes par de furieuses rafales, remontait en colonnes vers le ciel : des chevelures blanches s'agitaient sur les crêtes, et bien longtemps avant qu'il ne pût nous atteindre, nous entendions rugir le vent, qui passait sur les pics avec une foudroyante rapidité. Tout fuyait devant lui comme du sable : des cataractes de neige, de grêle et de brouillard tombaient au fond des gorges et bondissaient dans les abîmes, où s'accrochaient des nuages pantelants, de toutes les formes et de toutes les couleurs. Ce fut bien pire au *Grand-Plateau* (4.000 m) où pour comble de misère, mes poumons commencèrent à souffrir de la raréfaction de l'air. Nous décidâmes à l'unanimité de redescendre : mais comment faire ? La grêle nous empêchait d'ouvrir les yeux, nos traces n'existaient plus, et il faisait presque noir. A chaque instant, nous arrivions au bord de quelque épouvantable crevasse, invisible à trois pas. Il était même très difficile de respirer dans un tel vent ; car il soufflait maintenant des quatre points cardinaux, changeant chaque gorge et chaque ravin en une espèce de solfatare de neige, de grêle, et de fumée glacée. Mes pieds, mes doigts, mon sang, tout se gelait, graduellement, mais sûrement, par huit degrés de froid. Dans une tempête, huit degrés en valent trente. En vérité, elle est triste et critique, la situation de quelques hommes perdus et transis par le froid, dans un cyclone des Alpes, et le 19 juillet 1867 ne sortira jamais de ma mémoire. Malgré l'instinct extraordinaire, le sang-froid et la force de mes guides, auxquels je rends pleinement hommage, ce fut la Providence qui nous sauva d'une catastrophe, et ce ne fut qu'après avoir erré un peu partout, pendant des heures entières, au milieu des crevasses, que nous redescendîmes sans accident aux Grands-Mulets, dans un brouillard impénétrable.

Le lendemain matin, le temps étant glacial (le 20 juillet !) mais calme et sûr, nous repartîmes, et en trois heures nous atteignîmes encore le Grand-Plateau, où MM. Charles Martins, Bravais et Le Pileur campèrent pendant trois ou quatre jours, en juillet 1844, pour s'y livrer à des observations scientifiques. C'est une grande plaine de neige, horizontale, toute blanche, longue de trois kilomètres, et bornée au Midi par le dôme colossal du Mont-Blanc, que l'on gravit généralement de là par sa face orientale. Traversant ce plateau sur une ligne Nord et Sud, nous attaquâmes ensuite le raide et périlleux couloir de neige, appelé le *Corridor*. L'inclinaison est d'environ 50°, et la, nous dûmes nous taire encore, de peur de faire partir des avalanches. Juste au milieu, il fallut traverser une crevasse, sur un pont de neige presque transparent, opération très émouvante à un tel angle, et que nous accomplîmes à la manière des crocodiles, en rampant sur le ventre. Enfin nous atteignîmes un col tout-à-fait Sibérien, ouvert au haut du Corridor à l'altitude de 4.500 m., et joignant le Mont-Blanc au sinistre Mont-Maudit, qui se dresse plus à l'Est. On dirait deux cadavres, deux géants morts de froid. Mais l'Italie parut alors au Sud, baignée dans son soleil. Quel spectacle, quand on gèle ! Au Nord, à une centaine de kilomètres, j'aperçus une ligne bleue : c'était un coin du lac de Genève. Ici nous fîmes une halte obligatoire, car l'air était déjà si raréfié, que je ne pouvais plus faire qu'une cinquantaine de pas sans m'arrêter : puis nous montâmes à droite, vers la fameuse et redoutable falaise de neige et de névé, appelée *Mur de la Côte*, qui défend le versant oriental du Mont-Blanc. C'est une muraille haute de 150 mètres, et inclinée d'au moins 50 degrés. Il faut y faire un escalier de glace. Ce n'est cependant pas la possibilité d'une chute, qui rend cet endroit dangereux : c'est le froid et le vent qui y régnent. Le sang s'arrête, on tremble, on est couvert de givre, sur cette paroi glacée où on ne peut remuer : on devient pâle et bleu, et quand on voit la neige éclabousser comme de l'écume, les jambes, les mains et les épaules du guide qui taille péniblement, à coups de hache, chaque marche du terrible escalier, des images laponiennes envahissent le cerveau ; on croit être près des pôles, et comme on n'ose bouger, il y a de quoi geler sur place, surtout quand l'oxygène manque aux poumons : car la vie est une combustion : et pour brûler, autrement dit pour vivre, il nous faut beaucoup plus d'oxygène qu'il n'y en a dans l'air subtilisé des hautes régions. J'étais déjà un peu malade sur le *Mur de la Côte*, à 4.600 m. Plus haut, bien que les pentes devinssent plus douces, je me traînais : je ne pouvais plus faire 20 pas sans me sentir à moitié asphyxié. Enfin c'est comme un somnambule que j'arrivai au sommet du Mont-Blanc, et que, cinq heures après avoir quitté les Grands-Mulets, j'eus le plaisir insigne de me trouver sur le point culminant de l'Europe (4.810 m). Il y gelait à *dix* degrés ! Le ciel, pur jusqu'aux bouts du monde, n'était plus bleu, mais sombre : et reléguée au fond de l'horizon, la terre, noircie par le contraste avec tant de blancheur, ne faisait plus qu'une ceinture infinie de rivages à l'Océan des neiges. Elle ressemblait à de la poix.

Le merveilleux panorama qui se déroule aux yeux éblouis du spectateur sur la cime du Mont-Blanc est quelque chose de tellement prodigieux, qu'il faudrait une journée pour en identifier tous les détails, et une brochure pour les décrire. On croit voir la moitié d'un empire. C'est une image de l'infini, car l'œil le plus perçant ne saurait distinguer, dans une immensité si indécise, le point de contact entre la terre et le ciel. C'est quelque part à une centaine de lieues du spectateur. D'ailleurs il fait généralement trop froid pour observer longtemps, et on ne se rappelle, en descendant, qu'un ensemble gigantesque et confus de pics, de plaines et de glaciers sans fin visible. Ce qui frappait le plus mon imagination, ce n'était pas la vue ; c'était plutôt l'effroi des lieux, l'horreur de ces déserts inhabitables, le vide qui m'entourait, et la pensée de ce qui devait se passer là pendant les nuits d'hiver, dans la foudre et le vent. Quelles rages ! Quelles luttes ! Quels bruits ! Quels cataclysmes doivent ébranler alors ce livide arsenal des ouragans et des éclairs ! C'était aussi avec un sentiment voisin de la stupeur, que je me demandais pendant combien de siècles il avait dû neiger pour former cette *calotte*, dont les savants estiment la profondeur à 70 mètres ! Quelle est là-dessous la vraie charpente, la forme de la montagne, dont le squelette est invisible à tout jamais ? Nous n'en avons aucune idée.

Et puis, quand je m'analysais moi-même, je l'avoue humblement, je me reconnaissais à peine. Sans parler de mon corps, qui n'était plus qu'une espèce de machine, mon moral même était atteint, et sous une influence morbide : la prostration était complète. Mes idées étaient vagues et confuses, et j'étais comme hypnotisé. Enfin le froid était tellement intense, qu'au bout de cinq minutes, je sonnai la retraite.

Et qu'il me soit permis de protester ici contre les explications de ce *mal des montagnes*, données par quelques-uns de mes collègues de l'« *Alpine Club* », qui ne voudraient y voir qu'une grande fatigue, ou un « manque d'entraînement ». Une des preuves innombrables du contraire, c'est que tous ces malaises disparaissent à l'instant, dès qu'on retrouve, en descendant, une atmosphère normale et plus oxygénée. Ce n'est qu'une asphyxie momentanée, et *qu'on n'éprouve jamais au niveau de la mer, quelque fatigué que l'on puisse être*. A mon retour à Chamounix, après treize heures de marche, je m'y promenai jusqu'à minuit, sans la moindre lassitude. Pourquoi donc, au sommet du Mont-Blanc, pouvais-je à peine rester debout ?

En repassant aux Grands-Mulets, nous eûmes la bonne fortune d'y trouver le célèbre photographe Andrieux, qui fit poser notre caravane sur le glacier : et cette photographie a été reproduite par Jules Verne, dans un de ses derniers romans.

Je regrette d'ajouter que j'eus avec mes guides une vive et très pénible altercation, quand il fallut payer la note. Mais l'obligeant commissaire de police les rendit raisonnables, et réduisit leurs exigences à de justes proportions. En chiffres ronds, l'ascension me coûta 400 fr., parce qu'elle avait duré trois jours. Dans tous les cas, il faut compter sur 300 francs.

(Pour une centaine de francs, on peut faire l'ascension du Mont-Rose, qui est presqu'aussi haut, et plus dangereux que le Mont-Blanc).

*Zermatt* me consola de Chamounix. J'y aime mieux la nature et les hommes. On y est moins intéressé. J'y logeai à l'hôtel du Mont-Rose, chez les frères Zeiler, à l'ombre du Mont-Cervin. Mais voulant faire l'ascension du Mont-Rose, je montai le lendemain à l'hôtel du *Riffel* (2.569 m), pour y attendre une belle journée, qui s'obstinait à ne jamais venir. Un matin il neigea (!), dans la première semaine d'août. Aussi pendant quatre ou cinq jours, je dus me contenter de quelques promenades sentimentales sur le glacier gigantesque du *Gorner*, dont la longueur dépasse 20 kilomètres ! C'est un fleuve. Mais sa pente est si douce, sa surface si unie, que tout le monde peut y flâner, même seul. C'est le « Boulevard » du Riffelberg. J'étais accompagné d'un de mes bons amis, M. Hinchliff, aussi connu par ses lointains voyages et les récits brillants qu'il en a publiés, que par ses ascensions et ses exploits alpestres. Il présida longtemps l'*Alpine-Club*. Madame Weston et son mari charmaient aussi ma solitude. Quant au Mont-Rose, je dus y renoncer, la brume et les bourrasques ne discontinuant pas. J'allai seulement lui dire bonjour et le saluer respectueusement par une belle et glaciale matinée, du haut du *Gornergrat* (3.136 m) ; et là, faut-il l'avouer ? je fis de tristes, d'humiliantes réflexions au souvenir de mes chères Pyrénées, en pensant aux fatigues, au nombre d'heures, aux longs efforts et aux préparatifs sans fin qu'exigent les ascensions Pyrénéennes de 3.000 m., tandis qu'en Suisse, une promenade d'une heure m'avait suffi pour arriver à cette hauteur, et plus, *avant mon déjeuner* ! Un excellent hôtel et une table d'hôte m'attendaient là tout près, à l'altitude de 2.569 m ! Avant onze heures, la course était finie ! Quel admirable état de choses !

Un jour, impatienté d'attendre pour rien, je fis un coup de tête. Je partis à *dix heures* de l'hôtel du Riffel, avec un chaudronnier, une corde et un poulet. J'escaladai le *Breithorn* (4.148 m), et je revins avant la nuit à mon hôtel, après une course vertigineuse, probablement la plus rapide de toute ma vie.

C'est par le Sud que nous montâmes, après avoir goûté au col *Saint-Théodule* (3.322 m). Là encore je trouvai une auberge (!), des lits, des provisions, et du très bon café. Trois heures après, je fumais un cigare sur le sommet du Breithorn, d'où l'on découvre les plus grandes neiges des Alpes et de l'Europe. Sur un rayon d'au moins dix kilomètres, l'hiver est éternel. A une heure environ de la cime (côté méridional), on perd littéralement de vue la terre. On est sur une vaste plaine de neige, au centre d'un océan immaculé, formant un horizon au bout duquel on ne voit plus que des cônes toujours blancs et glacés. Au nord aussi, le Breithorn domine une mer de glace à perte de vue. Se hérissant de 2.000 m. sur la rive gauche du glacier du *Gorner*, il rappelle ces falaises menaçantes et stériles qui narguent la mer Arctique, en brisent ouragans, et lui renvoient ses bruits et son écume. J'ai beaucoup voyagé, mais je n'ai jamais vu, dans aucune latitude, de spectacle plus polaire.

Deux ou trois jours après, quittant Zermatt de grand matin, j'allai à *Saas* en franchissant le col de l'*Alphübel* (3.802 m) avec Johann Kronig, guide merveilleux, véritable acrobate, dont l'instinct, la souplesse, la prudence et la force firent plus que m'étonner : j'en étais ébahi. Quel montagnard ! quels muscles, et quelle intelligence ! Il commença par refuser d'aller seul avec moi : il faut être trois au moins, dans ces courses de glaciers. Mais comme le temps était superbe, nous le risquâmes, et la descente sur le glacier de *Fée* se fit sans accident, malgré ses effroyables et monstrueuses crevasses.

Quinze jours après, je revins à Bagnères-de-Luchon ! Il faut l'avouer, les Alpes sont magnifiques. Mais si les Pyrénées sont moins massives et moins neigeuses, elles ont une grâce, une noblesse de contours, de chaudes couleurs, et un soleil qu'on ne trouve pas en Suisse. Les Alpes représentent l'homme : les Pyrénées la femme : j'aime mieux la femme...

Les Pyrénées (à part l'échelle) rappellent un peu les Andes : les Alpes rappellent vaguement l'Himalaya.

Je n'oublierai jamais l'heure délicieuse où à l'aurore de ma jeunesse, le *Brave-Lourmel*, sortant enfin des mers furieuses et froides de la Patagonie, me ramena vers l'Equateur et le soleil, sous les caresses des vents du Sud. Lorsqu'apparurent les Andes, elles semblaient fondre dans la lumière : leurs neiges elles-mêmes avaient l'air en fusion, et me rappelaient celles du *Vignemale*, que tout enfant, je dévorais déjà des yeux. J'étais ravi.

Les Alpes inspirent de la terreur, les Pyrénées, de la tendresse, une tendresse éternelle. C'est grâce aux Pyrénées que les années n'ont pas éteint en moi la sainte et salutaire passion de la nature. Je l'aime autant qu'à l'époque où la vie laissait passer sur moi ses brises les plus heureuses : et comme notre âme oscille, à tous les âges, entre ce qui n'est plus et ce qui ne sera jamais, j'embellis le présent des couleurs du passé.

Il m'arrive de bien loin des éclairs de jeunesse, semblables aux feux mourants de ces étoiles imaginaires qui, bien qu'anéanties depuis longtemps, continuent à briller, à nous charmer de leur éclat trompeur pendant la nuit, parce que leur dernier rayon n'a pas encore fini de traverser l'espace, et nous fait croire qu'elles ne sont pas éteintes. Ce n'est qu'une illusion : mais qu'y a-t-il de plus doux dans la vie ? Et si la jeunesse passe, l'amour de la nature ne passe jamais. L'immensité lugubre et muette des sables et des glaciers, les solitudes sonores de l'Océan, la poésie dont il entoure le monde, font encore battre et palpiter mon cœur. Il se rallume et s'électrise au souvenir de l'Inde, de l'Amérique et de l'Océanie, de leurs forêts phosphorescentes, de leur soleil, de leurs îles enchantées, vrais bouquets de palmiers et de fleurs, que l'on dirait seulement posés sur l'eau, et prêts à s'en aller avec le vent, au chant des colibris. Je trouve encore la terre bien belle, et je ne pense jamais sans m'attendrir, aux plages lointaines, aromatiques et lumineuses, caressées tous les soirs par la brise harmonieuse des tropiques, et baignées par des mers toujours bleues. Je les ai tant aimées ! Ne les reverrai-je plus ?

Si je ne dois plus voir que par le souvenir ces paradis terrestres où le saphir, l'opale et le rubis se mêlent aux cocotiers, aux aloès et aux cactus, où l'homme n'a pas autre chose à faire qu'à être vertueux, où le soleil suffit pour émousser toutes ses douleurs... j'irai me consoler au haut des Pyrénées, dans les déserts de marbre, ou dans le monde radieux des neiges : car la nature a des sourires sous les frimas, comme sous les fleurs.

L'Ulysse des anciens jours tressaille encore à la vue d'une montagne. Je remonterai sur ces trônes flamboyants de porphyre et de glace, où tout est froid, même les éclairs. J'irai revoir, du haut des nues, ces horizons stériles et chauves, grands comme l'éternité, mais que je n'ai jamais trouvés assez illimités ni assez mornes. Je m'y endormirai encore au vent des solitudes, qui m'enivrait jadis comme un enfant des steppes. Et quand aura sonné l'heure fatale et cruelle du repos, j'irai m'asseoir, en vue des Pyrénées, au bord de l'Océan, sur les collines arides et romantiques où l'air est saturé de l'amertume des mers, et où, dans ma jeunesse, je courais comme la brise. Il est si doux de se souvenir, quand l'avenir se couvre de neige et d'ombre !

Lecteur, pardonnez-moi. Comment ne pas devenir un peu lyrique sur les montagnes ? Mais on y est heureux aussi, car le bonheur y devient naturel, et la sagesse facile. On y a des idées qu'on n'a pas dans la plaine. Entouré de blancheur, de silence et d'azur, l'homme oublie les tristesses de la terre : son cœur se dore avec le jour qui tombe, et même au sein des villes, de leurs plaisirs, de leurs enivrements et de leur faste, il a souvent la nostalgie de ces soirées sereines, mélancoliques et chaudes comme les derniers rayons d'une âme sublime qui va s'éteindre, avant d'aller renaître, sourire et resplendir dans un autre monde.

# MES VOYAGES (1856-1861)

### Extraits de l'ouvrage épuisé * :

## « 16.000 LIEUES À TRAVERS L'ASIE ET L'OCÉANIE »

L'année 1856 me trouva à Paris. J'étais bien jeune alors, mais déjà fatigué de l'Europe, je m'embarquai sur un navire à voiles pour le Pérou, par le cap Horn : retour de même. En tout, neuf mois sur l'eau, et quinze jours à Lima. En allant, tout un mois d'ouragans effroyables au Cap Horn, qui nous rejettent bien près du 60e degré de latitude australe, au milieu de superbes Icebergs, avec des froids terribles, comme c'est en plein hiver. Les vagues gèlent en tombant sur le pont. Mais à Lima, je suis hypnotisé par la sublimité des Andes, par la splendeur du ciel, et par le bleu profond, presque noir, du plus immense de tous les Océans, dont la houle éternelle fait mugir et trembler toutes les plages. Ce qui me charme aussi, c'est le seul œil visible (en ces temps-là...) des gracieuses Liméniennes. Lima est plein d'églises et de couvents, et quand sonne l'*Angélus*, tout le monde s'arrête, écoute, et se découvre. La foi y est très vive.

Au retour, violentes tempêtes, le long des côtes de la Patagonie, qui nous poursuivent jusqu'au Brésil : voie d'eau, et relâche d'une semaine à *Olinda-Pernambucco*. Je me promène solitairement dans les grandes forêts vierges, où il fait presque aussi noir à midi qu'à minuit. Quels papillons, et quels oiseaux ! Mais aussi, quels serpents ! Des monstres aussi terribles que ceux de l'Inde.

Sur l'Océan, je passe presque tout mon temps à lire au haut des mâts, dont les oscillations me plongent dans la rêverie mais jamais, heureusement, dans la mer ! C'est sur des vergues que j'ai fait mes premières ascensions.

L'année suivante (1857), départ pour l'Amérique du Nord, avec un jeune ami d'Irlande, devenu depuis un éminent médecin (Sir Francis Cruise). Débarqués à *Québec*, nous visitons, tantôt par terre, tantôt par eau, toutes les régions célèbres du Canada, sortant enfin des bois au bout du plus grand lac du monde (*Lac Supérieur*), après un fatigant trajet de 400 kilomètres à travers des forêts alors vierges, et peuplées d'Indiens Sioux, inoffensifs, et même aimables : bien plus que les moustiques ! Peu après, mon ami revenant en Irlande, je traverse seul, du Nord au Sud, par l'*Ohio* et le *Mississipi*, tous les Etats-Unis, jusqu'à la Nouvelle-Orléans, avec retour par la Havane, New-York et Liverpool.

---

* Réédité dans sa version intégrale, en 2002, aux éditions de *la Librairie des Pyrénées & de Gascogne* (2 tomes de, respectivement, 384 et 412 pages) [N.D.L.E]

Mais ces voyages ne furent que le prélude de ma grande traversée de l'Asie en hiver, en traîneau, à cheval, à chameau et à pied, suivie d'une fugue aux antipodes, avec retour par l'Inde. Cette odyssée dura trois ans et commença à Bagnères-de-Bigorre (25 septembre 1858).

Le 15 novembre, après l'achat d'un monceau de fourrures, je quitte Moscou avec deux Sibériens tout jeunes revenant dans leur pays. Il fait déjà très froid, mais comme la neige n'est pas encore bien stable, ce qui rend le traînage impossible, il nous faut faire le trajet de 800 kilomètres de Moscou à Kazan en « pericladnoï », affreuse charrette sans ressorts, et découverte. Voyage terrible, un vrai martyre de cinq jours et cinq nuits. Exposés en plein air à des froids qui varient de – 15° à – 30° centigrades, nous arrivons complètement épuisés à Kazan. Là, heureusement, tout le pays est sous la neige. Aussi, le 21 novembre, après l'achat d'un magnifique traîneau couvert, tout en chêne et en fer, nous partons pour l'Asie, par un froid de – 28°C au triple galop de quatre fougueux chevaux Tatars, quasi-sauvages.

A *Zlatoouste*, à l'entrée de l'Oural, laissant aux soins d'un médecin un de mes camarades tombé malade, je repars avec l'autre : nous sortons de l'Europe au milieu des forêts de l'Oural, et nous entrons triomphalement sur les steppes infinies de l'Asie.

Le 10 décembre, nous arrivons à *Tomsk*, ville ravissante, la plus coquette de toute la Sibérie, après avoir subi, le 7, un froid de *cinquante* centigrades. (Deux officiers Prussiens, qui nous y croisent, viennent même de constater – 53° !) Dans une bouteille cachée sous nos fourrures au fond de notre traîneau, notre eau-de-vie, absolument gelée, n'est plus qu'un gros caillou ! Tortures indescriptibles ; impossible de dormir, difficile de manger.

Mais à Tomsk, à 4.200 km de Moscou, nous nous donnons le luxe d'un long repos bien mérité, n'ayant dormi, depuis Kazan, qu'une seule nuit sur dix-neuf ! Dix-huit nuits de traîneau, emportés comme le vent dans la neige, où nous avons versé plus de vingt fois, par des températures polaires ! Nous sommes brisés par l'insomnie.

Séjour de trois semaines à Tomsk : journées superbes, à clartés boréales, mais quel froid ! (Plusieurs fois, – 38°) ! Vent violent, promenades difficiles. Congélation partielle de mes pieds, de mes mains, de mon nez, et d'une joue. Mais j'ai des joies auxquelles je ne m'attendais pas. Un jeune virtuose me joue avec sa sœur des duos de Bériot... Avec quelle émotion je les écoute !

1er janvier 1859... Nous partons pour Irkoutsk, dernière étape de 1.600 kilomètres. Nous y mettons dix jours, sans une nuit de repos, à toute vitesse, mais sans souffrir du froid, qui ne dépasse qu'une ou deux fois – 20°. Nos seuls arrêts sont aux maisons de poste, pour changer de chevaux. Dès qu'il fait noir, les loups hurlent de tous côtés, mais sans jamais approcher du traîneau.

Pendant plus de 400 kilomètres, nous filons comme une trombe dans une forêt de cèdres dignes du Liban ou de l'Himalaya, et poudrés de frimas. Au clair de lune, ils sont tout blancs, et quand leurs branches horizontales masquent les étoiles en se croisant, à soixante mètres au-dessus de la route, ils font l'effet d'une basilique diaphane de neige, où la nuit lutte avec le jour.

Le dernier jour, coup de théâtre ! Du sommet d'une colline de 650 mètres, nous voyons tout à coup sous nos pieds se dérouler à perte de vue un océan étincelant de sapins, de rivières et de neige, au bout duquel s'agite un incendie : c'est la brillante *Irkoutsk*, qui ressemble à une ville de cristal, dont le soleil fait flamboyer les flèches et les coupoles comme des diamants, tandis qu'au Sud, à une centaine de kilomètres, se dresse à l'horizon la chaîne immense de l'*Altaï*, où une armée de pics superbes, plus blancs que le monarque immaculé des Alpes, sépare les deux énormes empires de la Russie et de la Chine. El alors me revient le souvenir de Bagnères-de-Bigorre ! Quelle distance ! Est-ce un rêve ? et irai-je à Péking ? Me voici à 6.000 kilomètres de Moscou : j'en ai encore 2.000 à faire, et je devine déjà qu'ils seront rudes.

A peine suis-je à Irkoutsk, que je me présente chez le Gouverneur-Général de la Sibérie, le Comte Mourawieff-Amoursky, le plus aimable et le plus populaire des potentats, avec deux lettres précieuses, une de sa femme, (Française, et morte depuis à Pau), et l'autre du Prince Orloff. L'accueil du général est non seulement cordial, mais affectueux, presque paternel : il me loge même dans son palais. Mais quand je parle d'aller à Péking, il me répond, hélas ! par un « *non possumus* » des plus catégoriques. C'est impossible, même à un Russe, bien que depuis de longues années il y ait à Péking une légation Russe tolérée par la Chine, et renouvelée de temps en temps. Désarmé cependant par mon désespoir, il ne tarde pas à m'annoncer qu'il va faire son possible, qu'il enverra un officier en courrier à Péking, à travers le désert de Gobi, et que si je consens à passer pour son secrétaire, tout pourra s'arranger. Mais il faudra me Russifier, passer pour Russe, et ajouter un « off » à mon nom. Ma joie déborde, et comme on le pense bien j'ai vite fait d'accepter. Je m'appellerais Confucius s'il le fallait, pour arriver à Péking, par terre ! J'obtiens un passeport Russe, au nom de « Russelloff », et nous voilà partis, le jeune lieutenant Lavroff et moi, escortés d'un Cosaque, pour envahir la Chine en traversant la Mongolie.

Départ d'Irkoulsk (25 janvier, dix heures du soir), par un froid de Spitzberg, mais dans un excellent traîneau. Soixante-cinq kilomètres nous mènent aux bords du magnifique *Lac Baïkal*, un des plus vastes du monde (720 km de long, et une centaine dans sa plus grande largeur). Au lever du soleil, effet grandiose, peut-être unique au monde, de cet immense désert de glace plus sombre que l'Océan, car il n'y a pas de neige : le vent l'a emportée : c'est une vraie mer, immobile, pétrifiée, sans une île, sans navires, sans écume et sans bruit : spectacle étrange, inoubliable et saisissant, mais si lugubre et contre nature, qu'il finit pas faire mal : il y a trop de silence et trop de solitude : c'est morne comme le tombeau...

La glace étant encore trop « jeune » à l'Est, et peu solide, nous commençons par faire une soixantaine de kilomètres vers le Nord-Est entre la terre ferme et une barrière de « séracs » fantastiques, un vrai chaos d'aiguilles et d'obélisques de glace où le soleil fait rutiler toutes les couleurs du prisme : c'est merveilleux ! Mais la nuit nous menace, elle arrive à grands pas, et prenant un parti héroïque, nous nous risquons à traverser de l'Ouest à l'Est, là où le lac est le moins large (soixante-cinq kilomètres). Au voisinage des côtes, la glace cède plusieurs fois, et nous sautons pour traverser à pied ces mauvais pas, et ne pas faire naufrage : plus loin, la glace est sûre, car il y en a trois mètres ! Il y a des fentes, où nous pouvons la mesurer. Au bout d'une heure, le soleil disparaît, et nous perdons de vue la terre, avec une émotion profonde. Bruits mystérieux, détonations, et explosions comme des coups de canon, sous la nappe sombre où on entend bondir des vagues et même mugir le vent, avec une voix qu'il n'a jamais ailleurs, ni sur terre ni sur mer. Le lac frissonne et se révolte... La glace a des trépidations ; va-t-elle se rompre ? Cela fait le même effet qu'un tremblement de terre... Et la nuit vient, avec 34° de froid : une nuit si noire, que je ne vois même plus ni le cocher ni les chevaux, seulement toutes les constellations du ciel réfléchies dans la glace, où il y a heureusement une avenue de petits tertres de neige, pour indiquer l'itinéraire. Enfin, nous touchons terre, après quatre heures de traversée.

Encore deux jours et deux nuits de traîneau, et nous entrons à *Selenginsck*, par une température épouvantable, car bien que le soleil soit déjà haut sur l'horizon, mon thermomètre est à – 40° ! Pendant la nuit, nous avons dû avoir près de – 50°. Population très pauvre : pas de vitres aux fenêtres : le mica les remplace.

Après une troisième nuit de course échevelée, nous commençons à voir à l'horizon du Sud, les neiges et les savanes glacées de l'aride Mongolie, sur lesquelles se profilent au soleil le dôme et le clocher d'une imposante église... Voici *Kiakhta* ! Et à deux pas, voici la Chine, et le seuil désolé du désert de Gobi !

Ici nous entamons les treize cents effroyables kilomètres qui doivent nous conduire à Péking. Plus de traîneau, car il n'y a pas assez de neige : il faut le remplacer par un cabriolet avec attelage Mongol : mais dans les gorges et les ravins où la neige est restée, les roues y disparaissent et ne veulent plus tourner ; bref, nous mettons cinq jours à avancer de 300 km, trajet que je faisais souvent en Sibérie dans la journée de 24 heures. Pour ceux qui peuvent se reposer la nuit, rien ne vaut un voyage en traîneau. On va très vite, et sans la moindre secousse.

7 février : jour mémorable !... nous entrons à *Ourga*, succursale religieuse de Lhassa, et seule ville du désert. J'y croise l'itinéraire des illustres missionnaires, les PP. Huc et Gabet, dont les Mongols me demandent des nouvelles. Ces Mongols ont bon cœur, et j'en ai eu moi-même mille preuves.

Ourga est une ville « sainte ». Lamaserie colossale et dorée, où on me laisse entrer sans peine. Un millier de lamas, en tunique rouge et accroupis comme des tailleurs, rugissent à l'unisson, en frappant comme des fous des tambours suspendus à la voûte, où ils décrivent des courbes énormes et furibondes dans un vacarme surnaturel. Scène infernale... Des démons au milieu du tonnerre !

Difficultés diplomatiques pour nous laisser sortir d'Ourga, où nous restons cinq jours, par des froids continuels de – 25°. Enfin nous voilà libres (12 février) et en route pour Péking, mais par le plus occidental et le plus long des trois itinéraires qui y conduisent. Pourquoi ? Qui sait ? Nous sommes à la merci des guides, et on dirait qu'ils veulent nous dérouter.

Ici Lavroff s'installe dans une carriole bleu ciel, allongé sur un lit. Mais elle est si étroite, une espèce de cercueil, que je monte à cheval, et je découvre bien vite, trop vite, que ma selle est en bois ! Comment décrire les effets désastreux, instantanés, d'une selle de bois sur un Européen, ou pour mieux dire, « sous » un Européen ? Inutile d'insister... Laissons-le deviner... Au bout d'une heure, je suis hors de combat, et j'ai encore mille kilomètres à faire ainsi !

Le lendemain de notre départ d'Ourga, il fait si froid, que le *rhum gèle ! Nous le mangeons !*

Impossible de décrire les tortures de ces mille kilomètres dans l'Océan interminable des sables, en plein hiver, et par des froids absolument arctiques, avec cyclones de neige. Tantôt sur des chevaux sauvages, tantôt sur des chameaux qui le sont encore plus, tantôt à pied, gelé, malade et exténué comme un octogénaire, après plusieurs journées de 105 à 110 kilomètres, suivi du malheureux Cosaque encore plus épuisé que moi, je m'affaisse complètement, tous mes ressorts se brisent, et je deviens un automate. Changeant de cheval quatre fois par jour, je ne puis même plus y remonter tout seul, je suis hissé sur l'étrier par les Mongols : et enfin, il arrive un moment où ne pouvant même plus marcher, je m'allonge sur le sable, où Lavroff, en passant, me prend dans sa carriole. Sans lui, c'était fini : je serais resté là, car même en pleine jeunesse, les forces humaines ont des limites.

Quelques jours après, nous sortons du désert, ainsi que de la Mongolie, et nous entrons dans la vraie Chine, traversant l'immense ville de *Kalgan*. Premier repas chinois (soupe aux sangsues, frites à l'huile de ricin). Têtes de décapités suspendues aux murailles dans des cages. Montagnes lugubres et sombres, que l'on dit être infestées de brigands : nous serrons donc les rangs ; mais il n'en paraît pas. Tempêtes glaciales de neige, grandes villes où on ne nous laisse pas coucher, et enfin le 28 Février, paraît soudain au haut d'un col qu'elle enjambe par une arche, la vénérable et prodigieuse *muraille de Chine*. Nous montons au sommet sur des canons brisés, des pierres, des ruines et des boulets : lieu solennel où tout invite à la rêverie, mais d'où nous sommes chassés par la bise et la neige. Nous déjeunons dans un défilé sombre et solitaire qui, descendant au Sud, s'ouvre tout-à-coup sur la plaine infinie de Péking, où nous entrons triomphalement le lendemain (1er mars 1859), Lavroff en tête, puis moi, puis le Cosaque, tous les trois à cheval, et escortés d'une légion de Mongols à chameaux. Procession théâtrale... Emotion qui ressemble au délire... Jamais ce jour ne sortira de ma mémoire.

A Péking, le ministre de Russie, Perowsky, ses officiers, les missionnaires, l'Archimandrite et le médecin me reçoivent comme un frère. La vertu Russe par excellence, celle qui caractérise le mieux ce peuple, c'est l'hospitalité : elle n'a pas de limites...

La santé me revient. Habillé en Chinois, je me promène partout, voulant tout voir. Je mène pendant trois semaines une vie si douce, qu'elle me fait complètement oublier une affaire capitale, c'est que je suis en route pour l'Australie, où vont mes lettres depuis longtemps ! Il faut donc y penser... Mais désormais, je vais être seul, en pleine Asie, à la merci de tout le monde, et sans savoir la langue. C'est grave, bien grave ! Par où passer ? A travers toute la Chine, ou par Tien-Tsin et la mer Jaune ? Malheureusement, la solution de ce problème si inquiétant pour moi arrive toute seule, comme un coup de tonnerre... Un beau matin, un mandarin en grand costume se présente chez M. Perowsky, pour l'avertir que l'étranger logé chez lui sous un nom Russe n'étant pas Russe du tout, il faut qu'il parte immédiatement, et qu'il revienne en Sibérie comme il en est venu, c'est-à-dire par la voie du désert de Gobi !

Il se dresse devant moi comme un spectre, comme un monstre, cet Océan maudit de neige, de sable et de cailloux, oui. *Monstrum horrendum* ! C'est un cauchemar ! Je perds la tête, je suis à moitié fou de désespoir ! mais il faut se soumettre, et me voilà reparti pour le Nord, tournant ainsi le dos à l'Australie, ce qui, pour le moment, est bien le moindre de mes soucis ! J'achète un beau fiacre bleu, armé de roues énormes (80 francs) : puis par une matinée superbe du 22 mars, avec Lavroff, qui revient à Moscou, et une escorte de quinze Cosaques, je traverse tristement l'immense ville. A la grande porte du Nord, adieux pénibles aux amis Russes. Scène désolante, malgré le beau soleil, qui laisse mon âme en deuil, en face d'un Inconnu terrible.

Dans le désert, mon petit fiacre, attelé de cinq ou six chevaux en éventail, vole comme le vent, : mais il me joue souvent de vilains tours. Il roule et tangue comme un navire ballotté par la houle : il se détraque, se cabre, gémit, et verse presque tous les jours. Au milieu du désert, cyclone épouvantable de neige mêlée de sable. Comme il redouble le soir, on attache solidement toutes les « yourtes » les unes aux autres, pour diminuer les chances d'être emportées. Endurance incroyable des Mongols, hommes et femmes, à cheval ou à chameau par tous les temps, riant toujours, ne se plaignant jamais, naïfs comme des enfants, l'honnêteté même, mélange paradoxal de l'amabilité des races Celtiques, et de la force, de l'énergie superbe et indomptable de celles du Nord. Un jour, nos cavaliers firent une étape de 120 kilomètres, et le soir, sous notre tente, il n'en paraissait rien ! Aucune trace de fatigue ! On ne faisait que rire !

Entre Ourga et Kiakhta, nouvelle tourmente, aussi furieuse que la première. Des nuages énormes de sable et de poussière neigeuse, soulevés jusqu'au ciel ; retombent sur nous en cataractes glaciales. Il fait nuit à midi ! Le dernier jour, je remonte à cheval, pour faire à toute vitesse les 80 et quelques kilomètres qui me séparent encore de l'Empire Russe, et dix-neuf jours après notre départ de Péking, nous rentrons à *Kiakhta*, qui, grâce à la présence de l'illustre Gouverneur-Général, Mouraview, devient pour moi une véritable Capoue, un séjour de délices, où je passe cinq semaines. Fêtes incessantes, concerts et bals, festins Russes et Chinois, feux d'artifices, etc. Et le temps s'adoucit. Pour rester fort et souple, je monte une gymnastique, où suspendu à des anneaux, pieds en l'air, tête en bas, j'avale des verres de Marsala. Ebahissement des hommes, qui me crient *bis*, ce qui fait parfaitement mon affaire : effroi des dames, qui crient : « Assez ! assez ! » Mais j'obéis aux hommes.

En attendant, que devient l'Australie ? Par où y arriver, maintenant ? Et que vais-je devenir, perdu, comme je le suis en pleine Asie ?

Encore une fois l'excellent général Mourawieff vient providentiellement à mon secours, et m'enlève subitement, un beau jour, vers les régions presque fabuleuses du fleuve Amour, auquel il doit son titre (Comte Amoursky), depuis son annexion de la rive droite, ou Mandchoue, de ce fleuve magnifique, sur une longueur de 800 km, ce qui met complètement en Russie tout son cours inférieur, en englobant des territoires immenses le long des côtes du Pacifique, où se fonda plus tard *Wladivostock*.

Le printemps ! Est-ce possible ? J'y crois à peine, après six mois de neige et de tempêtes passés dans les régions les plus glaciales de la terre habitable. Il me semble impossible d'avoir chaud, et je serais tout étonné de voir courir l'eau.

Et cependant, voici des fleurs splendides, et des ruisseaux qui fuient partout en gazouillant. Les oiseaux chantent, la nature se réveille en sursaut, et en présence d'un tel miracle, je ne reconnais plus les lieux glacés, décolorés et silencieux où j'ai passé il y a trois mois. La Sibérie s'est transformée par enchantement en un jardin des Hespérides !

La neige ayant fondu, nous voyageons en deux landaux attelés chacun de sept chevaux fringants, qui nous font faire plus de vingt wersts à l'heure ! Climat bizarre... Le froid revient, et le 15 mai, la neige siffle en rafales ! Nous filons, nous volons droit à l'Est. J'admire les indigènes : types admirables de grâce et de noblesse. Le 17 mai, encore un lac gelé ! Le 18, arrivée à *Tchita*, où nous entrons dans le bassin du fleuve Amour ; et le lendemain, nous voici à *Nerchinsk*, rendue célèbre par le traité de 1689, négocié et conclu par les Jésuites Gerbillon et Perrère, envoyés tout exprès de Péking. Par ce traité, les Russes abandonnaient l'Amour, qui revint à la Chine. Mais tout changea plus tard...

Déjà mille kilomètres depuis Kiakhta ! Mais ce n'est rien en Sibérie : ça ne compte pas ! Nous sommes ici à 600 mètres au-dessus de la mer, à 8.000 km de Moscou, et à 3.000 de l'Océan : et cependant, les bateaux à vapeur remontent déjà jusqu'à Nerchinsk.

Un peu plus loin, nous voici à *Stretinsk*, sur la rivière *Chilka*, qui va former plus bas, par sa jonction avec l'*Argoun*, le puissant fleuve Amour.

Il gèle encore la nuit (21 mai) ! C'est sur de beaux bateaux à voiles que nous quittons Stretinsk, et sous le commandement du jeune prince Circassien de Dadeshkiliany. Descendant tranquillement la Chilka pendant trois ou quatre jours, à l'ombre des forêts vierges et ténébreuses qui assombrissent la *Daourie*, nous arrivons enfin au confluent si désiré de la Chilka et de l'Argoun. Salut au *fleuve Amour*, si digne du nom glorieux qu'il porte !

C'est sur ses eaux que nous allons maintenant faire un trajet de 3.000 km, sur un vapeur microscopique construit en Amérique, et transporté ici comme un colis. Spectacle grandiose, varié à l'infini... Forêts énormes sur les deux rives, où dominent les sapins et les cèdres : neiges éternelles sur des montagnes sauvages et menaçantes ; limpidité inouïe des eaux : rapides, écume, rochers, falaises à pic, îles innombrables, couvertes de fleurs et d'arbres, et dont les archipels écartent souvent les rives de plusieurs kilomètres : oiseaux, soleil, et pas un souffle de vent : temps idéal, et rien à faire... C'est une féerie, qui me fait pardonner au désert de Gobi les infortunes dont il m'a abreuvé, et oublier que nous entrons dans la patrie des rennes et des zibelines, où le mercure gèle en hiver, bien qu'en été, on y rencontre souvent des tigres, et partout des serpents.

Ne voyageant jamais la nuit, nous débarquons chaque soir, tantôt sur la rive gauche, ou Russe, tantôt en Mandchourie, sur la rive droite, où végètent de petites et hideuses colonies de sauvages, des Orotchons, et de féroces Guiliaques, les assassins du missionnaire Français de la Brunière. Leurs

« yourtes » ressemblent étonnamment aux « wigwams » des Peaux-Rouges. Ceci donne à penser.... Largeur du fleuve à l'embouchure de l'*Oussouri*, 3 kilomètres.

Le 10 Juin, oh ! bonheur ! Je respire des bouffées d'air marin : Je vois sur les rochers des traces de la marée... Mon cœur bondit, mes poumons se dilatent au voisinage de l'Océan, après un tel ensevelissement au cœur des continents, et un voyage échevelé de quinze mille kilomètres, sans jamais voir la mer ! De gros canons vomissent la foudre et la fumée, et c'est au son de leur tonnerre, répercuté par mille échos, que le 11 juin 1859, nous sortons de l'Amour.

Voici *Nicolaëwsk* : voici le golfe de Tartane, à onze mille kilomètres de Moscou, où le soleil se couche, quand il se lève ici. Quel empire colossal ! Il est plus grand que la pleine lune, et ne le cède en étendue qu'à l'Empire Britannique. De telles immensités donnent le vertige.

Ici, tout va changer pour moi, le caractère de mon voyage, et les décors de la nature, sans parler des climats. Pendant un an, je vais courir les mers de Chine et de l'Océanie, et bientôt prendre congé de mes bons amis Russes, avec un vrai serrement de cœur.

Une ovation est faite à Mourawieff. Nicolaësk lui offre un bal superbe, avec orchestre de la marine, et nous prenons la mer le lendemain matin sur le « Mandchoux », grand vapeur de l'Etat. Bientôt se dressent à l'Est les sombres montagnes de l'île lugubre de *Saghalin*, alors aux Japonais, prise depuis par les Russes, et si glaciale, que l'Océan lui-même gèle sur ses côtes à perte de vue ! C'est une petite Patagonie. Sur la côte opposée (Mandchourie Russifiée), nous entrons dans la *baie de Castries* (souvenirs de la Pérouse), bien encadrée de montagnes basaltiques et de forêts Alpestres. Mais quel climat ! Le 18 juin, des blocs énormes de glace, de véritables « séracs », encombrent encore la plage, et il neige violemment à 1.000 mètres d'altitude ! A peine sommes-nous sortis de la baie de Castries, que nous roulons et nous tanguons comme en plein Océan, il fait un froid mordant, et le 20 juin, nous relâchons encore dans la baie de l'*Empereur Nicholas*, non loin de la *Wladivostock* actuelle. Baie merveilleuse, abritée de partout, et autour de laquelle rayonnent cinq ou six bras de mer secondaires, « fjords » norvégiens en miniature. L'eau est d'un bleu intense, qui me rappelle celui des lacs Pyrénéens. Là fut coulée la frégate Russe « Pallas », pendant la guerre de Crimée.

Mauvais temps, pluie battante : en route pour le Japon. Deux jours de mer font reparaître la terre au S.-S.-E. : c'est la partie méridionale de l'île d'*Yesso* : c'est le Japon !

Le temps devient superbe, et pour la première fois depuis dix mois, j'ai chaud ! La mer est un saphir liquide caressé par le vent, et ses petits flots bleus, ou le soleil ajoute du rose, scintillent comme des étoiles : ils ont l'air de danser. Tout brille et tout a chaud. Jonques Japonaises, îles pittoresques aux noms sonores et mélodieux, et au-delà, sur la terre ferme, belles routes sinueuses bien ombragées, grimpant sur les montagnes à travers des jardins, des villages et des parcs... Cette terre est un bijou... Tout cela n'est-il qu'un rêve ? une illusion ? Je commence à le croire : mais à l'entrée du détroit de *Tsougar*, réveil subit à la réalité ! Une houle énorme arrive majestueusement de l'Est, des collines d'eau nous soulèvent de quinze mètres, et nous saluons respectueusement l'Océan Pacifique : mais nous fuyons ses lames monumentales et son tonnerre, et nous allons mouiller en paix au Nord dans une belle baie bien abritée de l'île d'Yesso. Le lendemain, grand événement pour moi, je débarque au Japon, dans la ville de *Hakodadi*, entourée de montagnes à l'aspect volcanique.

Aucun navire pour me sortir de là, car il n'y a que des Jonques, et Mourawieff va à Yeddo (voyage diplomatique). Que faire ? et que vais-je devenir ? Mais me voilà encore sauvé par l'arrivée providentielle d'une canonnière sur laquelle le Général, mettant le comble à ses faveurs, m'embarque pour Shang-Haï. Il m'embrasse avec tant d'effusion, que c'est avec un déchirement de cœur que je lui dis adieu, pour ne le retrouver que de longues années après, à Gélos, près de Pau, où il passa plusieurs hivers.

Le 25 juin, je pars sur la « Djiguit », balancée par des lames prodigieuses, dont l'écume, soulevée par le vent, semble un rideau d'éclairs, et gronde comme le tonnerre. Le Pacifique fait tout en grand. En rentrant, au Sud-Ouest, dans la mer du Japon, nous retrouvons le calme, mais le quatrième jour, éclate soudain un effroyable cyclone. Du fond d'un horizon sanglant, il arrive comme la foudre : c'est un *typhon*, la terreur des marins.

Il fait nuit en plein jour. Là mer n'est plus qu'un vaste enfer de pyramides d'écume, hautes de quinze à vingt mètres, qui fument comme des volcans, et sifflent comme des couleuvres. Entr'elles s'ouvrent des cratères tout noirs, des abîmes d'eau sans fond visible, où il fait calme, car ils sont abrités. Sur la lune qui a l'air irritée, des nuages hideux, blafards et en lambeaux, passent comme des vols d'obus. On dirait que la terre a cessé de tourner, et qu'eux ont continué. Les oiseaux affolés, emportés par des trombes, tournent en cercles, en spirales, et tombent enfin comme des cailloux dans l'eau, où flottent partout des baleines mortes, ventre en l'air, asphyxiées par l'écume. Et quel vacarme ! Quels hurlements ! Le rugissement du vent, qui semble tomber verticalement sur nous, étoufferait les clameurs d'une bataille ! Un tel spectacle, où la désolation se mêle à la fureur, est non seulement tragique, mais terrifiant. On dirait que cette mer est maudite... Mais comme je veux tout voir, je reste dehors, sur la dunette, en m'accrochant partout, pour ne pas être lancé dans la fournaise d'écume qui gronde autour de nous comme le tonnerre des cataractes de Niagara.

Arrivés au *Détroit de Corée*, des vents contraires nous y retiennent trois jours, en face de l'île fleurie de *Tsoushima*, devenue depuis si tristement, mais en même temps si glorieusement célèbre I Ensanglanter un aussi beau pays semble un outrage à la nature, et plus encore à son Auteur. Un peu plus loin, une pyramide énorme haute de 1.800 m., sort de l'eau d'un seul jet : c'est l'île *Quelpaërt*, dont l'isolement lui donne une majesté extraordinaire.

Entrant alors dans la mer Jaune, je la trouve verte, et le lendemain, au contact du Fleuve Bleu, elle est jaune...

Le 7 Juillet, nous mouillons à *Shang-Haï*, douze jours après notre départ de Hakodadi.

Encore des cages contenant des têtes de suppliciés !... Ici, Hong-Kong devient mon objectif : mais le prix fantastique des vapeurs (dix livres sterling par jour !) me décide à attendre le départ d'un voilier. Rien n'est économique comme la navigation à voiles. Mes longs loisirs m'ayant rendu curieux, je vais un peu partout : concerts chinois, théâtres, mariages... Aussi, je me promène beaucoup le soir, et même la nuit, et plus d'une fois je me perds à minuit, seul et sans armes, dans les rues sombres des vastes quartiers Chinois : mais les passants me tirent toujours d'affaire avec la meilleure grâce du monde : Jamais il ne m'arrive la moindre mésaventure. La vie me semble plus sûre ici qu'à Paris ou à Londres.

Je fais bientôt la connaissance de tous les missionnaires Français, hommes admirables, hommes angéliques, type le plus pur de l'héroïsme. Oh ! quelle ressource pour moi ! Ils me traitent comme un frère, tout indigne que je sois de pareilles amitiés. Mais comme ils sont habillés en Chinois, et que beaucoup d'entr'eux ont même fini par perdre le type Européen, je passe souvent à côté d'eux sans m'en douter, tant ils ressemblent aux Asiatiques qui les entourent,... Influence des milieux sur la physionomie...

Les grandes chaleurs commencent (38°) : mais ce qui est autrement grave que la chaleur, même tropicale, c'est l'arrivée subite des *Tœpings* révoltés, qui, nuit et jour, bombardent à boulets rouges la ville Chinoise, d'où on entend sortir après chaque coup, des hurlements d'agonisants, des gémissements qui fendent le cœur. On débarque à la hâte toute l'artillerie des flottes avec leurs équipages. Le gouverneur de Shang-Haï lance une proclamation, avertissant les étrangers que tout Européen qui entrerait dans le quartier Chinois le ferait à ses risques et périls. Chacun s'arme jusqu'aux dents, et à l'hôtel, nous couchons tous dans la même chambre, au milieu d'un amas de fusils, de revolvers, de sabres cosmopolites, musée bizarre, qui malgré tout, nous donne un peu envie de rire. Mais le lendemain matin, quand la marée montante jette sur la plage une centaine de cadavres, nous devenons sérieux, et la pitié nous mouille les yeux.

Je supprime mes promenades, même diurnes, et découvrant enfin un petit brick prussien en partance pour Hong-Kong, je m'y embarque le 7 août. Sortant des flots bourbeux et jaunes du Yang-tsé-Kiang par un orage épouvantable, notre pauvre petit bateau tremble comme une feuille secouée par la tempête. Il va à la dérive, et nous frôlons de quelques mètres une jonque énorme à l'ancre. Mais ce n'est rien : d'autres émotions m'attendent... Le capitaine est si avare, qu'il me fait presque mourir de faim : il n'y a même pas de pain, il n'y a que des biscuits, que des vers font sauter sur la table, et un poulet par jour doit suffire à trois hommes !

Et quelle navigation ! Toujours des vents contraires, des calmes ou des tempêtes ! Mon caractère s'aigrit, et je soupire après la terre. Un jour, j'en vois quelques lambeaux à l'Est, mais loin, bien loin, et voilés de vapeur : C'est l'île alpestre et sombre de *Formosa*, dont les montagnes, noires de forêts impénétrables, traversent les nuages et se perdent dans l'azur embrasé des tropiques.

Ici, houle colossale, phénoménale, venant du Sud : des collines d'eau. A tout moment, notre bateau-mouche descend et disparaît dans des abîmes et des vallons liquides, où sa mâture elle-même est dominée par des lames aussi hautes que les dunes du désert. La nuit, quand on ne voit plus rien que de l'écume phosphorescente, pendant ces ascensions et ces engloutissements, l'effet est fantastique et laisse une impression d'effroi. Heureusement qu'il fait calme... Mais cela nous empêche d'avancer : aussi, ce n'est qu'au bout de quatorze jours de mer que nous entrons enfin dans la rade de *Hong-Kong*.

J'y débarque non seulement sans argent (mes lettres allant en Australie depuis six mois), mais sans connaître personne : situation grave, surtout avec la perspective d'être obligé d'y attendre plusieurs mois le départ d'un voilier pour Melbourne. Mais le propriétaire de l' « Oriental Hôtel » me donne généreusement une chambre, avec crédit illimité, sans rien me demander, pas même mon nom ! C'est dans ces grands voyages, où l'on reçoit tant de services, que l'on constate le mieux les bons côtés de la nature humaine, qui est plutôt faible que méchante. Que serais-je devenu, sans les services qu'on m'a rendus partout ?

Long séjour à Hong-Kong, mais pas triste, les hommes et la nature m'y procurant les distractions les plus variées. Les officiers des deux marines, Française et Britannique, depuis les amiraux jusqu'aux plus humbles enseignes, sont si aimables pour moi, et m'offrent si souvent l'hospitalité à bord de leurs navires, que je vis plus en mer qu'à terre, où je dîne bien rarement. Je mène une vie charmante. Mon âme serait sans nuages, s'il n'y avait pas six mois que je n'ai reçu des nouvelles de chez moi... Cela jette un voile sur mon bonheur. Mais les *typhons* m'arrachent souvent à mes méditations et secouent ma tristesse : devant de tels spectacles, impossible de penser à autre chose, car c'est le comble du dramatique et du terrible : ruines et naufrages partout, et souvent même des hécatombes humaines. Le lendemain d'un de ces ouragans, un grand navire de guerre anglais arrive sans mâts et sans son artillerie, qu'il a dû jeter à la mer pour ne pas chavirer ou couler. D'autres malheureux navires dont il ne reste que la carcasse, sont roulés par le vent jusqu'au milieu des champs, à un mille de la mer ! On dirait des barriques colossales !

Entre deux typhons, je vais à *Macao*, colonie Portugaise : beau concert militaire, où Rossini et Bellini font battre mon cœur, en évoquant l'Europe, et mes plus tendres souvenirs. Rêveries, tristesse, et ascension torride de la colline mélancolique où dorment les mânes illustres de Camoëns.

Longue visite à *Canton*, dont la rivière bourbeuse, et les brouillards me rappellent Londres et la Tamise. Mais que de choses à voir ! Jardins d'Armide et bateaux-fleurs, cafés chantants, à musique infernale, tours solitaires dont on ne connaît ni le but ni l'histoire (comme en Irlande...), longues files de cinq ou six aveugles, se tenant par la queue, et pieusement remorqués par un borgne : bazars bruyants, multicolores, et temples Bouddhiques, sanctuaires crépusculaires et violacés, où des bonzes en robes jaunes chantent et hurlent à tue-tête, avec accompagnement de castagnettes, d'encens, de cigarettes, de gestes de possédés, et de guitares : et puis, cinq cent mille âmes à flot sur la rivière... En somme, plus rien d'Européen. Hong-Kong est l'Angleterre, Canton est la vraie Chine.

*Bataille de Magenta !* Nous l'apprenons des deux côtés du monde, par l'Amérique et par l'Egypte (avant l'époque du télégraphe) : nouvelle sensationnelle, surtout pour moi, ma mère étant cousine germaine du maréchal de Mac-Mahon.

Revenu à Hong-Kong, j'y fais continuellement à pied, par hygiène et par goût, l'ascension de *Victoria Peak* : il en résulte que je me porte comme dans les Pyrénées, c'est-à-dire à merveille, échappant à la fièvre redoutable de Hong-Kong affreux mélange de choléra et de fièvre jaune. Enfin le 6 Novembre, je pars pour l'Australie, sur un navire chilien.

Encore 64 jours de mer ! mais je n'en dirai rien ; ce serait, monotone. Je veux seulement rappeler les splendeurs tropicales, les merveilles, les enchantements des îles fameuses, *Sumatra* et *Java*, leurs parfums enivrants, le chant nocturne de leurs oiseaux, leurs forêts gigantesques, leurs montagnes vaporeuses et bleuâtres, où les arbres montent à 4.000 mètres, leurs cocotiers flottants, véritables îles mouvantes qui se promènent sur l'eau, ou elles ondulent comme des navires, danger sérieux pendant la nuit : mais tous les soirs nous jetons l'ancre dans des rades silencieuses et profondes où n'est jamais entré une vague. Alors commence dans les forêts le hurlement des tigres qui se perd dans la nuit, et qu'on n'entend jamais sans émotion, même du pont d'un navire. Tout cela redouble ma passion des voyages, et me réconcilie avec la mer et la navigation. Pourrai-je jamais rester tranquille, après cinq ans de vie nomade ?

Un mot aussi du majestueux volcan *Krakatoa*, au pied duquel nous restons plusieurs jours accalmis, et destiné à devenir depuis si tristement fameux par son engloutissement dans les flots irrités du Détroit de la Sonde, pendant le mémorable tremblement de terre qui désola ces belles régions vers 1883, et fit près de cent mille victimes !

A *Anjiers*, petite ville de Java, j'envoie quatre lettres à ma famille, mais elles se perdent : c'est le seul accident arrivé à mes lettres pendant tout mon immense voyage.

Dans l'Océan Indien, nous essuyons tant de tempêtes, avec des intervalles de calme mille fois plus irritants, que nous errons pendant trois semaines dans toutes les directions, sauf la ligne droite, à l'ouest de l'Australie. Le 30 Décembre, retentit le mot « Terre » ! Oh ! joie suprême ! Mais non ! la délivrance est encore loin, et comme nous sommes le jouet des vents toujours contraires, nous allons mettre encore dix jours à faire les 300 milles restant ! Enervement universel à bord : tout le monde se dispute... Enfin, après plus de deux mois de mer, nous mouillons à *Melbourne*.

En débarquant, le 10 janvier, je m'élance, non, je « vole » à la poste, avec une émotion indescriptible : j'entre comme un fou, et oh ! bonheur ! je trouve tout un monceau de lettres de ma famille : pas une ne s'est perdue, bien que plusieurs soient décachetées par le soleil : on les a respectées... Je tremble en les ouvrant : mais un éclair de joie me passe sur la figure et le cœur, après les avoir lues ! On a pensé à l'exilé ! On m'aime, on me chérit à Bagnères-de-Bigorre, et personne n'est malade ! Un tel bonheur n'a pas été chèrement acheté par neuf mois de silence !

Etrange pays que l'Australie, qui ne ressemble à aucun autre ; pays de tous les paradoxes... Vous allez voir !... Des rivières mal élevées (ou plutôt « peu » élevées), qui ont la singulière manie de se promener à l'intérieur des terres, en tournant le dos à la mer : un climat si bizarre, que le lendemain d'une journée africaine, il faut du feu ou des fourrures : de sombres forêts d'*Eucalyptus*, grands comme des cathédrales, mais si espacés, si insociables, qu'on peut toujours galoper dessous à cheval, comme sur un hippodrome : des feuilles jamais horizontales, mais verticales, en sorte que sous un arbre, il n'y a pas d'ombre ! Du bois qui ne flotte pas (*iron bark*), et des cailloux qui flottent comme des bouchons : des perroquets qui ont tous le catarrhe, des cygnes noirs comme de l'encre, et de grosses bêtes très laides et maladroites qui ne peuvent circuler qu'en sautant sur leur queue, comme des poissons qui remontent un courant.

Et puis, il y a les vastes plaines jaunes, mélancoliques et incommensurables, où la tempête souffle de partout, et sur lesquelles se dressent des collines solitaires et violettes, plus nues que l'Arabie, et ressemblant à des fantômes aussitôt qu'il fait nuit. Dans un pays si singulier, où tout est au rebours, on est presque étonné de découvrir que le soleil se couche à l'ouest. Cela semble banal et excentrique.

Et cependant, pour peu qu'on ait les goûts sauvages, on se passionne tout de suite pour cette nature farouche et inviolée, où tout est mystérieux et gigantesque : on est hypnotisé par son aridité et sa virginité, car le désert et l'inconnu fascinent toujours. C'est ce qui m'arriva, et à peine débarqué, mon imagination prit feu comme de l'étoupe. Malheureusement, mon corps faillit en faire autant.

Le 21 Janvier, en route pour *Castlemaine*, je fis cent kilomètres sur le haut d'une malle-poste, en plein soleil, sans parasol, et exposé, pendant huit mortelles heures, à une température solaire de 64 centigrades, alors qu'à l'ombre et sous les arbres, elle se maintint à 49°, la plus élevée, la plus épouvantable que j'ai jamais subie. Et il soufflait une vraie tempête, le simoun embrasé du désert, dont les rafales semblaient avoir passé sur une fournaise, ou sortir du cratère d'un volcan. Les oiseaux foudroyés tombaient morts, et les forêts lointaines, tourmentées par le vent et allumées par le soleil, formaient à l'horizon un rideau rouge de flammes livides et menaçantes, qui se tordaient comme des serpents. Quand les bouffées de vent venaient de là, ce n'était plus de l'air qu'on respirait, c'était du feu, comme si la bouche s'ouvrait sur un brasier. Cela durait depuis trois jours, et même les nuits étaient insupportables, les minima ne descendant jamais au-dessous de 45°: autrement dit, 45° à *minuit* ! Impossible de dormir. A Castlemaine, je passai toute la nuit à inonder mon lit, l'eau y séchant à l'instant même, comme si je la jetais sur du fer rouge ! J'avais beau me rappeler la Sibérie, et ses cinquante degrés de froid, cela ne me rafraîchissait pas ! Mais on a vu encore plus fort que cela, dans le désert central du continent, où Sturt, son plus fameux explorateur, constata une fois 55° centigrades à l'ombre, et 71° au soleil !

Le 22 Janvier, en route pour chez un vénérable « squatter » je fis encore 30 kilomètres à côté du cocher, par 48° à l'ombre, mais j'étais au soleil... Cette chaleur meurtrière dura encore quelques heures, et à cinq heures du soir, il faisait encore 42°, quand tout-à-coup, le vent vira au sud (côté du pôle austral) et en moins d'un quart d'heure, le mercure descendit à vue d'œil, de 21 degrés ! La nuit fut froide, et les journées suivantes si fraîches, qu'il fallut faire du feu !

Voilà donc un climat qui, dans tout autre pays aurait une triste réputation : et cependant) malgré ses incroyables caprices, et sa sécheresse calamiteuse, malgré l'alcoolisme qui règne partout en Australie, où neuf personnes sur dix sont des bouteilles ambulantes, et où les seuls gens sobres sont les Chinois, malgré tout cela, la race Européenne est belle et forte : les femmes sont fines, souples et gracieuses, les hommes sont des géants, d'une énergie et d'une virilité devenues légendaires et il est sûr qu'ils se portent à merveille : mais avec leur barbe noire, leur teint bronzé, leur air farouche, leurs bottes énormes, et leurs allures grossières, on les prendrait souvent pour des brigands de la Calabre, brutalisés par l'alcool. En somme, population peu sympathique, très peu honnête, très ignorante, et ne songeant qu'à s'enrichir.

Quelle différence avec *Sydney*, l'Athènes de l'Australie, ville artistique et littéraire, pleine de charmants causeurs, de gens serviables, et de ressources intellectuelles. C'est là que j'arrivai après quatre jours de traversée depuis Melbourne. Quelle baie ! une des merveilles du monde ! Une fois entré, on ne voit plus la mer, quoiqu'on l'entende mugir. C'est une espèce de lac, dont les eaux toujours bleues et limpides rayonnent dans toutes les directions, comme une immense étoile, et s'insinuent dans l'intérieur des terres en longs et silencieux méandres, à l'ombre de parcs superbes et de collines d'émeraude, où d'élégants castels, tout habillés de lierre, laissent voir leurs tours et leurs créneaux dans des vallons rustiques. Au sud, s'étendent à perte de vue des sables et des bruyères, où siffle éternellement le vent des mers, et tout au fond de l'horizon, à l'Est, ondule dans la vapeur la vague silhouette des Montagnes Bleues. Sydney est une charmeuse, c'est une Sirène : mais même ici, que de buveurs et de buveuses ! C'est révoltant... Etre sobre en Australie est une espèce de ridicule !

Fils d'une Française, ce ne fut pas sans une vive émotion que je portai un jour mes pas vers la fameuse *Botanybay*, où disparut à tout jamais l'infortuné de La Pérouse, en 1788, comme le rappelle une touchante inscription en français sur un petit obélisque blanc dressé sur le rivage. C'est à dix kilomètres de Sydney.

J'étais triste et pensif, quand je quittai cette reine de l'hémisphère austral, bien que ce fut pour la Nouvelle-Zélande, dont les splendides montagnes allaient sans doute me rappeler les Pyrénées. Comment se fait-il donc qu'elles me donnaient des idées noires, et me rendaient rêveur, pour ne pas dire nerveux, au lieu de me réjouir ? Etait-ce un mystérieux avertissement de la nature ? un sombre pressentiment de ce qui allait m'y arriver ?... Me voilà donc encore en mer, le 14 mars, préoccupé, soucieux, et faisant face aux antipodes.

Pluie froide, grande brise du S.-S.-E., albatros affamés, majestueux, mais bien moins gros que ceux des mers de la Patagonie, qui sont les plus énormes oiseaux du monde actuel. Le 21, entrée dans le *Détroit de Cook*, aux eaux fumantes, pleines de courants, et toujours tourmentées : étrange et saisissant contraste avec le calme de l'immense baie qui s'ouvre à droite, celle de *Nelson*, où nous mouillons après sept jours de mer.

Là, à quatre pas des antipodes, je suis saisi d'une émotion poignante : Je devine et je sens que j'ai mis toute la terre entre moi et ceux que j'aime. Un magnifique sauvage, un superbe Maori, qui se promène fièrement sur le rivage désert de sa patrie, me le rappelle et me le prouve, et pour la première fois, il me prend des idées de retour ; je m'imagine être las de voyager : ... mais ce n'est qu'une faiblesse passagère, une illusion, puisque j'en ai encore pour dix-huit mois ! Et je bondis d'un pied léger sur cette terre poétique, en saluant ses montagnes, au pied desquelles me sourit la jolie petite ville de *Nelson*, avec ses élégants chalets, ses maisonnettes gothiques et ses églises.

Mais quel pays pluvieux ! On dirait qu'il y tombe toute la pluie qui manque à l'Australie ! Que de contrastes entre ces deux terres voisines ! Contrastes inouïs d'aspects et de climats, de flore, de faune, de mœurs et de physionomies... L'alcoolisme de leurs colons est leur seul point de ressemblance. L'intempérance est le fléau de ces deux colonies : au moins deux heures par jour se passent à boire, et quelles boissons ! du feu liquide ! Mais je ne suis pas venu pour étudier les hommes, et la nature va me suffire. Je veux lui être fidèle.

J'escalade donc « *Dunn Moutain* » haute de 1.400 m., et dominant Nelson au Sud. Je vois tout le détroit de Cook, pour une fois sans brouillard, et au-delà, dans l'île du Nord, le sommet volcanique de l'*Egmont*, dressant ses neiges à près de 3.000 m. au-dessus des flots qui rongent sa base. Voilà ma vieille passion des ascensions qui se réveille soudain après un long sommeil, et sur le champ je me décide à attaquer, au beau milieu de la grande île, c'est-à-dire à 200 km et au sud de Nelson, deux fiers sommets de 3.000 m., les monts *Kaïkoras*, qui n'ont pas encore vu la face auguste de l'homme (bien que, sans doute, ils aient été gravis depuis).

Des oiseaux sans méfiance et espiègles (qui plus tard, n'hésiteront pas à partager mon déjeuner) décrivent autour de moi des cercles de plus en plus restreints. Innocentes et naïves petites bêtes ! Celles-là ne se grisent pas, et je commence à les aimer ! Mais un affreux brouillard les chasse, et saisi par le froid, je descends au plus vite, à travers des forêts de sapins gigantesques, par une pluie diluvienne. Sept fois dans ce trajet ma retraite est coupée par des torrents furieux et pleins d'écume : mais comme il n'y a ni ponts, ni bacs, il faut bien les braver, et je les passe plutôt comme un poisson, que comme un homme. Bonne leçon pour plus tard !...

Au mois d'avril (fin de l'automne dans ces pays), départ pour les *Kaïkoras*, seul et à pied, avec le moins de charge possible : je n'ai même pas de sac. J'ai une grosse canne, une espèce de massue, et je remplis mes poches de bas, de cols et de mouchoirs. Quant à la nourriture, comptant sur les auberges, je n'emporte pas de vivres ; aussi je me sens libre comme un oiseau et presque aussi léger.

Ce qui m'inquiète un peu, c'est qu'entre Anglais et Maoris, l'état de guerre existe encore, bien qu'elle tire à sa fin. La paix n'est pas signée, et on se bat encore de temps en temps. Que va-t-il m'arriver, si dans les solitudes où je vais disparaître, je rencontre des sauvages mal élevés, à mauvais caractère ? Vont-ils me tordre le cou, pour me manger après ? Comme cela leur serait facile ! Les Maoris passent pour très chevaleresques : mais est-ce bien sûr ?... Quant à être dévoré, ma maigreur me rassure, et je pars.

Malheureusement, à cette époque, les longs voyages pédestres dans la Nouvelle-Zélande étaient très compliqués, par le fait qu'il y avait peu d'auberges, et qu'elles étaient souvent à 40 ou 50 kilomètres l'une de l'autre. Puis il n'y avait ni ponts ni bacs pour traverser les innombrables torrents, qui descendent des montagnes. Que de fois je faillis m'y noyer ! Il fallait, ou nager, ou passer à cheval, mais ce n'était jamais facile, malgré l'adresse extraordinaire des chevaux du pays. Quant au piéton, sa position était souvent critique.

Mais n'anticipons pas... Me voilà donc en route pour un voyage pédestre à l'intérieur très montagneux de la grande île. Première étape très courte, 12 kilomètres : auberge.

Ici je trouve un Maori, un phénomène ! un colosse, un hercule et un ogre ! Quels muscles ! C'est une espèce de lion, y compris la crinière. Imaginez un lion debout. Comme il va repartir, il m'offre aimablement de m'escorter au sommet d'une montagne où nous passerons la nuit dans un lit de fougères : il dit qu'on a très chaud dans les fougères... : j'hésite... est-ce un anthropophage ? Je ne crois pas. Malgré son air féroce, sa franchise saute aux yeux, son sourire est honnête : bref, il m'inspire confiance. Et puis, quelle poésie, quel charme étrange dans cette idée d'aller coucher sous les étoiles du monde austral avec un vrai sauvage ! Quel roman ! Comme il parlait anglais, nous aurions pu causer. Mais il fait sombre, humide et froid : le temps menace, et je refuse. Heureuse inspiration, car aussitôt mon Maori parti, il arrive un déluge.

Le lendemain, tempête et pluie battante : passage scabreux d'un gros torrent gonflé. Forêts superbes, mais ruisselant de pluie, comme moi, et ascension du *Mocotan*, montagne de 1.300 m., où la boue coule comme de la lave. Sur le sommet, rencontre subite de cinq ou six chefs Maoris horriblement tatoués, la peau rayée comme celle des pierres, et escortant leurs femmes, auxquelles ils me présentent avec une bonhomie si naturelle, si franche et si aimable, qu'ils ne m'inspirent aucune méfiance, malgré la guerre, qui dure toujours. Ce sont des « *gentlemen* » tatoués. Ils sont charmants, parlent assez bien anglais, m'offrent même des vivres ; et ne me laissent partir qu'après les plus cordiales poignées de mains. Décidément, il y a du bon chez les sauvages.

Les nuages crèvent, la pluie cesse ; vue splendide au midi, à sept ou huit cents mètres de profondeur, sur une mer de forêts, où bientôt je m'arrête pour goûter sur un tronc renversé : et là, à peine assis, je suis couvert d'oiseaux qui voltigent et se posent sur ma tête, sur mes épaules et mes genoux, mangent mes miettes, me regardent dans les yeux, et me donnent un concert. Est-ce une faiblesse d'avouer que je suis attendri jusqu'au cœur, par la confiance aveugle que me témoignent ces affectueuses et jolies petites bêtes, qui n'ont probablement jamais encore vu l'homme, et ne savent pas combien il est méchant ? Aussi, je n'y touche pas : j'en rougirais : ce serait profaner l'innocence ! Me voilà deux romans en un jour : l'amitié des oiseaux, et celle des Maoris ! Bonnes fortunes inconnues en Europe ! Mais en Europe, il y a des ponts, et comme ici il n'y en a pas encore, chaque passage de torrent est un événement grave, souvent même redoutable, pour un piéton incorrigible comme moi, même en sachant nager : et me voici déjà à mon second torrent pour aujourd'hui. A 34 km de mon point de départ, je suis arrêté net par une espèce de « gave » pyrénéen, le *Pelorus*, large d'environ 80 mètres, avec une profondeur moyenne d'un mètre, et un courant d'au moins dix kilomètres à l'heure. Je renonce à passer, quitte à manquer tout mon voyage, et à refaire mes 34 km du matin : mais arrivé au bord de l'eau, je trouve une corde providentielle, tendue d'une rive à l'autre : je suis sauvé ! Je la saisis, je m'y accroche, je m'y suspens, et mettant mon costume sur ma tête et autour de mon cou, je passe en frissonnant de froid et d'émotion, avec la certitude que si la corde cassait, je serais emporté comme une plume. Sur l'antre rive, je me sèche au soleil, puis la nuit fond sur moi : Je passe une autre rivière au milieu des ténèbres, dans un bateau abandonné que je dirige moi-même, et assez fatigué, après une forte étape de cinquante kilomètres, j'arrive très tard à l'hôtellerie *Wilson*.

Le troisième jour, je perds de vue le ciel et la lumière dans une forêt d'arbres prodigieux, sous lesquels n'a jamais pénétré un rayon de soleil ; c'est un Erèbe. Solitude absolue : il n'y a même pas d'oiseaux : ils y perdraient leurs voix et leur gaieté : je n'entends que le chant des ruisseaux, et au loin, les clameurs de la mer. En sortant subitement des forêts, je retrouve la lumière : on dirait un lever de soleil : et à cinq heures, je débouche par le nord sur la vallée grandiose et tout-à-fait alpestre de la *Waïrao*, courant de l'ouest à l'est, et dominée par des géants de neige et de granit. Mais ce qui gâte tout mon bonheur, et glace mon enthousiasme, pour ne pas dire mon sang, c'est la nécessité de traverser avant la nuit, sans pont, ni bac, ni corde, l'impétueuse Waïrao, rivière folle, écumante et profonde, où dans une foule d'endroits, il y a plusieurs mètres d'eau. Et quelle eau ! C'est de la neige fondue. Sur l'autre rive, mais à trois kilomètres de distance, au milieu d'une grande plaine désolée, j'aperçois un point blanc : c'est la petite auberge où je coucherai cette nuit, si jamais j'y arrive... mais il n'y a plus qu'une heure de jour... Est-il vraiment possible de traverser à pied ? J'en doute : j'en suis inquiet, mais il faut bien livrer bataille, sous peine de coucher là par terre, tout seul, sans vivres et sans abri. Sachant nager, je n'hésite plus, car le temps presse, et j'entre enfin dans l'eau sans me déshabiller. Si je puis aller droit, je n'ai que 300 mètres à faire, et mon gourdin pourra m'aider à ne pas chavirer. Je prends donc au plus court et tout va bien jusqu'au milieu, où je me crois sauvé : mais là je trouve un trou, et je perds pied dans deux mètres d'eau filant avec une telle vitesse, que je commence à perdre aussi la tête. Impossible de marcher, impossible de nager, et dans un tel courant, pivoter sur soi-même pour revenir en arrière étant encore plus impossible, je reviens à reculons à mon point de départ, gelé, découragé et épuisé, car depuis ce matin, j'ai déjà fait 43 km. Mais comme il faut passer, n'importe comment, je me décide à traverser en diagonale, en suivant le courant, quitte à nager partout où je ne pourrai plus faire autrement. Et c'est ainsi que je finis par triompher de mon ennemie, juste à la nuit tombante, après avoir mis plus d'une heure et demie à franchir un torrent de l'autre côté duquel j'aurais facilement pu jeter une pierre ! Plus mouillé qu'un poisson, je dévore comme un fou les derniers kilomètres qui me séparent encore de l'hôtellerie *Goodman*. Total de la journée, une des plus dures de mon voyage, 46 km.

Le lendemain, repos : puis une étape de 40 km, me mène à une belle ferme qu'occupe, avec sa femme et ses nombreux enfants, un berger écossais, véritable patriarche, dont, l'affectueux accueil et l'hospitalité ne sortiront jamais de ma mémoire. Il s'appelle Anderson.

Ici le monde semblait finir. Cette jolie maison blanche, entourée d'eaux courantes, de verdure, de précipices et de forêts, au fond des solitudes de la Nouvelle-Zélande, aurait ravi le cœur d'un moine ou d'un poète. La vie y était simple, frugale et douce : les bruits et les passions du monde n'y pénétraient jamais, et moi qui depuis tant d'années courais partout à la recherche du bonheur, j'enviais le calme et la sagesse de ceux qui savaient vivre heureux sous un toit aussi humble.

Et cependant, c'est là que commencèrent mes infortunes ! N'oubliant pas le but de mon voyage, je partis, un matin, par un temps magnifique, à la recherche des Monts *Kaïkoras*, qui n'étaient plus qu'à une journée de marche de la ferme d'Anderson, mais encore invisibles. Le bon berger m'avait donné des instructions pour mon itinéraire : malheureusement elles étaient vagues, et il y eut un malentendu fatal, terrible, qui faillit me coûter la vie. Si je ne m'étais pas perdu, j'aurais dû arriver en trois heures à une autre ferme, où on m'aurait donné le gîte et le couvert. Trois heures de marche..., une simple promenade..., une sorte d'apéritif !... Aussi, *je ne pris pas de vivres...* Fatal oubli, folle négligence, dans un pays où tant d'Européens se sont déjà perdus, et sont morts de fatigue ou de faim !

Escaladant d'abord le *Rocky Gill*, haut d'un millier de mètres, je m'y arrête longtemps dans la contemplation des deux grands pics dont je vais faire l'assaut. C'est leur première apparition. Les voilà, de la base au sommet, neigeux, arides, en ruines, mais fiers de leur splendeur, tandis qu'autour et au-dessous de moi, ondulent à perte de vue des chaos de montagnes plus chauves que des vautours, mais drapées de forêts jusqu'aux deux tiers de leur hauteur. Les forêts sont la gloire de ces vastes solitudes inviolées. Mais ce n'est qu'une vision fugitive : car à peine ai-je quitté la cime du Rocky-Gill pour descendre au midi, selon les instructions, reçues à mon départ, que tout s'éclipse et disparaît, soudain dans un affreux brouillard, où je me sens absolument perdu, sans trace aucune, sans carte et sans boussole, et qui pire est, sans vivres, puisqu'à trois heures de la ferme Anderson, je devais en trouver.

Déjà commence mon long martyre. Mon seul espoir, c'est que l'arête aiguë et très scabreuse qui descend au midi, c'est-à-dire dans la bonne direction, n'en prendra pas une autre, ne se bifurquera pas, et qu'elle me servira ainsi de guide. Hélas ! elle se partage en trois tronçons ! Elle se « trifurque » ! Je prends alors à tout hasard, et par une pluie battante, la crête de droite qui, par malheur, devient bientôt vertigineuse, et aboutit à un marais spongieux absolument impraticable. La nuit arrive et me démoralise, les épines me déchirent, je suis saturé d'eau, et n'ayant rien mangé depuis l'aurore, je suis déjà très affaibli. Mais reprenant courage (car il le faut...), je remonte à grand peine jusqu'à la fourche fatale, où mes forces diminuent rapidement. Ensanglanté par les épines et les rochers, et dévoré de soif sans trouver d'eau, (fatalité bien rare dans la Nouvelle-Zélande), je lèche avec transport les feuilles trempées des arbres, où la tempête gémit d'une voix lugubre. C'est là tout mon dîner ! J'essaye alors la crête centrale, mais elle ne vaut pas mieux que l'autre. A peine ai-je descendu de 200 mètres, que je suis submergé, englouti dans un fouillis inextricable de plantes énormes, plus hautes que moi, aussi saturées d'eau que des éponges, et recouvrant un vrai chaos de pierres, où dans la brume et les ténèbres, je risque de me briser les membres.

C'est bien fini pour aujourd'hui ! Il n'y a plus rien à faire qu'à coucher là ! Il fait nuit close, et découvrant enfin une petite source, je m'allonge à côté, sans avoir pu trouver le moindre abri contre le déluge glacial qui ne cesse de tomber.

Je me crois seul, et c'est bien naturel... mais pas du tout... A peine suis-je installé au milieu des épines et des ronces, qu'un grognement sourd sort d'à-côté de moi, et quelques sangliers s'enfuient en brisant tout sur leur passage. Nuit désastreuse ! Mais l'épuisement me fait un peu dormir ou sommeiller, et la pluie cesse vers le matin : il fait même assez beau, et l'ange de la jeunesse volant à mon secours, il me suffit de voir le bleu du ciel et le soleil pour retrouver en cinq minutes l'espoir et le bonheur, pour ne pas dire mes forces, tant le moral agit sur le physique ! Et me voilà sautant comme un chamois sur les rochers, où je chante à tue-tête des airs de la *Somnambula* et de *Norma*.

Revenu à la perfide « trifurcation » J'essaye alors l'arête de gauche : c'est la seule qui me reste, et si celle là me trahit à son tour, si elle ne me sauve pas, je suis perdu. Mais elle est plus aimable que les autres, puisqu'à sa base, je finis par trouver le torrent dont Anderson m'a tant parlé, en me recommandant d'en *remonter la rive*... L'ai-je mal compris ? S'est-il mal expliqué ? Question poignante et inutile, car nous ne le saurons jamais. Toujours est-il que j'aurais dû *descendre* le long de ce torrent fatal, et que je fis tout le contraire, Il faillit me conduire au tombeau...

Arrivant vers midi au confluent de deux ruisseaux, au-dessus desquels se hérissent des parois presque à pic de mille mètres, formant un « cirque » Pyrénéen et une barrière infranchissable, je suis saisi du plus affreux pressentiment, car il est clair que dans des solitudes aussi épouvantables, où rien ne saurait vivre, il est bien inutile de chercher une maison ou un homme, qui n'y a même probablement jamais paru. Un sauvage aurait peur de ces lieux ! Je suis perdu, aussi perdu que si j'étais sur le Pôle Nord, et cette fois sans espoir, car mes forces me trahissent tout-à-fait : elles s'en vont, je n'en ai plus, et je n'y vois plus clair. Machinalement, et je ne sais pourquoi, je pousse un long cri de détresse, auquel répondent en chœur les échos d'alentour, comme s'ils tressaillaient d'émotion au son d'une voix qu'aucun d'eux n'a jamais entendue. Demain sans doute je vais m'éteindre ici, tout seul, et sans même que personne pense à moi, car je ne suis attendu nulle part. Pendant des mois entiers, je ne laisserai aucun regret.

Tout à coup un mouton égaré passe à cent mètres de moi, et à cette vue, tout mon sang se rallume et bondit dans mes veines, Oh ! si je puis le tuer !... Car j'ai des allumettes, il y a du bois, je pourrai le faire cuire... Je m'arme d'une pierre, mais impossible de la lancer : mon bras déjà trop faible me refuse son service, et retombe sur ma hanche comme du plomb. La pauvre bête disparaît, et la poursuivre m'est aussi impossible que si c'était un cerf ou un oiseau, car mes jambes peuvent à peine me porter.

Il est six heures, et dans une heure, une seconde nuit va retomber sur moi, avec toutes ses horreurs, sa solitude, sa pluie battante et ses brouillards. Je reviens sur mes pas, en descendant le long du malheureux torrent, mais comme un somnambule, ou un enfant qui apprend à marcher, car il y a quarante heures que je n'ai rien mangé. Mais l'appétit a disparu, je n'ai plus faim. Je m'éteins sans souffrir, comme une lampe... C'est le moral, hélas ! qui souffre... Je n'ai plus de courage, et c'est machinalement que je lutte contre mon sort. Et pourtant, j'aime encore la nature, quoiqu'elle me traite si mal ! Séduit par un tapis de mousse dominé par un arbre, et descendant mollement vers le torrent, je m'y arrête pour y passer une seconde nuit. La lune se lève, mais jamais l'astre si justement appelé « mélancolique » n'a éclairé plus d'infortune. Moi qui aime tant la musique des torrents, je suis tenté de maudire celle que j'entends là : c'est une insulte à mon malheur !

Aucun abri nulle part en cas de mauvais temps. Il y a beaucoup de pierres dans ce pays, mais très peu de rochers. Les Pyrénées sont plus hospitalières que cela. Et voilà que la pluie recommence au milieu de la nuit... J'implore le ciel d'avoir pitié de moi, j'invoque ses anges, je pense à ma famille, et la fatigue m'endort un peu calmé. Ma vie maintenant dépend du temps : c'est une question atmosphérique. Si le brouillard remonte demain matin, je me résigne à rester là, et à mourir solitairement sur cette pelouse, au fond d'une gorge de la Nouvelle-Zélande.

Réveillé plusieurs fois par la pluie qui m'inonde, je passe une nuit lugubre, la plus terrible et la plus désolée de ma vie : mais quand le jour paraît, le temps est idéal, la nature est en fête, et le torrent lui-même me semble avoir changé de voix depuis hier : elle est plus douce, et chante comme celle des Gaves Pyrénéens. Le soleil illumine les montagnes, dore leurs neiges, et mon âme se colore avec elles. Je suis sauvé, si j'ai encore la force de revenir à la ferme Anderson, en remontant au *Rocky-Gill*, c'est-à-dire de mille mètres, après quarante-huit heures de jeûne, et deux nuits de torture sans abri, sous une pluie torrentielle et glaciale.

Non seulement je chancelle en marchant, mais il me semble que je n'ai plus de sang, et voilà les vertiges qui commencent. Pourtant j'avance... Me voici revenu au pied du Rocky-Gill, vrai Calvaire, dont je vais commencer, l'ascension douloureuse, en me servant de mes quatre membres, car je n'ai plus la force de me tenir debout. Je monte, mais en rampant : cinq minutes d'ascension, cinq minutes de repos, montre en main. Cependant je m'élève : l'horizon s'agrandit, et déjà derrière moi, se dressent orgueilleusement, avec une majesté qui me semble une insulte au vaincu, les deux sommets immaculés que je n'ai pu gravir, et qui, tout fiers de leur virginité, font flamboyer leurs neiges au plus beau des soleils. ..Enfin, voilà le Rocky-Gill dompté ! Jamais une ascension ne m'a rendu si fier. Il est trois heures :je n'ai plus qu'à descendre : mais à deux heures de la bienheureuse ferme, je doute encore si je pourrais l'atteindre, tellement cette lutte suprême m'a épuisé. Ma descente est un rêve, car je dors en marchant : j'y vois à peine, je tombe contre des troncs d'arbres, j'ai besoin de secousses continuelles pour ne pas perdre tout à fait connaissance, car je sens bien que ce serait la fin... Aussi, à peine dans la vallée, je n'hésite pas à prendre un bain glacial dans le torrent, pour me donner une force artificielle et me galvaniser, car je n'ai plus qu'une étincelle de vie, et quand j'arrive devant la porte des Anderson, les yeux fixés par terre, la tête branlant sur la poitrine qui commence à râler, couvert de boue et de haillons, j'ai plutôt l'air d'un fantôme que d'un homme. Vaincu, brisé, anéanti par soixante heures de jeûne, trois jours de marches forcées, et deux nuits en plein air sous la pluie, j'ai perdu la parole, et je tombe en syncope.

Neuf jours après cette aventure, la plus grave de ma vie, j'étais pourtant guéri, tant la vitalité de la jeunesse est merveilleuse ! On dirait qu'elle n'a pas de limites ! Aussi après avoir appelé toutes les bénédictions du ciel sur la famille hospitalière dont les bontés inépuisables venaient de me sauver la vie, je repris en chantant et à pied le chemin de Nelson, mais par une voie plus longue et beaucoup plus « Alpestre » que celle par où j'étais venu. Ce fut vite fait : cinq jours de marche, pour un peu plus de 200 km, me ramenèrent à Nelson, que je trouvai tout en émoi, grâce à la guerre, qui s'était subitement rallumée : tous les colons étaient en armes.

Retraversant alors le turbulent *Détroit de Cook*, par une mer effroyable, toute en ébullition, je débarquai à *Wellington*, dans l'île du Nord, qu'habitent les neuf dixièmes des Maoris : en tout, une soixantaine de mille, bien plus nombreux (à cette époque) que les Européens : et parmi eux, un très grand nombre d'excellents catholiques. Pendant la guerre, qui empirait maintenant chaque jour, un de leurs *pahs* (villages) fut pris sans coup férir parce que c'était dimanche, et qu'ils étaient absents et en prières, ne s'imaginant pas que des soldats chrétiens pussent se battre ce jour-là !

Un jour, j'allai en voir un petite colonie à une douzaine de kilomètres de Wellington, seul et sans inquiétude, sachant fort bien que je ne risquais rien, et que malgré la guerre, aucun d'eux ne toucherait un cheveu de ma tête. Ils étaient une centaine, dispersés sur la plage, artistiquement drapés, comme des bergers Aragonais, dans d'immenses couvertures. Quels colosses ! quelles crinières et quels muscles ! Ils auraient terrassé un taureau ! Mais malgré leur tatouage, qui donne toujours un air féroce, on voyait tout de suite qu'ils étaient doux comme des agneaux. Un grand chef vint à moi, me demandant en assez bon anglais si la guerre de Crimée était finie ! Puis tous s'assirent autour d'un déjeuner appétissant de pommes de terre et de merluche, portes sur des plateaux en bois par de splendides jeunes filles. Ils m'invitèrent avec la meilleure grâce du monde à manger avec eux, et me voilà fraternisant sur une plage solitaire de la Nouvelle-Zélande avec des Maoris dont les parents avaient goûté de l'homme ! Quel roman ! Et que de Parisiens auraient donné mille francs pour prendre ma place ! Déjà je m'attachais à ces aimables et généreux sauvages ; mais comme ma sympathie pour eux devint plus vive encore, quand je vis mes voisins faire le signe de la Croix ! Et avec quelle ferveur et quelle solennité ! J'étais, sans m'en douter, dans un cercle catholique !

J'avais le plus ardent désir de traverser à pied toute l'île du Nord, et d'aller voir sa capitale, ses *geisers* et ses Volcans : mais la guerre me chassa, et le 3 mai, je m'embarquai à Wellington pour revenir à Nelson, où je trouvai des missionnaires Français qui, comme ceux de la Chine, me firent l'accueil le plus touchant et le plus fraternel. Quelle joie pour moi, de découvrir en tout pays des apôtres de la France ! Par miracle, le soleil m'accueillit à Nelson, où dans certaines saisons, l'air est si pur, si transparent, que l'on prétend y avoir vu les étoiles à midi, et cela d'après le dire de gens qui ne sont pas toujours capables de les voir à minuit : car les colons de la Nouvelle-Zélande n'y voient jamais bien clair après dîner...

L'hiver austral approche, et c'est dans une tempête de grêle que le 5 mai, je quitte ce beau pays, laissant à droite le majestueux volcan et les neiges de *Taranaki* : et quoique j'aie tant souffert, dans les montagnes de la grande île, je les regrette et je les pleure, à cause de leur magnificence. Leur en vouloir m'est impossible : il faut tant pardonner à la beauté !

Mer furieuse, temps affreux et glacial : mais je regarde maintenant l'Europe, je m'en rapproche, et en deux jours, j'ai déjà diminué d'un quart d'heure la différence entre son heure et la mienne. Cela me console un peu d'en être encore si loin, puis le soleil revient, la mer se calme, le temps devient superbe, et c'est le cœur léger qu'après neuf jours de mer j'entre à Sydney.

Je ne me lasse jamais d'aller lire et rêver, sous un ciel idéal et à l'ombre d'arbres splendides, sur les pelouses des « Jardins Botaniques », au bruit des flots, et aux sons d'un orchestre militaire, qui mêle ses mélodies à celle du vent sous les sapins, et me donne l'illusion de l'Europe. Oh ! oui, rêver est bien le mot ! Quand on est seul aux antipodes, on rêve toujours aux êtres chéris qu'on ne voit plus, car la distance les rend plus chers encore, surtout quand les magies de la nature viennent attendrir le cœur et l'enflammer, comme elles le font ici. Les soirées sont de vrais incendies : le couchant est en feu, et à travers les brumes dorées où le soleil ressemble à de la braise, j'aime à entendre mourir au loin le bruit des hommes et des fanfares.

Mais pour ne pas m'efféminer, et pour voir une merveille, je vais au « *Montagnes Bleues* », si bleues, qu'elles se confondent souvent avec le ciel à l'horizon de l'est. Chemin de fer jusqu'à *Paramatta* : puis, soixante kilomètres que je franchis à pied en deux étapes, dont la première est longue (48 km). Le second jour, halte à l'auberge de *Weatherboard* ; c'est là qu'est la « merveille » : un précipice en fer à cheval absolument à pic, profond de 3 à 400 mètres, et tombant sur une mer de forêts ténébreuses, où on entend des bruits étranges, des mugissements, des espèces d'explosions : c'est la tempête qui gronde dessous, même s'il fait calme à la surface. Comme on arrive au bord de cet abîme sans le savoir, l'effet est stupéfiant, surtout au crépuscule, quand les forêts d'en bas commencent à s'effacer dans les vapeurs du soir : car dans ce gouffre immense, on ne voit plus alors qu'une teinte noire uniforme où tout est confondu, l'atmosphère et le sol, et où plus tard la nuit donne l'illusion du vide, comme si la terre s'était ouverte, et laissait voir son intérieur. En vérité, tout est étrange en Australie !

Le 14 juin, je pars, non pour l'Europe, mais pour les Indes anglaises, sur le vapeur « Malta ». Départ touchant et solennel, car une flottille s'agite autour de nous, contenant les parents et amis désolés de ceux et celles qui partent, et pour si loin ! Mouchoirs et larmes. Puis un orchestre allemand, attaché au navire, joue sur le pont les airs les plus mélancoliques. Demain, il va semer sur l'Océan des chants plus doux que ceux du rossignol, ou de sombres mélodies que les flots en fureur et le vent semblent avoir inspirées. Le canon tonne, et nous voilà partis. Je reviens en Asie.

Treize jours de mer et de tempêtes nous mènent à *King George's Sound*, dans l'Australie Occidentale, où je débarque. Sauvages très noirs, farouches, souples et agiles, mais cannibales incorrigibles et forcenés, car non contents d'égorger les vivants, ils font la guerre aux morts, et les déterrent pour les manger après trois jours de sépulture... On en a dit beaucoup de mal : ils ont pourtant des qualités, admettent une vie future, et croient que l'urne des morts peut passer dans le corps d'un oiseau : en sorte qu'on voit souvent des mères inconsolables errer dans les forêts pendant la nuit, après la mort de leur enfant, donner son nom à un oiseau, et dès qu'il chante, lui tenir les propos les plus tendres, fondre en larmes, et l'implorer d'approcher d'elles. Il y a, dans l'âme de presque tous les sauvages, un bien curieux alliage de poésie, de mysticisme, de sensibilité et de férocité. C'est un mélange du monstre et de l'enfant.

Quant à l'aspect, à la physionomie des noirs de l'Australie, il faut leur avoir fait danser une danse de guerre (*corrobori*), comme nous le fîmes, pour découvrir combien la face humaine peut devenir effrayante, ou plutôt satanique, surtout au clair de lune.

Le 7 juillet, nous passâmes l'Equateur, et le surlendemain, c'est-à-dire vingt-cinq jours après avoir quitté Sydney, nous aperçûmes la plus belle île du monde, la reine des îles, vrai Paradis terrestre, l'heureuse *Ceylon*, terre du saphir et du rubis, endormie sous les fleurs, les cocotiers et le voile virginal de vapeur dont l'enveloppe l'écume toujours fumante de l'Océan.

Les cocotiers ! c'est la gloire de Ceylon ! Elle en est pleine, elle en est entourée, et ils envahissent même la mer, car sur ses plages interminables, ils forment de véritables forêts qui sortent des flots à marée haute, toutes couvertes de l'écume éblouissante que lancent sur elles des lames brisées par mille écueils, et blanches comme de la neige.

Passons aux indigènes, aux aimables et gracieux Cingalais. Quelle élégance, quelle flexibilité féline dans leurs membres assouplis par la vie au grand air des tropiques ! Quelle cambrure ! Quelle noblesse d'attitude ! Quels yeux, quelles dents, et quelles chevelures incomparables, tombant en flots soyeux de velours noir sur leurs épaules dorées par le soleil ! Et puis, ils sont intelligents, sociables, et toujours gais. Heureux pays, où la mauvaise humeur et la misanthropie sont inconnues !

Ce qui est moins aimable que les hommes, c'est la faune de Ceylon, où pullulent des serpents redoutables, des léopards, des singes hideux, des éléphants sauvages et des scorpions, sans parler des sangsues qui infestent les rivières.

Heureusement j'échappai à tout cela dans le petit voyage que je fis à *Kandy*, à l'intérieur de l'île, accompagné du Chevalier de Bunsen. Là, nous trouvâmes de la fraîcheur, à l'altitude de 600 m. Nous en aurions trouvé bien plus encore sur *Adam's Peak*, à 2.400 m., si nous l'avions gravi : mais le brouillard nous y fit renoncer.

Je me contentai donc, après avoir modestement escaladé *Anthony Peak*, d'aller voir la merveille de Kandy, le fameux temple Boudhique où l'on conserve dans un tabernacle d'or la dent du grand Bouddha lui-même : et là, devant l'idole fabriquée à Péking, identiquement semblable à celles d'*Ourga*, se réveillèrent soudain mes souvenirs ineffaçables du désert de Gobi, et des lamas hurlant en tuniques jaunes. Autre terre, autre race, autre langue, mais religion semblable.

A mon retour, trouvant le choléra à *Colombo*, je m'embarquai pour Calcutta (24 juillet).

26 : Température, = 32° à l'ombre, ce qui est rare sur l'Océan. 27 : *Madras* en vue : houle formidable : la mer roule sur la plage en cataractes furieuses, et fume partout. Les « charmeurs de serpents » viennent à bord, parlent un langage cabalistique, et font des choses tellement extraordinaires, dans le costume d'Adam (ou à peu près), qu'aucune supercherie, aucune adresse ne peuvent les expliquer. Reste le surnaturel : et pourquoi pas ? Le satanisme a mille moyens de se manifester...

Le 30, nous approchons des embouchures fangeuses du Gange : la mer devient toute jaune, et nous entrons dans le *Hooghly*, un des bras innombrables du grand fleuve, laissant à droite un labyrinthe de terres marécageuses et d'îles spongieuses, les fameux *Sunderbunds*, que se disputent les tigres, les crocodiles, le choléra, et toutes les fièvres. Cinq heures après, traversant une forêt de mâture, nous arrivons à Calcutta, la « Cité des Palais ».

Ici, comme à Hong-Kong, je débarque sans argent, une lettre de ma famille s'étant perdue. C'est grave... mais je me tire d'affaire en écrivant quelques articles sur mon voyage en Sibérie dans l' « *Englishman* ».

Calcutta est une ville si connue, que je n'en dirai rien, bien qu'elle soit la plus belle capitale de l'Asie, et que plus d'un ami improvisé m'y ait offert, et même rendu, avec une générosité toute britannique, des services dont j'étais tout confus, et qu'il m'est impossible d'oublier.

Je tiens seulement à signaler un vol original et audacieux dont je fus plusieurs fois la victime. Dans ces climats torrides, c'est une vraie volupté de se promener avant l'aurore sur les terrasses qui couronnent les maisons, car on respire alors à pleins poumons les bouffées vivifiantes du vent tiède qui précède l'arrivée du soleil. C'est l'heure la plus charmante et la plus saine de la journée. Or un matin, comme je rêvais là-haut, coiffé d'une belle calotte en velours rouge, avec gland d'or, elle me fut violemment arrachée par de hideux oiseaux de proie, qui, heureusement, l'ayant trouvée trop lourde, la laissèrent retomber sans l'avoir mutilée. Comme j'y tenais beaucoup, elle ne reparut, plus, et après cela, je me promenai nu-tête, avec mon grand gourdin de la Nouvelle-Zélande, pour me défendre, en cas d'attaque subite et latérale. Peine perdue ! Je tombai de Charybde en Scylla... Dès le lendemain, toute une bande de milans arrivant par derrière (je n'avais pas pensé à cela...) fondit sur moi si vite, si brutalement, que je n'eus pas le temps de brandir mon gourdin, et en levant sur mes lâches agresseurs des regards indignés, que vis-je ?... oserai-je l'avouer ?... Je vis avec horreur mes cheveux s'agiter dans leurs griffes ! J'étais chauve ! J'enrageais, mais hélas ! à quoi bon ? Ils avaient disparu, emportant leur trophée ! C'en était trop : j'eus une colère rentrée, la plus dangereuse de toutes. Etre assommé, plumé, scalpé par des milans ! Voir mes cheveux servir à fabriquer le nid d'oiseaux de proie, sans pouvoir me venger ! En vérité, c'était une telle humiliation, que j'aurais mieux aimé une calvitie héréditaire et incurable : elle m'aurait épargné un outrage, une crise nerveuse, et un violent mal à la tête que je ne pus guérir qu'en acceptant l'aimable invitation d'un vieux Rajah d'aller dans son palais assister à un *Natch*, ou danse des Bayadères. La danse elle-même n'en est pas une : c'est une ondulation si grave, si lente et si décente de tous les membres, qu'elle ressemble à un rite religieux, car l'indécence est aussi rare dans l'Inde que la vertu. Ce qui fascine dans ces spectacles, ce qui est merveilleux, c'est la grâce idéale des danseuses, âgées de seize à dix-huit ans. Grandes, minces, et droites comme des colonnes ou des palmiers, leur souplesse incroyable rappelle celle des serpents : et jamais la statuaire, ni antique, ni moderne, n'a enfanté des types aussi gracieux et aussi nobles. Au point de vue de l'harmonie des lignes, c'est le chef-d'œuvre de la nature, qui a donné la force de l'aigle aux races du Nord, et l'élégance de la gazelle aux enfants des tropiques.

Mais le vrai but de mon voyage dans l'Inde étant l'*Himalaya*, dont le nom seul électrisait déjà mon imagination sur les bancs du collège, c'est maintenant vers le Nord que je vais diriger mes pensées et mes pas. Je fais grâce au lecteur des détails du voyage, curieux et difficile à cette époque, mais banal et facile aujourd'hui. Voici seulement ses points saillants.

Mon but est le fameux sanatorium de *Darjiling*, perché comme un observatoire au sommet d'une montagne, à 2.300 m. d'altitude, et juste en face des pics les plus inaccessibles, les plus neigeux, et les plus gigantesques de la terre. Distance de Calcutta, = 600 et quelques kilomètres, dont la première moitié, faite en chemin de fer, me mène à *Rajmahal*, au bord du Gange. Quel fleuve ! Trois kilomètres de large, à 800 km de la mer ! D'une de ses rives, à peine si on voit l'autre ! Iles solitaires de sable, où dorment des crocodiles. C'est le Nil de l'Asie, avec des tigres au lieu de lions, dans les grandes herbes hautes de trois mètres, qui couvrent ses rives à perte de vue, comme les « Prairies » Américaines. Tout cela est plein de monstres, fauves ou serpents énormes. Sur l'eau passent des cadavres humains, à moitié dévorés par les oiseaux de proie. Les hommes, dit-on, flottent sur le dos, et les femmes sur le ventre.

Après avoir couché à Rajmahal, je traverse l'immense fleuve en bateau à vapeur, et de *Karagola*, je pars le soir dans une charrette à bœufs, pour *Purneah* (49 km) : nuit sans lune, émouvante et lugubre, où pour la première fois, j'entends rugir des tigres, dont le pays est plein. A Purneah, (où se trouve une chapelle catholique), je monte en palanquin (29 oct.), porté par quatre Hindous : mais ils sont douze pour prendre la charge à tour de rôle. Comme je voyage encore la nuit, ils ont des torches constamment allumées, dont la flamme rouge et toujours agitée est destinée à effrayer les fauves, et réussit fort bien. Jamais un tigre n'oserait en approcher. Et puis, pour être encore plus sûrs de leur affaire, ils poussent des cris sauvages de possédés, capables de mettre en fuite tous les tigres du Bengale, quand même il n'y aurait pas pour mettre le comble à leur effroi, les éclairs fantastiques que la flamme écarlate de nos torches lance et promène partout sur les buissons et les bruyères, où on dirait qu'un incendie traverse la nuit à toute vitesse. C'est démoniaque...

Le lendemain, à *Kishengunj*, matinée à jamais mémorable dans ma vie : ... apparition quasi surnaturelle à l'horizon du Nord, où je vois des masses blanches, prodigieuses et confuses suspendues dans le ciel comme des nuages, à des milliers de mètres au-dessus de la terre. Bien avant que le disque du soleil n'ait paru, elle se dorent, se colorent, et prennent feu. De l'Est à l'Ouest, en passant par le Nord, ce n'est plus qu'un immense incendie allumé dans le ciel. Puis, quand le jour éclate, des profils se dessinent. Voici des flèches, des tours, des dômes, des pyramides et des terrasses, où la neige forme un monde sans limites, comme dans les solitudes polaires : et malgré la distance, j'y vois déjà des crevasses gigantesques, dont les gueules noires tracent des lignes ténébreuses et tortueuses sur des blancheurs Arctiques et infinies. Bref, c'est l'*Himalaya*, qui se dresse dans la gloire, sur la moitié du tour de l'horizon. J'ai bien là devant moi ce qu'il y a de plus beau sur la terre : mais derrière ces splendeurs et ces neiges, il y a *Lhassa* et le Thibet, et ma pensée, encore plus fascinée que mes yeux, revient aux steppes Mongoles et au cœur de l'Asie, à travers les mystères du pays des Lamas, et les déserts glacés qui forment le toit du monde.

Les voilà donc debout sur l'horizon, ces fabuleux colosses de neige dont les noms seuls émerveillaient, et troublaient mon enfance, le *Dawalhagiri* et le *Chamalari*, et même, à des centaines de kilomètres dans le Nord-Ouest, en plein Népal, le fameux *Everest*, point culminant du globe (8.846 m). Au Nord, trône le *Kinchinginga*, dont la hauteur dépasse de près de 4.000 mètres celle du Mont-Blanc !

Le climat change très rapidement, en approchant de la grande chaîne, et les palmiers font place à des rhododendrons en fleurs, des bananiers, et des bambous hauts de trente mètres !

Une troisième nuit à travers la « jungl », et un trajet de 60 km me mènent à *Tilalya*, riant petit village entouré de bambous et de rosés, et encore dans la plaine, mais si près des montagnes (une quarantaine de kilomètres), qu'il y fait frais dans cette saison, et froid pendant la nuit.

Plus haut, vaste plaine déserte, où passent des Thibétains aux traits Mongols. Serpents partout, d'une familiarité extrême. Toujours en palanquin, j'arrive enfin aux premières pentes des monts Himalayas. Je commence à monter sérieusement, je voyage toute la nuit, et je m'éveille dans les forêts immenses appelées *Teraï*, région pestilentielle, et hantée par les tigres. Déjà il fait non seulement frais, mais froid, et mes porteurs grelottent (1er nov.). Je m'enivre d'air, de vent et de santé. Voici *Punkabari* (altitude, 500 m), où je laisse palanquin et porteurs, pour faire à pied les cinquante kilomètres qui me séparent encore de Darjiling.

A l'auberge-bungalow de *Kursiong* (1.500 m), à l'entrée de la nuit, le vent du Nord, venu des neiges, siffle et gémit : je fais du feu, et il me faut deux couvertures. Mais il ne me tarde pas de m'endormir, car au moment de me coucher, j'aperçois un fantôme écarlate haut de huit kilomètres qui me regarde par dessus les sapins et les cèdres, et me donne le frisson : c'est le *Kinchinginga* drapé dans ses glaciers, plus rouges que s'ils sortaient d'une mer de sang, et encadrés d'un ciel déjà tout noir.

Quelles forêts ! Quelles ténèbres en plein jour ! C'est un Océan d'arbres que ce *Teraï*, où nombre de *déodhars* atteignent, et dépassent même la hauteur fantastique de cent mètres ! La flore change à vue d'œil en montant, mais on y trouve de tout. Après Kursiong, petite journée de dix-huit kilomètres, toujours en pleine forêt : mais il y a des clairières, où en me retournant vers le midi, je vois au loin les plaines ardentes, vaporeuses et bleuâtres du Bengale fumant comme une fournaise, et des rivières incandescentes endormies au soleil. Je ne les regrette pas !.. Je couche à *Tchitapour*, à l'altitude de 2.000 m. Le froid augmente, et le matin, l'herbe et les fleurs sont perlées de rosée :

mais je ne m'en plains pas ! A cette hauteur, dans l'Inde, la vie prend une intensité extraordinaire : on croit avoir des ailes.

Mon ascension continue à travers les forêts pendant encore vingt kilomètres, mais la pente diminue.

A l'altitude de 2.400 m., je débouche sur le col de *Sinchal*, et un peu plus au nord paraît enfin la verte et bienheureuse colline où sont éparpillées les blanches maisons de *Darjiling* et ses églises, dont une est catholique : il y a même un couvent d'Ursulines. Au delà, vers le nord, je ne vois que du blanc et du bleu : l'Himalaya se profilant sur le ciel indigo du Thibet.

Décrire la vue de Darjiling est au-dessus des forces humaines : il faut la voir : elle est absolument unique au monde : même dans l'Himalaya, rien n'en approche en écrasante magnificence. C'est le plus grand effort de la nature, son œuvre la plus sublime : et le sublime, bien qu'il puisse se sentir et se voir, ne peut pas plus se décrire que se peindre. C'est un reflet de Dieu, tantôt dans l'homme, tantôt dans la nature.

Imaginez les plus hautes cimes des Pyrénées perchées sur le Mont-Blanc, elles seraient encore loin d'arriver au niveau du *Kinchinginga*, bien que lui-même soit dominé par plusieurs autres. La Sibérie assise sur l'Inde ! Les pics les plus modestes ont 5.000 m. : sept dépassent 7.000 m., un arrive à 8.600 m., et l'orgueilleux *Chimborazo* des Andes, malgré ses 6.000 mètres, passerait ici pour une divinité déchue ! Dans le Sud-Est, cette chaîne grandiose et sans pareille qui couvre un tiers de l'horizon, va se perdre et mourir sur les plaines, à des hauteurs moyennes de 3.000 m., ce qui, là-bas, signifie des collines ! De simples ondulations !

Mais c'est surtout au crépuscule, toujours très court près des tropiques, qu'il faut voir remonter et mourir la lumière sur ces immensités neigeuses qui ne veulent pas s'éteindre. Alors que Darjiling est déjà enseveli dans les ténèbres les plus impénétrables, on voit encore au haut du ciel, et comme perdues dans un autre monde, les cimes extrêmes illuminées des teintes les plus extraordinaires, d'abord vermeilles, puis opalines, puis roses, et au moment suprême, absolument sanglantes, j'allais dire « infernales », car on croit vraiment voir un enfer allumé entre la nuit et le ciel, et laissant l'âme superstitieuse dans un état voisin de la terreur.

Voulant saluer au moins une fois le sommet le plus haut de la terre, le fameux *Everest* (8.846 m), qu'on ne voit pas de Darjiling, mais très bien en montant au Sud-Est, je fis, le 7 Novembre, la petite ascension du *Sinchal* (2.652 m), et de là j'aperçus au Nord-Ouest, au Népal, à une distance énorme, le monarque des montagnes, pyramide prodigieuse et plus blanche que du sucre, mais inférieure en majesté à bien d'autres cimes moins hautes.

Comme Darjiling est perché au sommet d'une montagne, il s'en suit qu'au rebours de ce qui se passe ailleurs, les courses commencent par une descente de 2.000 m., que l'on remonte le soir. C'est contre nature et fatigant.

Comme on fut bon et généreux pour moi sur cette colline hospitalière où j'arrivai absolument « incognito », et sans lettres pour personne ! Le Capitaine et Madame Coombs, sans me connaître, et même avant de m'avoir vu, m'offrirent une chambre chez eux, où je passai un mois. Le gouverneur de Darjiling (Dr Campbell), qui venait d'envahir le *Sikhim* à la tête d'une centaine de Sepoys, était déjà à *Petnionchi* (une quarantaine de kilomètres) : j'étais un étranger pour lui : mais dès qu'il eut appris mon arrivée, il m'écrivit une lettre charmante, m'invitant à son camp, et m'offrant tout ce qu'il fallait, si je voulais risquer des ascensions scabreuses : vivres, coolies, baromètres, il mettait tout à la disposition d'un monsieur qu'il n'avait jamais vu ! Quelle occasion inespérée pour moi ! Quelle tentation pour un jeune montagnard dévoré de la soif des conquêtes difficiles et glorieuses ! Mais j'étais terrassé par la grippe et la fièvre, et je dus refuser. Déjà je maudissais ma maladie et ma captivité : je m'irritais, je m'indignais comme un lion dans sa cage, quand arriva la foudroyante nouvelle que le Dr Campbell avait été cerné et attaqué par un millier de Bhoutanais armés de flèches et de poignards, qu'il était aux abois et blessé, et qu'il avait perdu un tiers de ses soldats ! Ma grippe avait été providentielle.

Et maintenant, voici l'hiver... Il gèle, il neige, et le vent du Thibet fait siffler les serrures et pleurer les sapins : je repars pour la plaine (4 décembre), croisant en route quelques centaines de fantassins anglais montant à toute vitesse à Darjiling, menacé d'être cerné. Aussi, n'ayant qu'une canne pour toute défense, suis-je très peu rassuré en rencontrant un peu plus loin des bandes armées de Bhoutanais à l'air farouche. Bien qu'ils me laissent passer sans rien me dire, je crois prudent de m'éclipser dans la forêt, où je descends à tout hasard, évitant à tout prix de reparaître sur la grande route. Dans ces cas là, mieux vaut être seul qu'en nombre, car on n'inspire alors aucune méfiance.

Le 8 décembre, en route pour *Purneah*, en palanquin. Soirée céleste.... Plaine immense et aride, où des palmiers mélancoliques et solitaires, dispersés comme des îles sur la mer, projettent au loin des ombres si longues, qu'on n'en voit pas la fin, tandis qu'au Nord, dans l'empire désolé des frimas éternels, les géants empourprés du Skihim se dressent comme des épouvantails de feu au-dessus des forêts ténébreuses du Teraï. De temps en temps, de jeunes Indiennes pensives et graves passent en chantant des cantiques élégiaques. Scène enivrante... Je rêve au Paradis terrestre, je suis au septième ciel : mais mon rêve n'est pas long, car quand la nuit arrive, je suis soudain rappelé à la réalité par une émeute brutale de mes porteurs pris de panique à la pensée des tigres. Comme ils n'ont pas de torches, ils n'osent plus avancer, ils prennent la fuite et disparaissent, me laissant seul à la merci des fauves. Que faire ?... J'attends, je prends patience, car à quoi sert l'indignation quand on est seul ? Refoulant ma colère, je ne les gronde même pas quand ils reviennent et se décident à m'emporter en tâtonnant, et en tremblant de tous leurs membres. Oh ! quels poltrons que ces Hindous !

J'arrive très tard à Purneah, sans avoir vu de tigres. Le 10 décembre, je vois passer des régiments anglais montant à marches forcées à Darjiling, où depuis mon départ, la situation est devenue très grave. Cela me désole surtout pour les amis que j'ai laissés là-haut, mais aussi pour moi-même, car tout est réquisitionné, porteurs, chevaux, éléphants et charrettes. Comment franchir les cinquante kilomètres qui me séparent encore du Gange ? Sans l'obligeance d'un fonctionnaire Anglais, M. Chapman, qui me prête son cheval pour la première moitié de mon trajet, impossible de partir. A 25 km, je laisse ma bête chez M. Cave, aimable planteur qui me garde à dîner. Mais déjà il fait nuit : je tiens beaucoup à arriver ce soir aux bords du Gange, pour ne pas y manquer le passage d'un vapeur qui doit descendre demain à Calcutta, et je n'ai que mes jambes pour franchir les 25 kilomètres qui me restent. C'est grave, car le pays à traverser est une lande mal famée, redoutée, pleine de tigres, de serpents, de léopards et même de crocodiles, qui s'y promènent pendant la nuit. Un vénérable Anglo-Indien, M. Palmer, brûlé par cinquante-cinq étés de l'Inde, et M. Cave m'implorent et me supplient de renoncer à mon projet, qu'ils appellent une folie, et de coucher chez eux. Mais craignant de manquer mon bateau du lendemain, je tiens bon, et je pars à cheval, pour les premiers douze kilomètres. Un groom en tunique blanche comme de la neige, facile à reconnaître pendant la nuit, part avant moi et doit m'attendre au douzième kilomètre, puis ramener le cheval chez son maître. Après cela, je ferai seul et à pied, les treize autres kilomètres. Il fait si noir, que je ne vois même pas la tête de ma monture, et la pauvre bête a déjà peur : elle a des spasmes, puis s'arrête subitement, et repart en tremblant. Heureusement que la route est très large...

Au douzième kilomètres, je reconnais le groom à son costume blanc comme un suaire : il reprend le cheval, et à dix heures du soir, me voilà seul avec une canne, sur une lande solitaire du Bengale, infestée de bêtes fauves. Il y a une route, mais la nuit est si noire, que je ne la vois pas : et puis elle est bordée d'arbres gigantesques, dont les branches s'entrecroisent au dessus de ma tête en y formant une voûte tellement opaque, que pas la moindre petite étoile ne peut me consoler de son sourire. Au fond des catacombes, au plus profond de l'Océan, il ne fait pas plus noir que cela ! Je ne vois rien, pas même mes mains, et à chaque pas il faut palper le sol avec ma canne, pour savoir où je marche. Je ne vois que la nuit... Bientôt j'entends bondir des bêtes énormes dans les buissons, puis elles plongent dans les mares, avec autant de bruit que si un monument était tombé dedans. Il est bien clair que je ne suis plus seul, et je deviens nerveux. Me souvenant alors que rien n'effraye autant les animaux que la voix humaine, surtout le *basso profundo*, je me mets à chanter, d'une voix retentissante et caverneuse, les airs les plus lugubres, avec accompagnement de gémissements et d'explosions tonitruantes, comme celles de dix trombones, pour semer l'épouvante sur la lande. Puis j'ai le feu de mes cigares pour me défendre. Protégé par la nuit, je trace à tour de bras, dans les ténèbres, des cercles de feu et des zig-zags cabalistiques... Cela me rassure, autant et plus qu'une mitrailleuse. Et cependant, quand vers onze heures j'entends des mugissements sauvages, que les échos prolongent comme celui du tonnerre, quand j'ai la certitude qu'un tigre en liberté rôde dans mon voisinage, au milieu de la nuit, je suis ému, et mon pouls s'accélère...

Encore un rugissement, qui fait trembler la terre : c'est une autre voix... Combien sont-ils ? Peut-être toute une famille ? C'est peut-être l'heure de leur dîner ! Mais aucun d'eux n'approche de moi : ils ont peur de ma voix et d'un cigare de la Havane ! Oh ! comme il est heureux pour l'homme qu'il puisse si facilement épouvanter des animaux cent fois plus forts et plus méchants que lui ! Ils tremblent tous devant nous, et à leurs yeux, nous sommes des êtres surnaturels.

Une ou deux fois, une bête traverse la route en me frôlant les jambes, mais sans me faire de mal, et à minuit, j'arrive sans une égratignure aux bords du Gange. Nuit mémorable pour moi...

Le lendemain, encore des troupes, Anglaises et indigènes, en route pour Darjiling, où tous les jours la situation s'aggrave, et devient même critique. Je dîne avec les officiers, qui viennent de traverser le Gange sur le bateau que je vais prendre en sens inverse. Charmante soirée. (Remarquons en passant qu'on est beaucoup plus sobre aux Indes qu'en Australie). Le 13 décembre, je rentre à Calcutta.

Pendant l'hiver et le printemps de 1861, je parcourus capricieusement et en zig-zags tout le midi de l'Inde, avec un domestique Hindou, mais Catholique, et une modeste charrette attelée de bœufs pour mes bagages. J'y montais quelquefois, mais seulement quand j'étais fatigué, jamais par goût ; et dans ce long voyage de 1.600 kilomètres, j'en fis un bon millier à pied, sous un soleil torride, sans parasol, et cependant sans avoir jamais eu le moindre mal à la tête. Jamais je ne me suis si bien porté ! N'est-ce pas la preuve que malgré l'opinion générale, un homme très sobre et bien portant, peut, même aux Indes, braver impunément tous les soleils ? Au bout de quelques jours, on y est tout-à-fait habitué : on devient comme du bois. Mais il est vrai que ma sobriété fut toujours exemplaire : je ne buvais même pas de vin ! Rien que du thé très faible, et froid.

Quand aux détails de cette immense promenade en pleins tropiques, bien qu'ils soient si intéressants pour moi, par les souvenirs qui s'y rattachent, et le bonheur qu'ils me rappellent, ils le seraient bien moins, ou pas du tout, pour le lecteur : car grâce aux livres, à la photographie et aux chemins de fer, les plaines de l'Inde sont aujourd'hui aussi connues que celles de la Hongrie ou de la Lombardie. Je me contenterai donc de signaler les épisodes les plus saillants de mon voyage, malgré la tentation de tout décrire, quand il s'agit d'un des plus beaux pays du monde.

De l'embouchure bourbeuse du Gange, dont les flots jaunes souillent l'Océan et le refoulent, comme le font ceux de l'Amazone et du Mississipi (il n'y a guère que l'Amour qui soit propre..), sept jours de traversée sur une mer éblouissante et plus bleue que le ciel, me menèrent à *Madras*, après une halte dans la rade de *Coconada*, sur la côte du Coromandel, où j'eus la joie de rencontrer deux missionnaires Français tout jeunes, dont je devins l'ami en moins d'une heure. Quels types charmants, que ces apôtres de vingt-cinq ans !

Le 30 janvier, me voilà à Madras. Température à l'ombre, en *plein hiver*, 30° ! Cinq jours après, à l'intérieur des terres, je constatai 35° ! L'été est éternel dans le Midi de l'Inde.

Voici les noms des villes, fameuses ou non, où je fis des séjours plus ou moins prolongés, n'obéissant qu'au vent de mes caprices, errant comme un nomade des steppes, sans savoir où j'allais, et n'y pensant même pas souvent. Vie égoïste et inutile sans doute... Mais elle a tant de charmes, quand on est libre comme un oiseau, quelle a bien des excuses ! Et elle ne gêne personne...

J'allai deux fois à *Bengalore* (900 m. d'altitude) : climat superbe, et jardins merveilleux. Beaucoup de Catholiques, Evêque Français, et Cathédrale. Tous les fruits de l'Europe.

De Bengalore à Seringapatam (250 et quelques kilomètres), je mets cinq jours. Au hameau de *Klospet*, où je couche portes ouvertes, à cause de la chaleur, on m'avertit qu'un tigre énorme ravage tout le pays, et qu'il a tué huit indigènes, il y a quelques jours. Est-ce vrai ? C'est bien possible : mais la fatigue m'endort, bien que ma chambre soit envahie par des oiseaux, des écureuils, et même des singes. Quand aux chacals, ils dorment devant ma porte. C'est une espèce de ménagerie !

Le 17 février, j'arrive à Seringapatam, où je m'installe dans un donjon abandonné, humide et sombre, plein d'araignées géantes et de scorpions, et cependant si vénérable, si majestueux, que ses ruines doivent avoir une histoire : elles inspirent le respect... Et en effet, j'ai l'honneur d'habiter le palais du grand guerrier Tippou-Sahib, tué sous ses murs le 4 mai 1799, dans le dernier assaut que lui livra victorieusement le général Harris. Sa mort fut héroïque.

Rien à manger, 10.000 pèlerins ayant tout dévoré ! Je prends maintenant la direction du Sud, où les sommets bleuâtres des Nilgherries surgissent vaguement à l'horizon. Poussière, pays brûlé, où les facteurs ruraux sont des chameaux. A *Maïssour*, des missionnaires Français me font le plus cordial accueil, comme toujours et partout. Belle église catholique à deux tours. L'Hindou gardien du bungalow est catholique.

Je vais voir les treize tigres et les douze éléphants du Rajah, et puis, en route au Sud, pour l'ascension graduelle des Nilgherries. Chaleur atroce, mais qui va diminuer sur leurs pentes.

Les *Nilgherries* sont moins connues que bien d'autres chaînes, et cependant, elle devraient être célèbres, ne fût-ce qu'au point de vue climatérique, et à cause des services qu'elles rendent chaque jour aux malheureux Européens anémiés à leur base par les fièvres, le choléra et le soleil. Comme elles s'élèvent abruptement de plus de 2.000 m. au-dessus des plaines les plus brûlantes de l'Inde, on jouit, sur les plateaux qui les couronnent à l'altitude de 2.300 m., d'un climat sans pareil, par sa douceur et son égalité. Si près de l'Equateur, il n'y a pas de saisons : il n'y a même guère de différence entre le jour et la nuit, et c'est littéralement un « printemps éternel » qui règne là haut, sur des plaines ondulantes balayées toute l'année par les vents les plus purs. Température moyenne annuelle, = 14° (30° à Madras et 10° à Londres).

Mais à part le climat, leurs prodigieuses forêts, qui les recouvrent d'un manteau noir et velouté, sont une des gloires des Nilgherries. Il est vrai que les tigres y pullulent, ainsi que les bisons, les sangliers, les ours et les serpents. Dans ce pays, on parle des tigres comme si c'étaient des chats, tellement ils sont communs. Mais ils n'attaquent pas souvent l'homme, et on s'y habitue : on n'y pense plus. Les serpents sont bien plus redoutés.

Le 19 février, je pars à pied de Maïssour, laissant dormir au fond de la charrette mon domestique très fatigué. Il fait moins chaud : voici des antilopes. Plus de palmiers. Le 21, grandes forêts de bambous : zone infestée de fièvres, où on séjourne le moins possible. Mais allant si doucement, je suis forcé de m'arrêter et de coucher dans un hameau pestilentiel (*Tippaconda*), où presque chaque nuit les tigres viennent dévorer des chiens ou du bétail. Et en effet, dès qu'il fait noir, j'entends des hurlements affreux, comme si tout le village avait pris feu. Les chiens aboient, mes bœufs ont des frissons ; affolement général. Alors je sors magistralement de mon taudis, une chandelle allumée à la main : J'ordonne à mon cocher de faire un feu de paille, et j'attends... Mais à peine suis-je dehors, que les branches craquent autour de moi, comme si une trombe passait dessous : j'entends un rugissement sinistre, un bond épouvantable, et puis, plus rien... Le monstre a disparu : mais il était bien près... J'espère qu'il a trouvé de quoi manger... Epuisé, je m'endors, après avoir barricadé ma porte avec mes malles, car elle n'a jamais eu de serrure.

Le lendemain, dépassant 1.200 m. d'altitude, je marche avec la même ardeur que dans les Pyrénées, et arrivé à 2.000 m., je deviens fort comme un sapin. Avec quelle volupté je dévore les bouffées de vent froid qui me balayent le front, et chantent à mes oreilles en me donnant des ailes, alors qu'en abaissant les yeux de 2.000 m. au Nord, j'y vois fumer et rutiler les plaines torrides et enfiévrées du Maïssour, sous un manteau de pourpre, de vapeur et de feu ! Puis j'ai de l'ombre sous les rhododendrons géants à fleurs rouges écarlates : ce sont des arbres, grands comme des chênes. Le 23 février, toujours à pied, je passe un col à 2.200 m. d'altitude (*col de Sigor*) : une heure après, j'entre à *Outacamund*, ravissante petite ville blottie dans un vallon d'émeraude qui me rappelle l'Irlande, et reine incontestée des Nilgherries (2.265 m). Pins, cyprès, roses, acacias d'Australie, etc. Très bon hôtel.

Beau lac artificiel, d'onze kilomètres de tour, plus vaste, hélas ! qu'aucun de ceux des Pyrénées. Grande église catholique : le curé est Français, et à la messe elle se remplit d'indigènes recueillis, parmi lesquels plusieurs représentants de la race mystérieuse des *Todas*, peuple pastoral, sur l'origine duquel on ne sait rien. Les Todas sont les Basques de l'Asie, avec cette différence qu'ils sont presque tous païens, et adorent le soleil. Leur langue étant exclusivement orale, ils n'ont pas d'écriture. Très grands et très chevelus, ils vont nu-tête en plein soleil. Ils sont très blancs, surtout leurs prêtres, qui sont tout barbouillés de plâtre, leur seul vêtement les jours des grandes cérémonies.

Ayant vite découverte à l'Est d'Outacamund, la présence d'un beau pic de 2.700 m., le *Dodabett*, je me hâtai de le gravir. Vent violent et glacial, dont depuis si longtemps, j'ai perdu l'habitude mais quelle vue ! Comme le rayon visuel, à cette hauteur, est de près de 200 km, je dominais et je voyais tout le Midi de l'Inde, un océan de plaines vibrantes, où les forêts secouées par le vent des tropiques, et allumées par le soleil, flambaient sous des vapeurs rougeâtres, comme celles qui durent couvrir les cendres encore toutes chaudes de Sodome et Gomorrhe, après leur incendie.

De même qu'il y a des tigres en Sibérie, de même ils montent ici jusqu'au sommet des Nilgherries, et dans une course que me fit faire le D^r^ Bowstead, grand tueur de tigres, nous découvrîmes l'empreinte toute fraîche des pieds d'un léopard (tchita) au bord d'une mare de sang.

Pour ne pas fatiguer mon lecteur par la monotonie de mon récit, je vais le faire descendre à toute vitesse à l'Est des Nilgherries, jusqu'à *Salem*, beaucoup plus vite que je ne pus le faire moi-même, car c'est à pied que j'accomplis les quatre cinquièmes de ce voyage de 200 kilomètres, par une chaleur dont, un Européen ne peut avoir aucune idée. N'ayant jamais de parasol, tout mon corps fut grillé, malgré le gros costume d'hiver avec lequel je descendis des hauts plateaux des Nilgherries. Je fus écorché vif.

Le 1er mars, j'arrive à la nuit close et je couche, à *Counour* (1.840 m). Jusque là, tout va bien. Orage épouvantable. Le lendemain, départ à pied, pour une étape de vingt-sept kilomètres, en berret Ecossais. En descendant, je rentre dans la fournaise des régions basses où les rayons solaires me traversent comme des flèches. C'est effroyable. Craignant d'être foudroyé, j'ai constamment mes deux mains sur la tête : je cherche de l'eau partout pour me mouiller les tempes, où mes veines se soulèvent comme des vagues, et où mon sang est en ébullition : mais tout est sec et calciné, et les bambous brûlés ne me donnent même pas d'ombre. Je n'oublierai jamais ces dix-huit kilomètres, au bout desquels j'ai le bonheur de trouver une rivière traversée par une arche, sous laquelle, à quatre heures, il fait encore 35°. Je passe deux heures dans l'eau, en attendant mon domestique et mes coolies, qui arrivent harassés. Lui est boiteux, s'étant rôti les jambes, et un de mes coolies, frappé d'insolation, a dû rester en route. J'attends la nuit pour repartir, mais j'envoie tout mon monde en avant, pour les derniers neuf kilomètres de cette journée terrible. Je les fais seul caressé par la brise mélodieuse d'une belle nuit des

Voici *Matupolliam*, d'où à Salem, cent soixante kilomètres. Brûlons-les : c'est ce qu'ils firent pour moi, presque toujours à pied, toute la journée, sous les feux d'un soleil formidable. Mais je m'y habitue : de même des tigres : je rentre ici dans leur pays, mais je les prends maintenant pour des farceurs et des poltrons. A force de les entendre, souvent même de très près, mais sans jamais les voir, je ne m'en inquiète plus, car je finis par croire qu'ils sont aussi timides que des moutons : et j'ai peut-être raison... Aussi, je suis bien moins ému qu'il y a deux mois (lande du Bengale...), lorsque pendant la nuit du 6 au 7, ayant depuis longtemps devancé ma charrette, restée je ne sais où, je me trouve seul dans les ténèbres, avec treize kilomètres à faire, au milieu des éclairs aveuglants d'un orage tropical, où le tonnerre domine à peine les hurlements des tigres. Cette fois, je les entends bondir partout : on dirait que l'orage les a électrisés... C'est une scène dramatique au possible : mais elle m'enchante, au lieu de me troubler comme autrefois, et je voudrais qu'elle dure toujours.

Le 8, laissant à droite la route de *Trichinopoly*, j'entre à *Salem*, escorté par des singes, ce qui vaut mieux que les serpents, fléaux de ce pays. Le 9, j'arrive à *Tripatour*, d'où je reviens à *Bengalore*, trouvant le choléra partout : dans chaque village ce sont des hécatombes. Un jour je vois un pauvre Hindou mourant au pied d'un arbre, bavant, et se tordant comme un serpent dans des douleurs atroces. Ayant une drogue incomparable pour ces cas-là (la chlorodyne) j'en administre une quarantaine de gouttes au moribond, qui bientôt se relève et m'assure qu'il va mieux. A-t-il vécu ? Je dois me contenter de l'espérer.

Et maintenant la nostalgie du *Home* s'empare de moi. La vie nomade, si loin de ceux que j'aime, pèse à mon âme, et je commence à m'en lasser. Hâtons-nous donc de revenir au foyer paternel, au beau pays Pyrénéen, où tout enfant, j'ai fait mes premiers pas, sur les bords enchantés de l'Adour. Je me porte à merveille, mais mon cœur est malade. Les séductions de Bengalore m'y retiennent quelques jours, mais mon âme est ailleurs. Traversons donc, du S.-E. au N.-O., tout le royaume de Maïssour, tantôt à pied, tantôt dans ma charrette, aussi vite qu'elle pourra : mais c'est peu dire, et 500 kilomètres me séparent de la mer ! Voici d'abord des plaines désertes, brûlantes et désolées, où se dressent des pitons solitaires de granit, bronzés par le soleil et couronnés de ruines. Encore le choléra : le 18 mars, je couche dans un village rempli de morts et de mourants.

Le lendemain, je vois passer un régiment de cavalerie Mahrattes. Quels cavaliers ! Quels hommes superbes ! Après eux, procession de chameaux. Ici, près de *Toumcour*, on m'avertit que des brigands armés terrorisent le pays. C'est plus grave que les tigres : mais que faire ? Inutile d'y penser. La Providence me défendra, comme elle l'a fait partout.

Le 20, lassé de ma charrette, je fais treize kilomètres à pied. Le 21, arrivée à *Sira*, toute entourée de cocotiers. Belle mosquée, et chapelle catholique. Ce jour-là, arborant mon berret Ecossais, je fais trente kilomètres à pied, sous un soleil terrible : mais j'y suis habitué : ses flèches sont impuissantes. Un antilope file sur la plaine comme un chamois. Vers le soir, grand orage tropical : les nuages ressemblent à des montagnes de plomb : le tonnerre roule sans explosions, avec le bruit d'un train lancé sous un tunnel : des éclairs rouges me crèvent les yeux, et des rafales plaintives passent sous les arbres, qui s'agitent comme des fous. Halluciné par les splendeurs de la nature j'oublie les tigres, le choléra et les brigands.

A Tchitteldroog, (fort merveilleux), je couche encore dans un palais caduc et vermoulu du grand Tippou. Rien à manger que mes conserves, qui s'épuisent à vue d'œil.

25. Onze antilopes bondissent à mes côtés. Le 26, me voici au pays des Mahrattes, race magnifique et belliqueuse. Mais ce qui m'intéresse bien plus, ce qui m'enchante et me fait battre le cœur, c'est de trouver à Hurrihur, une garnison anglaise, où non seulement le colonel (The Honble Col Kerr), mais tous les officiers, une fois la glace rompue, me traitent en frère, sans même savoir mon nom ! Que de services on m'a rendus dans ces voyages, où tous les types de la nature humaine ont passé devant moi ! Je serais bien ingrat de devenir misanthrope ! Voilà qu'ici, au cœur de l'Inde, ma solitude suffit

pour me faire accueillir en ami ! Il me semble être en Angleterre, et j'ai les sensations d'un naufragé auquel on sauve la vie. Je déjeune au mess, et le soir, c'est une fête, un festin, un dîner de gala, comme dans les meilleurs clubs de Londres. Mais l'hospitalité Anglaise est légendaire : inutile d'insister.

De Hurrihur (700 m. d'altitude), je me dirige à l'Ouest, c'est-à-dire vers la mer, dont me sépare encore une haute chaîne de montagnes, les Ghâtts du Malabar. Sous cette double influence, sans compter celle de l'altitude, mes poumons se dilatent et mes membres s'assouplissent : sensation délicieuse. Mais les chaleurs extrêmes reviennent bientôt, avec le Sirocco des plaines, qui me rappelle les jours caniculaires de l'Australie. Pendant trois jours, je suis absolument grillé, par des températures de 37° à 38° : c'est une tempête de feu.

Une soixantaine de kilomètres à l'Ouest de Hurrihur me mènent à Shimouga, où je trouve une église Catholique. Rien d'étonnant, dans le pays que sanctifia l'Apôtre des Indes. Comme c'est le jour de Pâques, je vais à la grand' messe avec mon domestique, qui s'est mis en surplis : il a l'air d'un lévite. Rien de plus édifiant que l'attitude et la ferveur des indigènes : mais quel orchestre ! et quelle cacophonie ! à gauche, les hommes hurlent à tue-tête l'*Adeste fideles*, pendant qu'à droite, les femmes entonnent l'*O filii et filiœ*, et en même temps, dans la tribune, j'entends une explosion qui me donne le vertige et fait pâlir mon domestique : ce sont les cipahis jouant le « God save the queen » sur tous les instruments imaginables, où domine la trompette. Tout cela part à la fois, et sur différents tons. Il y a de quoi faire fuir pour bien longtemps tous les ours et les tigres d'alentour. Il n'y a certainement rien à craindre pour aujourd'hui ! Plus tard, nous allons voir...

Le missionnaire, l'Abbé Tufou, est de Rodez. Exilé là depuis douze ans, il me fait un accueil si cordial, si touchant, que je passe plusieurs jours avec lui, et nos adieux me font un vrai chagrin. Je fais aussi la connaissance du médecin anglais de la station, un chasseur fanatique, qui me montre un objet bien curieux, une pyramide d'au moins cent crânes de léopards tués dans le voisinage, soit par lui, soit par d'autres : spectacle un peu macabre...

Ier avril : il fait 38° à l'ombre malgré notre altitude de 800 mètres ; le lendemain, idem. Je pars le 4, et me rapproche des Ghâttes, chaîne de montagnes parallèles à la mer et toutes noires de forêts, les plus épaisses de l'Inde, asile humide, fétide, inextricable et redoutable des fièvres, et de tout ce qu'il y a de plus féroce et de plus répugnant dans le règne animal, surtout d'affreux serpents, la terreur du pays. Malheur à leurs victimes ! Leur mort est foudroyante ; et la morsure la plus fatale de toutes est celle d'un petit monstre si mince qu'on peut à peine le voir : il a l'air d'une ficelle. Les gros serpents sont moins méchants, et bien moins venimeux.

En somme, forêts perfides que celles des Ghâttes... Mais au soleil, que de merveilles ! Quels insectes ! Quels oiseaux flamboyants ! Et quels contrastes avec les bêtes hideuses et malfaisantes cachées dans l'ombre sinistre de la forêt ! Les paons sont habillés de pourpre et d'or. Les singes devraient rougir de se montrer à côté d'eux : ils détonnent en si bonne compagnie : et cependant, les arbres en sont couverts.

Le 5 avril, trouvant le bungalow tout plein de chauve-souris, je couche dehors, par terre.

Le 6, grosse émotion... ; en pleine forêt... Je suis couché, dans ma charrette, aussi tranquille que dans mon lit, quand tout-à-coup mon domestique pousse un cri effrayant, mon cocher hurle, mes bœufs ont des attaques de nerfs et lancent des ruades, et ma charrette, ordinairement si calme, si anémique, fait de tels soubresauts, que pour ne pas verser, je saute dehors, et à peine suis-je debout sur la route, que je vois fuir à toute vitesse deux léopards, qui sans que le moindre bruit ait trahi leur présence, ont bondi sur mes bœufs comme la foudre (se doutant peu de leur maigreur !...). Et les voilà déjà épouvantés, et fuyant comme des lièvres, à la seule vue de trois hommes désarmés, agitant des mouchoirs ! Décidément, les fauves eux-mêmes ont peur de nous ! Cependant cette fois-ci, le frisson a été réciproque, et désormais, je ne m'éloignerai guère de ma charrette..

Au bungalow de *Sâgr*, impossible de dormir, les chacals ne cessant de hurler toute la nuit. Puis les serpents m'inquiètent, car j'en ai vu des traces larges comme mon bras dans la poussière, et la chaleur m'oblige de coucher portes ouvertes. Mais la mer n'est pas loin : je la sens, bien avant de la voir : j'en respire les arômes et la brise enivrante : je vais enfin sortir des terres, et l'insomnie elle-même me devient douce à cette pensée.

Après une longue étape de 36 km, j'arrive aux chutes fameuses de *Guerseppa*, cataracte tout-à-fait théâtrale, haute de 280 m., et tellement verticale que lorsqu'elle est à sec, une pierre tombée d'en haut arrive en bas sans avoir rien touché, et les pierres plates n'y arrivent pas du tout : prises dans des tourbillons de vent, elles s'envolent en tournant comme des feuilles emportées dans une trombe.

En bas, sont endormis trois ou quatre petits lacs aux eaux si calmes, si froides, si bleues et si irrésistibles, que j'y fais des plongeons répétés : c'est une ivresse : mais dévoré par le soleil à la sortie, sur des rochers mouillés et très glissants où je passe un quart d'heure à la recherche de mon costume laissé très loin de la vapeur des chutes, je suis encore « *grillé* » ; mon sang se change en soufre, je perds toute ma peau, depuis les pieds jusqu'à la tête.

Le lendemain, du haut des *Ghâttes* du Malabar, où je franchis un col de 1.200 m., mon regard tombe à l'Ouest sur un monde silencieux et tout noir de forêts prodigieuses, où les rivières brillent comme du feu ; et dans le bleu lointain de l'horizon, je vois enfin étinceler la mer brûlante du Malabar. Spectacle sévère, où la mélancolie est la note dominante, mais d'une grandeur, d'une majesté, d'une poésie incomparables.

Oh ! quel pays que l'Inde ! Terre lumineuse, terre de toutes les beautés ! Je vais bientôt vous perdre de vue : mais que de fois, quand vos brillants rivages disparaîtront à l'horizon dans des vapeurs vermeilles, je me retournerai pour vous sourire et vous saluer, comme un nouvel Orphée pleurant son Eurydice !

Voici la mer ! Ah ! comme on l'aime, avec quelle joie on la salue, après les mille tribulations et les fatigues inséparables des longs voyages continentaux !

Je suis à l'ancré dans la rade de *Hounour*, petite ville pleine de Brahmes, dont les deux tiers sont Catholiques, et très aimables. Mais comment arriver à Goa, et delà à Bombay ? En attendant une occasion, je lis beaucoup, je me promène, et je passe plusieurs heures tous les jours, dans la mer, mais avec les plus grandes précautions, car elle fourmille de monstres : requins et autres.

Perdant enfin patience, j'ai recours à mes jambes, et le 14 Avril, je fais à pied, sous un soleil Sénégalien et toujours dans le sable, une étape de vingt-deux kilomètres, qui me mènent à *Coumpta*, où s'arrêtent très souvent les vapeurs de Bombay. Cette course, en pleins tropiques, sans parasol, et à l'époque la plus chaude de l'année, est certainement la plus brûlante de toute ma vie. C'est une torréfaction, mais sans effet fâcheux. Avouons que l'habitude est une belle chose !

Quel joli bungalow que celui de Coumpta ! Perché comme un observatoire sur une colline de 120 mètres, d'où on domine à l'Ouest la petite ville, son phare, et une forêt de cocotiers, balayé constamment par le vent de la mer à laquelle il fait face, blanc comme la neige, et loin de tous les bruits, c'est bien la perle des bungalows. Et puis, les indigènes sont plus sociables qu'ailleurs. Ils viennent souvent me voir, quelquefois en famille, et m'offrent des ananas, sans phrases et sans arrière-pensée. Aussi je reste douze jours dans cette charmante oasis. D'ailleurs, c'est par nécessité autant que par plaisir, car il ne passe aucun vapeur allant au Nord.

Le 17, il arrive un planteur, un M. Robinson, homme très affable, qui me fait profiter des douceurs et du luxe dont il a soin de s'entourer dans ses voyages, et me fait prendre patience pendant trois jours. Il est armé comme un guerrier, ce qui m'étonne, mais je m'en félicite, quand tout-à-coup un beau matin, il s'arrête en causant : il est tout effaré, m'impose silence d'un geste, puis me fait signe de regarder dans les poutres du plafond : et là, juste au-dessus du lit où j'ai déjà passé trois nuits, je vois tanguer comme un navire un gros serpent long de deux mètres, qui, s'il était tombé sur moi pendant la nuit m'aurait brisé les membres, car il pesait au moins une quinzaine de kilos. J'ai horreur des serpents, et surtout dans ma chambre.

Alors commence une vraie boucherie. Mon camarade ayant une carabine superbe, tire sur le monstre et lui fracasse la tête, mais sans le tuer. Puis vient mon tour : je lui déchire toute la poitrine avec un second coup, mais il palpite encore... C'est une vitalité miraculeuse ! Nous l'enroulons autour d'une perche, nous l'abattons sur le plancher, qu'il fait trembler en y tombant, mais même alors, couvert de sang et en lambeaux, il vit encore, et nous ne parvenons à l'achever qu'en l'écrasant sous nos grosses bottes. Après cette aventure, je me méfie, et ramassant ce corps sanglant, je vais l'étendre la nuit suivante devant ma porte, qui reste nécessairement ouverte, à cause de la chaleur. Eclairé par la lune, il servira d'épouvantail et de leçon à tout reptile qui s'aviserait d'entrer. Et en effet, il n'en vient plus.

Encore neuf jours de solitude dans mon petit castel du Malabar, et le 26 Avril, je m'embarque pour Bombay, où j'arrive le 29, après une halte beaucoup trop courte dans la rade magnifique de *Goo*.

*Bombay* est-elle une ville malsaine ? J'ai tout lieu de le croire : mais je ne suis pas juge, car j'y tombai malade : j'y pris une fièvre si forte et si tenace qu'elle me dura un mois, et on en veut toujours à un climat, quand on y a perdu le plus précieux de tous les biens terrestres, une merveilleuse santé, que l'on croyait invulnérable.

Avec Bombay pour base, je fis encore plusieurs voyages dans l'intérieur de l'Inde, mais presque toujours en me faisant porter, rarement à pied. Adieu la marche ! Adieu la liberté ! Adieu les longues rêveries en plein soleil, ou à l'ombre des palmiers !

De ces voyages, le plus intéressant, comme le plus long fut celui que je fis à travers le *Deccan* et ses plaines calcinées, pour aboutir enfin à *Ellora* et à ses fameux temples creusés dans le basalte. Celui de Kattas est unique en son genre, car c'est un monolithe : c'est un gros bloc sculpté dont on a fait un temple, comme on fait une statue : et comme il est presque aussi grand qu'une Cathédrale, il m'a plus étonné que les tombeaux des Pharaons, ou même que la muraille de Chine. C'est un miracle ! Il y avait un rocher, et il en est sorti une basilique : païenne, et bien païenne... Mais si grandiose et si mystique, si harmonieuse et si gracieuse, qu'un souffle divin semble y avoir passé.

Ce qui gâta pour moi tout le plaisir de ce voyage, ce fut ma fièvre, et la plus écrasante chaleur que j'aie subie dans l'Inde, car tous les jours, le thermomètre marqua 40° à l'ombre, et plusieurs fois, il arriva à 42°. L'air embrasé semblait vibrer, comme s'il avait lui-même la fièvre, et le Deccan était devenu un Sahara.

Au mois de Juin, me sentant un peu mieux, je retournai dans le *Deccan* pour voir *Nassik*, sorte de Jérusalem païenne, où d'innombrables pèlerins viennent laver les souillures de leurs âmes dans les sources du *Godavéry*, un des grands fleuves de l'Inde. Charmant pays ; femmes blanches comme de l'ivoire, d'une grâce incomparable, et fines comme des palmiers ; montagnes, forêts, rochers, verdure intense, et climat délicieux, depuis que la mousson déchaîne partout des ouragans et des déluges. A l'horizon, se dressent des pics voilés de vapeurs roses, où semble se refléter le Paradis. Plus que jamais, l'Inde me charme, elle m'enchante, elle m'enivre, et son souvenir électrisera toujours mon cœur, comme celui d'un roman de jeunesse...

Mais je sens bien que mon voyage touche à sa fin, et que l'heure du retour a sonné. Trois ans de solitude morale ont assombri et mutilé mon âme : elle souffre, elle est malade, et au plus vite je reviens à Bombay, où je m'embarque le 27 juin pour Suez. Mon fidèle serviteur, tout en larmes, vient sur le pont me dire adieu : et moi aussi, je l'aime et je le pleure... Mais il faut bien partir. Adieu l'Asie, et les plus beaux pays du monde !

Je reviens en Europe par l'Egypte, Smyrne et Constantinople : puis la Hongrie, l'Autriche, Venise, Gênes et Marseille : enfin Toulouse et Tarbes, où j'aperçois les Pyrénées !...

Oh ! qui dira mes émotions en approchant de Bagnères-de-Bigorre ? C'est là qu'est ma famille... Cela vaut mieux que toutes les pompes de la nature ! C'est le plus beau moment de mes voyages, le bonheur le plus pur de ma vie, et dans les bras de mes parents, je me demande, en vérité, si je n'ai pas rêvé depuis trois ans !

**FIN**

# TABLE DES MATIÈRES

Achevé d'imprimer sur les presses de l'imprimerie **AGN**, à Gouesnou, près de Brest, au mois de décembre 2010, pour le compte des éditions **DES REGIONALISMES** de Cressé en Saintonge.

Acabat d'imprimir sus las premsas de l'imprimeria **AGN**, en Gouesnou, proixe Brest, au mes de deceme de 2010, prou coumpte de las edicions **DOUS REGIOUNALISMES** de Cressé en Saintonge.

TIRADA INICIAU OUCTOUBE DE 2008.